CRIATURAS NOTURNAS

LEILA MOTTLEY

Criaturas noturnas
Romance

Tradução
Bianca Gonçalves

Copyright © 2022 by Leila Mottley

Grafia atualizada segundo o Acordo Ortográfico da Língua Portuguesa de 1990, que entrou em vigor no Brasil em 2009.

Título original
Nightcrawling

Capa
Bloco Gráfico

Imagem de capa
Sem título, de Beatriz Paiva, 2021.
Acrílico e guache sobre MDF, 25 × 25 cm.

Preparação
Allanis Carolina Ferreira

Revisão
Huendel Viana
Gabriele Fernandes

Dados Internacionais de Catalogação na Publicação (CIP)
(Câmara Brasileira do Livro, SP, Brasil)

Mottley, Leila
 Criaturas noturnas : Romance / Leila Mottley ; tradução Bianca Gonçalves. — 1ª ed. — São Paulo : Companhia das Letras, 2024.

 Título original: Nightcrawling.
 ISBN 978-85-359-3827-2

 1. Romance norte-americano I. Título.

24-211765 CDD-813.5

Índice para catálogo sistemático:
1. Romances : Literatura norte-americana 813.5

Cibele Maria Dias – Bibliotecária – CRB-8/9427

Todos os direitos desta edição reservados à
EDITORA SCHWARCZ S.A.
Rua Bandeira Paulista, 702, cj. 32
04532-002 — São Paulo — SP
Telefone: (11) 3707-3500
www.companhiadasletras.com.br
www.blogdacompanhia.com.br
facebook.com/companhiadasletras
instagram.com/companhiadasletras
x.com/cialetras

Para Oakland e suas meninas

A piscina está cheia de bosta de cachorro, e a risada de Dee parece até tiração com a nossa cara no amanhecer. Passei a semana inteira dizendo que ela estava parecendo uma drogada — e ela é! —, rindo da mesma piada toda vez. Dee não parecia ligar para o fato de ter sido largada pelo namorado, nem sequer parecia se preocupar por ele ter vindo aqui na piscina depois de rondar todas as lixeiras do bairro na terça passada, juntando merda em sacos plásticos. Ouvimos o barulho na água às três da manhã, e depois os gritos dele, dizendo que Dee era uma puta de uma traidora. Mas as gargalhadas dela foram o que a gente mais ouviu, lembrando a gente do quanto é difícil dormir quando não dá mais para distinguir os próprios passos dos do vizinho.

Nunca pusemos os pés na piscina, pelo menos não desde que cheguei aqui; talvez porque Vernon, o proprietário, nunca a limpou, ou mais provavelmente porque ninguém nos ensinou a relaxar na água, a nadar sem ficar ofegante, a amar nossos cabelos embaraçados e cheios de cloro. Eu não tenho medo de me afogar — afinal, somos todos feitos de água, então é como se o corpo transbordasse de si mesmo. Prefiro isso do que cair no chão de um apartamento sujo, toda travada, ter um troço no coração e morrer.

Esta manhã está diferente. A risada de Dee ressoa numa espécie de grito agudo antes de se transformar num berro. Geralmente, quando abro a porta, ela está perto da cerca. Só que hoje está virada em direção à entrada, iluminada pelas luzes da piscina, então não consigo ver seu rosto, só o jeito com que suas bochechas, numa pele flácida, se mexem como maçãs. Fecho a porta antes que ela me veja.

Tem dias que dou uma espiada pelo vão da porta de Dee só pra checar se ela ainda está respirando, se mexendo enquanto dorme. De certa forma, não ligo para as risadas neuróticas dela — são elas que me avisam que Dee está viva, que seu pulmão ainda não desistiu do corpo. Se ela continua rindo, significa que nem tudo está perdido.

Batem quatro vezes à nossa porta com os dois punhos, e eu já deveria saber que isso aconteceria, mas mesmo assim tenho um sobressalto. Não é como se eu não tivesse visto Vernon rondando a área ou o panfleto voando pra lá e pra cá na porta de Dee, enquanto ela só olhava e ria alto.

Viro e vejo meu irmão, Marcus, roncando no sofá, todo contorcido, o nariz quase encostando na testa. Ele dorme feito um bebê, sempre fazendo caretas, com a cabeça inclinada de um jeito que dá pra ver seu perfil, bem a parte da tatuagem, que nessa posição fica esticada. Marcus tatuou a minha impressão digital bem embaixo da orelha esquerda e, quando ele sorri, sempre acabo olhando direto pra lá, como se fosse um terceiro olho. Não que a gente tenha sorrido muito ultimamente, mas essa imagem — a lembrança da tinta fresca logo abaixo de seu sorriso — sempre me faz voltar a ele. Me traz esperança. Os braços de Marcus são cheios de tatuagens, mas a minha impressão digital é a única em seu pescoço. Ele me contou que foi a que mais doeu pra fazer.

Ele fez a tatuagem quando completei dezessete anos e essa foi a primeira vez que pensei que ele devia me amar mais do que qualquer coisa, mais do que a própria pele. Mas agora, faltando três meses para o meu décimo oitavo aniversário, quando olho para minha digital borrada abaixo de seu maxilar, me sinto nua, exposta. Se Marcus aparecer todo ensanguentado na rua, não vai demorar muito para que o identifiquem a partir dos meus vestígios no corpo dele.

Agarro a maçaneta, resmungando "deixa que eu vou", como se Marcus alguma vez na vida tivesse acordado essa hora da manhã. Do outro lado da parede, Dee ri de um jeito que se infiltra nas minhas gengivas como água salgada, invadindo a carne da minha boca. Balanço a cabeça e volto pra porta, pro meu próprio pedaço de papel colado na parede laranja.

Nem precisa ler esses avisos para saber o que eles dizem. Geral pega, depois joga na rua num gesto de *sem tempo, irmão* para toda a treta que ele traz. Fonte garrafal, números estampados, estancados pelo cheiro de tinta de impressora industrial, da pilha de papéis de onde ele inevitavelmente foi tirado, tão tóxicos e tendenciosos quanto esse aqui, colado na porta da quitinete em que minha família morou por décadas. A gente sabia que Vernon era um vendido, que não ia segurar esse lugar por mais tempo do que o necessário, enquanto os trombadinhas estão rondando Oakland, procurando por gente da nossa estirpe para extirpar da cidade.

O número em si não seria tão assustador se Dee não estivesse rachando de rir feito uma doente, se encurvando toda, estancando cada zero na boca do meu estômago. Viro a cabeça em sua direção, grito aos ventos e aos caminhões: "Pare de rir ou volte pra dentro, Dee. Que merda". Ela vira a cabeça um pouco só, me encara e escancara um sorriso, abre a boca até formar um círculo perfeito e continua dando risada. Arranco o aviso de aumento do aluguel da porta e volto à nossa quitinete, onde Marcus continua sereno, roncando no sofá.

Ele dorme enquanto o apartamento ao meu redor colapsa. A gente mal consegue se virar com o aluguel atrasado uns dois meses e Marcus sem grana prevista pra entrar. Imploro por um turno na adega e conto quantas bolachas ainda têm no armário. A gente nem tem a própria carteira e, olhando pra cara dele, completamente travada, sei que não vamos sair dessa como saímos da última vez em que nosso mundo caiu, com um porta-retratos vazio onde mamãe costumava ficar.

Fico irritada vendo Marcus assim, tão distante e ocupando toda a sala, então coloco o aviso de aumento do aluguel bem no peito dele, assim o papel respira com ele. Sobe e desce.

Não ouço mais Dee, então visto minha jaqueta e saio, deixando para que Marcus alguma hora acorde com um papel amassado no peito e fique mais preocupado do que de costume. Passo entre as cercas do apartamento e abro a porta de Dee. Ela meio que dorme e se contorce no colchão, sendo que, minutos atrás, estava aos berros. O filho dela, Trevor, num banco da pequena cozinha, come sucrilhos de uma marca vagabunda direto da caixa. Ele tem nove anos e o conheço desde que nasceu, vi o moleque crescer até virar esse gigante. Trevor mastiga o sucrilhos enquanto espera a mãe acordar, mesmo que, provavelmente, vá demorar horas até que ela abra os olhos e o veja como um borrão.

Eu entro em silêncio, pego sua mochila do chão e a entrego para ele, que sorri pra mim, com pedaços de sucrilhos no vão dos dentes.

"Menino, você já devia tá a caminho da escola. Não esquenta com a mamãe, vem cá que eu te levo."

Saímos do prédio, Trevor e eu, de mãos dadas. Sua palma parece manteiga, mole e pronta pra derreter com o calor da minha. Descemos a escada verde-limão de metal, com a tinta toda lascada, até o térreo; passamos pela piscina de merda e pelo portão de metal que caía direto na High Street.

A High Street é uma miragem feita de adegas e bitucas de cigarro, um caminho sinuoso de farmácias e playgrounds para adultos, disfarçados de esquinas. Tem alguma coisa meio infantil no ar, como se fosse o lugar perfeito para um caça-tesouros. Quando a quebrada muda, ninguém nem percebe, todos os caminhos levam até a ponte, mas eu nunca fui praqueles lados e por isso não posso te dizer se, ali, também dá vontade de sumir que nem rola aqui. Aqui é, ao mesmo tempo, tudo e nada do que se imagina, com funerárias e postos de gasolina; a rua cheia de casas com janelas que refletem um brilho amarelado.

"Mamãe disse que Ricky não vem mais, por isso peguei o sucrilhos todo pra mim."

Trevor solta minha mão e sai todo serelepe, saltitando, leve. Vendo aquilo, penso que ninguém entende, só Trevor e eu, o que é se sentir, de verdade, em movimento. Tipo, realmente sentir isso. Às vezes, penso que esse menininho deve ter vindo ao mundo só para me tirar desse fundo do poço; daí lembro que Marcus também já foi pequeno e que a gente segue crescendo, até mais do que devia.

Viramos à esquerda, do lado dos predinhos do Regal-Hi, e continuamos o caminho. Sigo Trevor bem de perto, pois ele ignora os semáforos e os carros, já que sabe muito bem que qualquer um pararia diante do brilho dos seus olhos e de toda a sua animação. O ponto de ônibus fica do lado em que a gente estava antes de atravessarmos, mas ele curte andar do lado do parque onde, todas as manhãs, adolescentes jogam bola em cestas sem rede, trombando uns nos outros dentro da quadra em meio a crises de tosse. Trevor diminui o passo, os olhos vidrados no jogo de hoje — parece que é uma partida de meninas contra meninos e ninguém está ganhando.

Pego na mão dele, puxando-o de volta. "Você vai perder o ônibus se continuar nessa lerdeza."

Trevor se arrasta, mas sua cabeça segue acompanhando os movimentos da bola, pra cima e pra baixo, das mãos à cesta.

"Será que eles me deixariam jogar?" O rosto de Trevor se contrai enquanto ele suga as bochechas para dentro, admirado.

"Hoje não. Ó, eles não precisam pegar ônibus e com certeza sua mãe não ia te deixar passar esse frio todo e, ainda por cima, faltar na escola."

Janeiro em Oakland faz um frio meio engraçado. Dá pra sentir uma brisa, mas não é muito diferente de qualquer outro mês, com nuvens cobrindo todo o céu; não fica gelado o bastante pra sair com um casacão, mas também não rola sair com o umbigo de fora. Os braços de Trevor estão descobertos, então tiro minha jaqueta e coloco nos ombros dele. Dou a mão para ele e seguimos agora um do lado do outro.

A gente ouve o ônibus antes de vê-lo dobrando a esquina, me viro rápido, avisto o número da linha, aquela lata verde enorme fazendo uma barulheira danada.

"Vamos atravessar, bora, anda!"

Ignorando a via expressa e os carros, atravessamos a rua correndo, o ônibus vindo na nossa direção até parar no ponto. Empurro Trevor pra fila, pra que ele saia da calçada e entre logo no ônibus.

"Pode ir, e leia um livro hoje, beleza?", falo enquanto ele sobe.

Ele me olha de volta, levanta a mãozinha parecendo que vai dar um tchau, ou mandar um salve, ou tirar uma catota do nariz. Vejo Trevor desaparecendo, vejo o ônibus voltando para a faixa, aos grunhidos, e indo embora.

Uns minutos depois, é meu ônibus que surge rangendo. Um homem do meu lado está com óculos de sol que não combinam com essa escuridão toda, e deixo que ele suba na minha frente; daí eu entro, olho ao redor e não acho lugar para sentar, já que é quinta de manhã e todo mundo aqui tem mais o que fazer. Me espremo entre os corpos e encontro um espacinho lá no fundo, fico de pé agarrada à barra enquanto o ônibus me joga para a frente.

Nos dez minutos que leva pra chegar do outro lado da zona leste de Oakland, acabo entrando no ritmo do ônibus, no jeito que ele me embala de um lado para outro, como imagino uma mãe fazendo com o filho enquanto ainda tem paciência pra não dar um chacoalhão nele. Fico pensando em quantos dos que estão aqui dentro — com os cabelos enfiados em bonés e cheios de rugas contornando seus rostos como linhas ferroviárias num mapa — acordaram hoje de manhã nesse mundão velho para lidar com pedaços de papel que não deveriam significar nada além de uma árvore cortada em algum lugar da puta que pariu. Quase perdi o ponto, o momento de dar sinal e abrir as portas para o ar fresco de Oakland, um aroma fraco de óleo e máquinas do canteiro de obras do outro lado da rua da taqueria La Casa.

Desço do ônibus e vou em direção ao prédio de janelas escuras que impedem de ver o que tem lá dentro e o familiar toldo azul. Giro a maçaneta da porta do restaurante, e, ao abrir, sinto na hora o cheiro de alguma coisa grandiosa e barulhenta na escuridão do estabelecimento. As cadeiras estão viradas em cima das mesas, mas o lugar está vivo.

"Você não acende mais a luz pra mim?", falo, sabendo que Alê, apesar de na escuridão parecer mais longe, está só a alguns metros de onde estou. Ela passa pela porta, sua sombra à procura do interruptor. E ficamos iluminadas.

O cabelo de Alejandra é preto e sedoso, com fios soltando do coque no topo da cabeça. A pele está oleosa, grudenta pelo ar da cozinha, onde ela deve ter passado os últimos vinte minutos. A camiseta branca compete com as bermudas de Marcus pelo posto de peça de roupa mais larga e mais sem graça, e deixa ela meio moleque, descolada de um jeito que não rolaria se fosse eu vestindo. As tatuagens se espreitam pelo corpo todo e às vezes chego a pensar que ela é arte, mas aí ela se mexe e lembro o quanto ela é grande e desajeitada, sempre pisando duro.

"Tá ligada que eu poderia te botar pra fora rapidinho, né?!" Alê se aproxima, parecendo que vai me cumprimentar como se fosse um dos manos daqui, até que se dá conta de que não sou meu irmão, então me abraça. Fico hipnotizada com o jeito dela, ocupando o espaço todo, igual ocupa essa camiseta largona. Me aconchego no lugar mais familiar em que já estive: o peito dela de encontro com o meu ouvido, quente e enorme.

"É bom que tenha alguma coisa pra comer aqui", falo pra ela e me afasto em direção à cozinha. Gosto de andar rebolando quando estou perto da Alê, porque aí ela diz que eu sou a *chava** dela.

Alê me encara enquanto passo e seus olhos me penetram. Ela sai correndo para a cozinha assim que me vê indo apressada para lá. A gente se empurra e se espreme para passar pelo vão da porta, chorando de rir, se arrastando pelo chão, se chutando, sem ligar para os roxos que vão aparecer amanhã. Alê me bate e vai até o fogão, bota comida nos pratos enquanto ainda estou de joelhos, tentando me levantar. Ela dá um sorrisinho quando fico de pé e me entrega um prato e uma colher.

"Huevos rancheiros", diz, enquanto o suor pinga de seu nariz.

---

* Gíria mexicana para "garota". No contexto da obra, outra boa tradução seria "boyzinha". (N. T.)

Está quente com vapor saindo, os ovos com molho vermelho-escuro.

Alê faz comida para mim pelo menos uma vez por semana, e, quando Marcus está comigo, ele sempre pergunta o que é, não importa se é alguma coisa que ela já tenha feito antes. Ele adora tirar onda com a cara dela tanto quanto adora fazer rima e ficar de conversinha fiada.

Sento no balcão e sinto um negócio úmido na minha calça, mas ignoro. Botando colheradas cheias na boca, deixo o calor tomar conta da minha língua, enquanto observo Alê na minha frente, de costas no fogão, inclinada. O vapor saindo dos pratos, flutuando e formando uma nuvem no teto.

"Já encontrou um trampo?", Alê pergunta com a boca lambuzada de molho, como se tivesse um desenho em volta dos lábios.

Faço que não com a cabeça, passo o dedo no prato e o lambo. "Já tentei de tudo nessa cidade, mas parece que geral fica fissurado nessa merda de eu ter largado a escola, nem olham direito na minha cara."

Alê engole e concorda.

"O pior é que Marcus não faz porra nenhuma, nem tenta."

Ela revira os olhos, mas não diz nada, como se eu não fosse entender.

"Que foi?", pergunto.

"Tipo, ele tá fazendo o que pode, sabe? E faz poucos meses que pediu as contas do último trampo. Ele também é novo, não dá pra ficar culpando o cara por não querer gastar todo o tempo dele trabalhando, e vocês tão suave agora que você tá pegando um turno na adega alguns dias da semana. Não fica pilhando com essas merdas", Alê fala de boca cheia, o molho vermelho escorrendo dos cantos.

Desço do balcão, ciente de que a parte de trás da minha calça está toda molhada. Jogo meu prato na mesa, ouço o barulho e torço para que tenha quebrado. Ela para de comer e fica me olhando, enrolando a correntinha do pescoço no dedo.

Alê faz um barulho que começa como um gargarejo e vira uma tosse.

"Vai se foder", eu xingo.

"Pô, Kiara. Não é pra tanto. Hoje é o dia do velório, a gente devia tá rodando pelas ruas, mas você tá aqui quase quebrando a porra de um prato porque tá brava que não consegue um trampo? A maioria dos nossos lá fora também tá procurando emprego. Você não é especial."

Encaro Alê, depois o chão, depois Alê de novo, com a camiseta grudada de suor em sua pele. Nesses momentos, me lembro que ela tinha seu próprio mundo sem mim, que existe uma espécie de "antes de mim" e, talvez, um "depois de mim". De qualquer modo, não estou a fim de ficar nessa cozinha fumacenta enquanto a única pessoa que tem o direito de abrir a boca pra falar meu nome se recusa a enxergar o quão perto estou de surtar, me perder na vida, igual à Dee.

Alê para na minha frente, pega o meu pulso, olha pra mim como se dissesse: "Não faça isso". Mas eu já estava abrindo a porta, minhas pernas traindo meu fôlego, rápidas demais. Ela está atrás de mim, estendendo a mão e tentando pegar a manga da minha blusa, tenta de novo e finalmente consegue puxar o tecido. Estou rodando, o rosto dela tão perto, me olhando com toda a piedade com que um espírito livre olha para um espírito preso. Eu já deixei ela me salvar mais vezes do que perdoei Marcus, e dá quase para ver ela tremendo de leve por baixo daquela camiseta.

Seus lábios praticamente nem se mexem quando ela diz: "Hoje é dia de velório".

Alê fala isso como se fosse uma merda qualquer, as unhas curtas dela cheiram a coentro, enquanto as minhas são afiadas e perigosas. Então seu queixo treme e de repente ela se torna a coisa mais linda do mundo.

"Você nem faz ideia…", digo, pensando no papel colado na nossa porta hoje de manhã. Ela fecha a cara.

Balanço a cabeça e tento apagar qualquer expressão do meu rosto. "Dane-se." Respiro fundo e Alê franze a testa, mas, antes que ela continue brigando comigo, a cutuco e faço cosquinhas. Ela dá um grito, ri de um jeito bem menininha, receosa de que venham mais cócegas; daí paro.

"E aí? A gente vai sair logo ou não?"

Alê coloca o braço em volta dos meus ombros e vamos juntas pro ponto de ônibus. Cruzamos a construção a passos largos até que, do nada, estamos correndo pela rua, sem parar pra ver os carros quando atravessamos a rua, com o coro de buzinas nos seguindo.

A funerária Joy é um dos muitos hotéis de morte na zona leste de Oakland. Fica na esquina da avenida Seminary com uma outra rua que ninguém grava o nome, recebendo corpos e mais corpos. De tempos em tempos, Alê e eu acabamos indo lá, por causa da rotatividade dos funcionários que não têm mais estômago pra ficar limpando defunto ao lado de um prato de queijo. A gente já foi a velórios o suficiente para saber que quando se está de luto, ninguém liga pra porra de queijo nenhum.

Alê e eu subimos até a avenida MacArthur e pegamos o ônibus — um de outra linha, graças aos cartões que roubamos dos achados e perdidos de uma escola. O ônibus está quase vazio, porque, enquanto nós duas somos jovens e inconsequentes, lá fora todo mundo está sentado numa mesa com a cara colada numa tela desejando poder respirar um ar mais fresco e mais tranquilo. A gente não tem que estar em lugar nenhum, e gostamos disso.

Alê é muito sortuda. O restaurante da família dela é referência no bairro, e, mesmo que eles só consigam bancar o cômodo dc cima do lugar, ela nunca passou fome na vida. São todos os estágios de viver por aqui, e, toda vez que eu a abraço ou a observo descendo a rua de skate, sinto o quanto ela é forte, o quão rápido bate seu coração. Não importa quão sortuda a pessoa seja, ainda assim ela tem que trabalhar dia sim dia não para continuar viva, enquanto alguém está largado na sarjeta — e tem suas cinzas jogadas no rio.

Quintas e domingos são os únicos dias da semana que Alê vem dar um rolê pela cidade comigo. Ela costuma ficar com a mãe, ajudando no restaurante como cozinheira ou garçonete. Quando me sinto sozinha, saio para ficar assistindo Alê enquanto ela trabalha, reparando no jeito que ela sua sem parar, mesmo sem se mexer.

Encaro Alê enquanto ela olha pela janela, o ônibus balançando, sacudindo a gente de um lado pro outro. Ela me cutuca no sinal vermelho:

"Tão mesmo querendo trocar o Obama por aquela mulher." Ela aponta com a cabeça, mostrando o cartaz colado na vitrine de alguma loja de materiais de construção, com a cara sorridente de uma Hillary Clinton amassada. Falta mais de um ano para a próxima eleição, mas as campanhas já começaram, os rumores e toda a conversa coincidindo com comícios e protestos e homens negros baleados. Aceno, concordando, e assim que o ônibus dá partida eu volto a minha atenção para Alê.

"Você não tá nem vestida de preto, garota, que isso?", pergunto.

Ela ainda está com a camiseta branca e a bermuda.

"Você também não."

Na hora em que ela diz isso, dou uma olhada na minha camiseta cinza e no meu jeans preto. "Meio que estou."

Alê dá uma risadinha. "É velório de quebrada, pô. Ninguém vai prestar atenção no que a gente tá vestindo."

A gente começa a rir, porque ela está certa e nós, mais do que ninguém, já devíamos saber disso, pois só aparecemos nos velórios vestindo calças jeans e camisetas manchadas — tirando o dia em que o *abuelo* de Alê morreu, dois anos atrás, daí fomos com as calças dele, que estavam amareladas pelo tempo e cheiravam a cigarro e argila, direto das profundezas. Nenhum agente funerário ficava questionando sobre o nosso look de luto, assim como não paravam pra perguntar sobre as facadas. Apareci no velório do meu próprio pai com uma regatinha pink e ninguém falou um A.

Mamãe culpava a cadeia pela morte do papai, o que, pra começar, significa que ela culpava as pessoas que o fizeram ir parar lá — ou seja, culpava as ruas. Papai não era um bandidão ou um traficante, tanto que só vi ele chapado uma vez, fumando um bong, sentado na piscina de merda com o tio Ty. Mas e daí? Mamãe só liga pro dia em que papai foi pego, pra cena dos amigos dele tremendo quando os policiais apareceram e os colocaram contra a parede. Não importa o que eles fizeram ou deixaram de fazer, já que mamãe precisava colocar a culpa em algo ou alguém; ela tinha costas tão frágeis e macias que não aguentava carregar toda a culpa do mundo, o barulho do fecho das algemas, a tranquilidade com que os policiais as deslizaram nos pulsos dele.

Papai ficou doente lá em San Quentin. Começou a mijar sangue e passou semanas implorando por uma consulta médica; a queimação ficava cada vez mais forte, até que, enfim, decidiram atender ele. O médico disse que talvez fosse só a alimentação, que às vezes esse tipo de coisa acontecia. Passou uns analgésicos e uma tal de pílula alfa-bloqueadora para que ele mijasse melhor, e até que os piores dias ficaram mesmo pra trás, mas acho que depois de voltar pra casa ele passou anos vendo sangue na privada, mas nunca nos contou nada. Três anos depois de ele ser solto, começou a sentir tanta dor nas costas que mal conseguia ir e voltar da loja de conveniência onde trabalhava.

Levamos ele ao médico quando suas pernas começaram a inchar e disseram pra gente que era problema na próstata. O câncer já tinha se espalhado e não tinha nem chance de melhora, daí quando mamãe implorou que ele fizesse quimio e radioterapia, papai não quis, disse que não ia largar ela com dívidas de hospital.

Foi uma morte rápida que pareceu uma eternidade. Marcus sumiu junto com o tio Ty nessa época. Não o culpo por não querer ver. Mamãe e eu testemunhamos tudo, todas as noites passávamos horas cantando e limpando ele com um pano úmido. Foi um alívio quando finalmente tudo acabou, quatro anos depois de ele ser solto de San Quentin, e pudemos parar de acordar no meio da noite, preocupadas se o corpo dele estava gelado. Quando chegou o velório, eu estava tão cansada que não dava a mínima pra isso de vestir preto, e uma parte de mim desejou ter ficado longe, que nem o Marcus. É mais fácil lidar com a morte quando não estamos vendo.

O ônibus para na Seminary e cospe a gente na rua igual o porto cospe sal. Ficamos paradas na calçada vendo ele dar ré pra seguir o caminho. Os pneus esquerdos passam por vários buracos até que o ônibus volte a ranger pra dar partida.

Alê me abraça de lado, me puxando pra bem perto, e percebo que eu estava com muito frio antes disso, sem meu casaco e sem estar aconchegada nela. Sinto uma dorzinha nos lábios e chego a pensar que estão roxos, quase azuis, mas, ao passar pela vitrine de uma adega, meu reflexo mostra que eles continuam rosados, da mesma cor que os do Marcus estavam hoje de manhã, enquanto ele engolia o ar ao roncar. Alê e eu caminhamos juntas e sem nenhuma sincronia. Ela anda tipo o Hulk, a passos largos, com uma parte do corpo chegando antes da outra; enquanto, ao lado dela, dou passos mais curtos. Confio minha vida a ela e não tô nem aí se a gente não tem nada a ver uma com a outra, pois a gente tá aqui pra o que der e vier.

Paramos na frente da Joy, onde vemos pessoas vestindo vários tons de preto, cinza, azul, jeans, vestidos, moletons e andando devagar, com a cabeça baixa. Na entrada do velório tem uma porta dupla e escura, provavelmente à prova de balas e, quando Alê olha pra mim, vejo uma pontinha de culpa nos olhos dela. "Bufê ou brechó?", pergunta, com a boca tão perto de mim que chego a ver sua língua se mexendo enquanto ela fala.

"Brechó."

Combinamos e imitamos os gestos dos outros: cabeça baixa.

Alê aperta a minha mão, vai em frente e entra, sumindo atrás do vidro. Espero passar alguns segundos e abro a porta.

Assim que entro, me deparo com dois pares de olhos. Item essencial na maioria dos velórios, a imagem ampliada do corpo que agora está deitado no caixão me encara a poucos metros. São duas pessoas, mas só uma foto, uma espécie de outdoor em miniatura. Uma delas é uma mulher, seus cílios lançam sombras fantasmagóricas nos olhos ao encarar a criança em seus braços.

A criança não tem nem tamanho para ser chamada assim. É uma bebê, uma pessoinha empacotada no que parece ser uma toalha de mesa, mas na verdade é um macacão xadrez vermelho. Nenhuma das duas sorri, mas exalam uma intimidade que chega a ser tóxica demais para mim, uma desconhecida, ficar olhando. Até quero desviar o olhar, mas fico presa no nariz da bebê: pequeno e pontudo, negro, mas um pouco vermelho, como se ela tivesse ficado na friagem. Quero esquentar ela, trazer sua cor de volta, mas ela não é aquele pedaço de papelão e não dá pra ressuscitar os mortos, mesmo aqueles que ainda tinham muita vida para viver.

Sinto o gosto das lágrimas antes de senti-las na minha pele. Dia de velório é assim mesmo: tocar mortos e comer tortas. Fingir que estamos chorando até começar a soluçar de verdade, até cumprimentarmos todos os fantasmas do lugar e eles nos deixarem vestir suas roupas como se fôssemos lembranças ambulantes deles — ou ao menos eu preferia acreditar que aquilo são os suspiros que sopram em minhas costas enquanto as lágrimas caem.

Sinto alguém tocando meu ombro e me arrepio.

"Elas eram tão novas." Fala o homem atrás de mim, que deve ter uns setenta anos ou mais e uma barba grisalha lustrosa demais para aquele ambiente.

Ele veste um terno e uma gravata enquanto eu me encolho na minha blusinha.

"Sim." É a única coisa que consigo falar, sem saber como eram o rosto ou o nome delas, que nem sequer sei como se pronuncia.

Penso em perguntar como aconteceu, como essas pessoas foram parar num caixão, mas não interessa. Alguns de nós têm restaurantes e filhos crescidos e, outros, bebês que nunca crescem mais do que seus macacões. O homem sai com a gravata balançando, deixando gelado o lugar do meu ombro em que tocou.

Continuo andando, passo pela foto e sigo pelo corredor até chegar na última porta, que dá para umas prateleiras de roupas e um cheiro de alvejante misturado com perfume.

É o brechó da morte, me dando boas-vindas como se soubesse que somos de casa. Dou uma olhada nos tecidos, passo a mão nas roupas, vou até a outra fileira. Um casaco tinha caído do cabide e foi parar no chão cheio de pó. Pego, dou uma chacoalhada e coloco por cima da minha camiseta. Fica largo, como se o tecido tivesse me abraçando, com os braços quentes colados no peito. Não tiro do corpo.

Em algum canto, Alê está chorando parada na capela, vendo as pessoas, encarando os corpos, olhando os empregados trabalharem. Provavelmente ela já esteve na parte de trás da sala, a que tem comida, pegou um pratinho, alguns guardanapos e começou a se empanturrar, com discrição, é claro, disfarçando a dor enquanto enche a barriga. Logo, logo ela vai sair do velório e me esperar no parque San Antonio.

Continuo garimpando as prateleiras, tentando achar algo que seja a cara dela. Não consigo imaginar Alê vestida com essas roupas tão formais, mas daí encontro um suéter preto masculino. Tem só um furinho na manga, parece que está pedindo que eu o pegue, e é mais macio do que qualquer coisa que já tive, simples como qualquer coisa que Alê usaria com toda sua simplicidade. Ela não precisa de mais nada, as tatuagens e todos aqueles detalhes em seu rosto já são seus acessórios.

Minha parte está feita, já peguei as roupas que deveria ter vestido no velório do meu pai, mas não quero ir embora. Não quero sair por aquela porta e me deparar com pessoas e suas mãos enormes que vão me cumprimentar encostando em mim, darão um suspiro como se estivéssemos passando juntos pelo nosso momento mais devastador. Então me jogo no chão, me enterro na prateleira de roupas pretas e me recolho na escuridão. É um alívio deixar de ser visível. Velórios são acertos de contas, momento em que fingimos ser ladras enquanto tentamos achar desculpas para as nossas lágrimas, daí ficamos mais leves, comemos até ficar cheias e procuramos um lugar pra dançar. Velórios são o ápice de nossas vidas pregressas, quando fazemos nossos próprios memoriais para pessoas que nunca enterramos direito. Mas velórios sempre acabam, e todos nós temos de voltar pro corre, então respiro fundo pra sentir o cheiro desta sala uma última vez, levanto e saio dali.

Quando saio, o céu está encoberto. Tudo está passando rápido demais, carros e motos cortam o vento e correm como se ficar parado não fosse uma opção. Às vezes esqueço como mexer minhas pernas, mas meu corpo sempre acaba me surpreendendo, segue caminhando, mesmo sem minha permissão. Começo a descer a rua em direção ao parque que fica ali, no meio da via expressa, de placas de "pare" e de quitinetes onde mora mais gente do que o espaço aguenta.

Alê está sentada em um dos balanços, um pratinho de papel em cima dos joelhos balança junto, mas ela não está comendo — está olhando pro céu, que tem mais neblina do que nuvens, e acho que sorri.

Subo a pequena ladeira até ela e, quando estou quase chegando, jogo a blusa preta, que cai em seu pé. Alê pega e seu sorriso aumenta, parece uma dança em seu rosto. Hoje é dia de velório, quando temos a liberdade de nos apropriar e ressuscitar coisas mortas, todas aquelas blusas que foram condenadas ao mundo dos fantasmas.

"Tava tocando Sonny Rollins. Sem parar", diz, e seu sorriso é um reflexo do meu. Sempre ouvimos a música que eles botam pra tocar de manhã, não por dizer algo sobre quem se foi, mas sim sobre quem ficou.

"Qual música?", pergunto, querendo que o som entre em meus tímpanos, aquele lamento do saxofone, o som granuloso do radinho do papai, que habita minha memória nitidamente, sem nenhum chiado.

"God Bless the Child." Ela balança um pouco o joelho enquanto me conta, e o pratinho vai tombando.

Sento no balanço do lado, Alê tira o pratinho de comida do próprio colo pra pôr no meu. Tem queijo, batata e aipo, com manteiga de amendoim que ela mesma pôs por cima, pois ela sabe que é assim que eu gosto. Começamos a nos empanturrar, revirando e mastigando a comida. Mandíbula, língua e o barulho da gente engolindo fazendo um coro para as batidas de jazz de Sonny, que toca repetidas vezes na minha cabeça assim como deve ter tocado na capela do velório. Para nós duas, ou os velórios têm os melhores DJs ou são trilhas sonoras para algum desenrolar vazio, um catalisador para choros e cartas suicidas.

"Vernon está vendendo o Regal-Hi", digo, enquanto mastigo a última batata. Alê me olha, esperando que eu continue.

"Mais que dobraram o aluguel." Não sei como olhar pra ela depois de dizer isso, parece que estou diante de mim mesma. Tipo, torna tudo muito real.

"Putz."

"Pois é." Olho pro céu. "É por isso que Marcus precisa arranjar um trampo."

Alê se estica pra pegar minha mão e toca meu pulso de leve. Fico pensando se ela consegue sentir minha pulsação, se é isso que ela está procurando. "O que você vai fazer?"

"Sei lá. Mas se a gente não resolver logo, vamos acabar na rua."

Começo a mexer as pernas fora do ritmo, pra frente e pra trás, com os pés no ar. Alê tira do bolso um pedaço de seda e um vidrinho com buchas de maconha. Curto ver ela bolar, acho relaxante, e o cheiro, doce e singelo, parece canela misturada com sequoia. Nunca aprendi a bolar direito, nunca sei quando o beck está firme o bastante pra não desmanchar, mas frouxo o suficiente pra fumar. Então prefiro ficar olhando Alê fazer, me lembra o jeito que mamãe costumava dobrar as roupas, tão dedicada em deixar o vinco certinho.

Ela para e olha pra mim. "Não esquenta, a gente vai dar um jeito."

Abre o vidrinho, espalha a maconha na seda e pega um pouco de lavanda. Ela chama essa mistura de "pantufinhas" e nem precisa explicar o porquê: quando eu puxo e solto, me imagino descalça andando num campo de lavandas, um lugar calmo e sagrado. Ela termina, dá uma olhada, abre um sorrisinho e quase chega a fazer beicinho, toda orgulhosa.

Pega o isqueiro e eu cubro o beck com as mãos, pro vento não atrapalhar. Alê aperta o isqueiro até acender, a base da chama é do mesmo tom de azul da nossa piscina antes daquela merda toda. Leva a chama até a ponta do beck e, enfim, acende.

Passamos de uma pra outra até o beck ficar pequeno demais para caber entre nossos lábios sem desmanchar. Nunca fui muito fã de maconha, mas era o que me fazia sentir mais perto de Alê, então eu fumava um com ela e tentava ficar chapada até não poder mais.

Alê começa a balançar, eu a acompanho, levando o balanço rumo ao céu. Lá em cima, sinto que estou entrando numa daquelas nuvens. Olho pra baixo, vejo uma tenda atrás das quadras de basquete e um velho mijando numa árvore, nem um pouco preocupado em olhar pros lados pra ver se tem alguém xeretando. Meu sonho é ser tão irresponsável, tão despreocupada a ponto de mijar no parque San Antonio ao meio-dia de uma quinta sem nem olhar pros lados.

"Sabe o que eu tava pensando?", Alê me pergunta.

Estamos em lados opostos do céu, balançando uma em direção à outra e, pela primeira vez no dia, consigo não pensar no papel colado na nossa porta, na cara do Marcus dormindo, no tamanho da boca de Dee aberta.

"No que você tava pensando?"

"Ninguém conserta nunca essas merdas de ruas."

Assim que ela fala isso, eu começo a rir, pensando que ela ia fazer alguma revelação filosófica sobre o mundo.

"Você nem tem carro, por que tá ligando pra isso?", falo gritando por cima da ventania e entre um balanço e outro.

Mesmo dizendo isso, olhando para as ruas que dão até o parque como se fossem pernas de uma aranha, sei o que Alê quer dizer. Pedaços da pista carcomidos junto com buracos que foram ignorados, onde pneus de Volkswagens caem e, por um segundo, não sei se vão conseguir sair, mas daí conseguem, e o único sofrimento que sobra é um leve barulho do para-choque. Nenhum buraco de Oakland parece deixar alguém preso por muito tempo, uma miragem de fragilidade. Ou talvez isso seja só com os carros.

"Nunca parou pra pensar que as ruas daqui estão sem recapeamento faz décadas?" Alê, uma skatista nata, gasta mais tempo entrando e saindo de buracos do que eu.

"E daí? As pistas não estão fazendo mal pra ninguém."

"Não importa. Só tô dizendo isso porque não é assim em lugar nenhum, saca? Por que a Broadway não é toda destruída? Ou San Francisco? Porque eles colocam a grana na cidade, assim como colocam dinheiro no centro. Você não vê problema nisso?" Alê endireita o corpo e diminuímos o ritmo, descendo do nosso céu.

"Não. Não vejo problema nisso, assim como não vejo problema no tio Ty comprar um Maserati e uma mansão lá em Los Angeles e nos deixar aqui, sozinhos. Assim como não vejo problema no Marcus fazer rimas num estúdio enquanto eu preciso pagar nosso aluguel. Não é da minha conta ficar me preocupando com a sobrevivência de outra pessoa. Se a cidade quiser pagar pra deixar a pista lisa pros ricos passarem, vai em frente, beleza. Deus é testemunha que eu não vou pensar em mais ninguém se um dia me oferecerem uma grana preta."

Mexo os dedos do pé nas minhas pantufinhas quando o balanço para, e sinto que Alê me encara:

"Não acredito em nada disso", diz.

"Em quê?"

Ela balança a cabeça, chapadaça, mole. "Ai, você é muito coração pra ser uma vendida, Ki, não é cruel suficiente pra isso. Eu sei que você não deixaria Marcus ou Trevor ou eu só por dinheiro."

Queria que ela estivesse errada, mas se estivesse eu passaria o dia inteiro nesse balanço, fumando até não pensar em nada além das tatuagens de Alê e no quanto as ruas estão se fragmentando e continuarão a desintegrar até que estejamos andando no meio de destroços.

Em vez disso, penso em Marcus, em como a gente costumava ficar nas esquinas tentando vender pinturas que eu fazia em telas de papelão. Mal conseguíamos dinheiro pra comprar mais tinta, mas Marcus e eu estávamos juntos naquela, escolhendo um ao outro. Tá na hora de contar pra ele que não consigo dar conta do trabalho pesado sem ajuda. Contar pro Marcus que é hora de largar o microfone e encarar as ruas como eu tenho encarado há seis meses.

"Preciso falar com o Marcus", digo, pulo do balanço e vejo o mundo, caótico, girando, saindo e entrando em foco. Deixo Alê lá, balançando, com uma fumaça saindo de seus lábios como se estivesse puxando um faz tempo, e ela não precisa nem olhar pra mim de novo, pois o meu casaco agora tem o mesmo cheiro das pantufinhas; e hoje, em pleno dia de velório, essa é a única coisa que eu preciso.

Parece que tem alguém parindo. Desço as escadas devagar até o estúdio de gravação, com receio de encontrar alguma mulher estranha, com as pernas abertas, entrando em erupção.

Mas, ao chegar no porão, dou de cara com Shauna, a namorada do melhor amigo de Marcus, resmungando, jogando refis da Taco Bell no lixo com uma força desnecessária, esperando alguém perguntar o que está rolando. O resto de refrigerante dos copos escorre no tapete bege e ninguém pergunta nada a Shauna, porque Marcus tá fazendo um rap na sala ao lado e tá todo mundo tentando entender pelo menos uma palavra que tá saindo da boca dele.

Mais cedo, depois de ter ido embora do parque, fui pra casa procurar Marcus, mas ele não estava lá. Peguei a lista telefônica e fiquei horas folheando até anoitecer, pensando em onde podia pedir um emprego. Nesse meio-tempo lembrei que provavelmente encontraria Marcus no estúdio. Agora, estou me preparando para entrar no santuário dos garotos e ver se ele pode me acolher que nem a Alê fez e me ajudar a dar um jeito de sair dessa situação.

O melhor amigo de Marcus é Cole e o estúdio dele fica escondido num canto do porão da mãe, atrás de uma porta fechada; a casa fica numa rua deserta do distrito de Fruitvale, pertinho do Regal-Hi e do centro da zona leste de Oakland, sempre agitado. Os meninos todos pagam o estúdio a Cole por hora, gastando noites e mais noites gravando músicas que nunca vão passar do SoundCloud.

A bebê recém-nascida de Shauna dorme num berço no meio do cômodo enquanto ela xinga, resmunga e tenta abafar o falatório de Marcus, mas eu sou a única que de fato consegue ouvir. No fim da escada o teto parece ainda mais baixo, parece que o lugar vai explodir com as vozes que competem pra ver quem fala mais alto. O porão está abafado, mas a voz do meu irmão está apática como sempre, o que me lembra por que estou aqui embaixo, respirando aquela nuvem de desodorante masculino e ouvindo os chiados de Shauna.

Entro no estúdio e logo sou jogada num mundo de homens e música que se espalha em cada canto da sala. Vejo Marcus gravando alguma música na cabine, atrás do vidro, de olhos fechados, abrindo as asas como se fosse uma versão mítica de si mesmo. Tupac deve estar se revirando no túmulo, porque meu irmão não sabe improvisar, e as únicas palavras que eu consigo ouvir no meio daquilo tudo são "safada", "puta" e "esse truta tem umas corrente" e eu queria contar a ele que geral sabe que ele ficou jogado no nosso banheiro por duas semanas porque não suportava a dor de perder o papai. Geral sabe que as únicas correntes que ele tem são daquelas máquinas que cospem bugigangas de plástico por cinquenta centavos no fliperama. Geral sabe que a única vadia que ele tem sou eu e que estou me encolhendo, tentando sumir por aquela porta, igual Marcus deu um jeito de sumir com a gente de suas letras.

O lugar não é limpo e nem chique o suficiente para ser considerado um estúdio por qualquer profissional, mas meu irmão e os manos dele fizeram do espaço um refúgio e decidiram que são devotos desta sala, do mesmo jeito que me senti devota de Alê, lá no alto do balanço, antes de cair na real. Uma ilusão que só se alimenta de si mesma.

Marcus vai parando de cantar e o beat para também. Os olhos dele, atrás do vidro, estão fixos em mim. Os meninos fazem um coro do meu nome, Tony se levanta do sofá e me envolve nos braços, fico de boas naquele monte de músculos dele. Marcus acena pra mim e eu saio dos braços de Tony, abrindo a porta da cabine de gravação, onde encontro o meu irmão cheio de gana, com o corpo pra além da batida.

Dou um soquinho de leve na barriga dele, mas só sinto a dureza dos músculos. Marcus vive fazendo flexões. "Ei, a gente precisa conversar." Tento sussurrar para os meninos não ouvirem, mesmo que Cole consiga escutar tudo pelo headphone.

"Vamos conversar." A cara de Marcus diz tudo. Fechada, o rosto inteiro parece travado.

"Olha, Mars, a gente não tem dinheiro para mais um aumento de aluguel. Você tá aqui, sem trampo, e eu não aguento mais, então…"

Como sempre, na hora que tento falar, Marcus me corta. Sua voz preenche a sala inteira e parece que ele está brigando com as paredes, porque eu não consigo dizer nada. Na cabeça de Marcus é como se eu não estivesse aqui, como se o papel que eu deixei em cima dele hoje de manhã não fosse nada além de um cartaz de um gato perdido.

"Qual é, Ki, nem vem com essa besteira de que eu não tenho um trampo. Eu tenho sim, então por que você não volta pra casa e me deixa terminar minha música? Porra."

Num piscar de olhos ele já está falando sobre os versos novos, sobre como ele vai fazer disso algo enorme.

Antes não era assim.

Uns seis meses atrás, Marcus estava num bar quando ouviu a voz do nosso tio Ty, rimando igualzinho a ele. Marcus foi atrás do tio e descobriu que ele estava pra lançar um disco pela gravadora do Dr. Dre e estava fazendo uma puta grana em Los Angeles. Isso virou uma chavinha para Marcus e, no dia seguinte, ele pediu demissão do emprego que tinha na Panda Express e começou a sair todos os dias com Cole, empenhado em se transformar no tio Ty. Tentei dar espaço pra ele, pra que sentisse raiva, mas já faz muito tempo e, querendo ou não, ele precisa voltar a agir que nem adulto.

Olho pro Marcus, procuro nele algo de mim, mas só encontro a digital embaixo da orelha.

Solta um suspiro. "Beleza, Ki."

"A gente não tem dinheiro suficiente para pagar o aluguel todo mês desse jeito. Certeza que não vai ter nada de 'beleza' se, daqui duas semanas, formos despejados." Boto a mão no bolso pra ele não perceber as marcas que ficaram dos beliscões que dei em mim mesma enquanto ele falava. "Todo dia eu saio pra procurar emprego enquanto você ainda tá dormindo, e a única coisa que você faz é dar rolê com Cole e Tony, achando que isso tá te levando pra algum lugar. Você nem tá parecendo mais meu irmão."

"Putz, de novo essa merda." Os olhos dele estão vidrados, fixos num ponto da parede.

"Por favor, Marcus." Não quero ficar implorando, não enquanto Tony e Cole estão do outro lado do vidro, rindo e bebendo cerveja.

É a primeira vez desde que cheguei que Marcus olha bem pra mim, me encara e até que enfim reconheço aquele olhar. A voz dele embarga quando começa a falar.

"Lembra quando éramos mais novos e o tio Ty levou a gente pra pista de skate, e a gente descia e subia a rampa, tentando escalar? E você era pequenininha, tentava subir, mas nem conseguia chegar na borda, daí escorregava de novo. Acabou sentada no meio do caminho e aqueles skatistas todos indo pra lá e pra cá, pulando, e você começou a chorar."

Ele não falou em tom de pergunta, mas sei que queria. Ele tá perguntando se eu me lembro das palmas das minhas mãos queimadas ou do medo latejando na minha cabeça.

"Lembro."

Marcus hesita, lambe os beiços e continua. "Eu não te ajudei a levantar e não é porque eu não tava nem aí ou queria ser o fodão, tipo, não era isso. Eu só tava esperando o tio Ty me mostrar alguns truques e, se eu fosse te ajudar, ia acabar perdendo a minha vez. Você sabe disso, né?"

O clima fica pesado entre a gente. Ele está pedindo minha bênção.

"Acho que sim."

Minha boca está seca, procuro dizer algo de concreto no meio desse climão, antes de olhar pra cara amassada dele e tomar fôlego.

"Tá bom, Mars." Tem algo no fundo dos olhos dele que me faz querer apagar tudo isso, só deixar pra lá. "Quero que você quebre tudo ou sei lá o quê. É só que, tipo…" Dou uma olhada pelo vidro e, do lado de lá, Tony está encarando a gente. "Deixa pra lá", digo. "Sério." Olho pro lado, desviando de Marcus.

Ele quebra o clima ruim. "Agora posso pegar uma cerveja ou você vai ficar aqui emputecida e o cacete?" Se endireita, a dor em seu olhar some e fica apenas um sorrisinho de lado. Aceno, saímos da cabine e nos juntamos à rodinha ao redor da mesa de som, onde Marcus abre uma lata e toma um gole. Sento entre ele e Tony, de frente para Cole, que tento entender se tem problema de audição ou algo do tipo, porque não responde aos gritos de Shauna.

Cole é muito alto, dava a impressão de que se esticasse bem o corpo daria pra alcançar o teto. As bochechas pareciam afundadas e eu sei que ele fica chupando pra dentro, fazendo com que encostem nos dentes. Cole é metido de um jeito que deve agradar, pois, do nosso grupo, ele é o que faz e acontece, ajuda a mãe da filha dele e tem um carro, mesmo ainda morando na casa da mamãe. Disse que é por escolha própria, e o jeito que ela o abraça me leva a crer que é verdade.

Pego Marcus me encarando enquanto dou um gole na cerveja que Tony me deu, só pra ter certeza de que não vou pegar outra latinha. Ele não gosta quando eu bebo. Assim que eu decido encarar de volta, ele olha pro outro lado.

Marcus volta pra cabine de gravação depois de terminar a cerveja e a gente fica assistindo ele balançar a cabeça, cuspir saliva pra todo lado, mostrando os músculos do peitoral que ele se esforçou mais do que qualquer outra coisa pra ter. Estou sozinha com os meninos e o braço esquerdo de Tony cai pro lado. Vez ou outra ele se estica pra colocar ao meu redor mas desiste antes de dar duas batidinhas na minha perna. A mão dele é pesada. Quando Tony fala, a voz parece um rugido, como se um leão se escondesse na garganta dele, tentando sair.

"Cê tá livre essa noite?"

Tony decide se mexer, põe o braço em volta dos meus ombros e eu chego a ser esmagada no peito dele, minha boca fica colada na jaqueta jeans, sendo sufocada pelo calor daquele corpo. Ele dá uns tapinhas no meu ombro no ritmo da batida e eu percebo que não tenho como fugir, os versos de Marcus correndo pelo meu corpo. Me viro para Tony e ele está de olho em mim, como sempre.

"Será que você pode conversar com o Marcus? Falar pra ele procurar um emprego?" Pergunto, ciente da mão boba de Tony no meu braço.

"Você nem respondeu minha pergunta."

Ele tem cheiro de gemada, mesmo que o Natal tenha passado, e não sei bem se gosto disso. Faz meses que Tony tá a fim de mim, desde que ele e Marcus viraram amigos, e ele foi o único cara que me perguntou algo e pareceu interessado em ouvir a resposta. Sempre que tenta, deixo ele segurar minha mão, mas ainda fico sem entender por que Tony parece não me largar, já que eu não dei motivo nenhum pra ele ficar insistindo.

"Não sei se vou estar ocupada, Tony, tenho mais com que me preocupar."

Fico olhando pro meu colo, pras minhas mãos. Mesmo com os agudos de Marcus ficando cada vez mais altos e Tony passando os dedos pelo meu braço, sem tirar os olhos de mim, não consigo pensar em nada além das minhas mãos. Eu costumava deixar minhas unhas enormes e pontudas. Roía para deixar bem afiada, tipo garra.

Agora estou me coçando para esconder minhas mãos ou, sei lá, sentar em cima delas, mas sei que isso deixaria Tony nervoso, ele iria acabar achando que estou me escondendo dele, então as deixo no colo. As unhas estão irregulares, carcomidas nas pontas. Parecem nuas, indefesas, tipo as unhas de crianças de oito anos, muito ocupadas brincando de polícia e ladrão para se preocupar em se preparar para enfrentar polícia e ladrão de verdade.

"Beleza", Tony diz com a boca muito perto da minha bochecha, chego a sentir seu hálito. "Vou conversar com o Marcus se você vier essa noite."

Me viro pra olhar pra ele e seus olhos estão cheios de esperança, gamadão. Por fora ele é troncudo, mas no fundo é gentil, suave, e acho que ninguém aqui nunca ouviu minha respiração tão bem quanto ele.

"Vamos ver", digo, saindo de seus braços. Cole abre os olhos e tira o headphone.

"Pra onde você vai, Ki? Já cansou da gente?" Cole abre um sorriso de cinquenta dentes.

"Você sabe que eu nunca me canso de vocês." Sorrio. "Vi sua filhinha, fofa ela."

Cole se endireita no sofá, para de sorrir e faz uma cara meio tranquila, de admiração, sonhando de olhos abertos.

"Sim, ela é linda."

Marcus sai mais uma vez da cabine de gravação para pegar salgadinhos e outra cerveja. Levanta as sobrancelhas. "Se pelo menos sua mina chegasse junto e parasse de reclamar…"

Shauna surge na minha mente, com lamentos e olhos famintos. Cole sai do meio da fumaça e deixa escapar um barulho, que não é ele concordando e muito menos defendendo. A tatuagem de Marcus se mexe de novo, tentando sair da pele. Ele me olha, nós dois somos os únicos de pé.

"Tá indo embora?" Não tô acostumada com ele pegando no meu pé desse jeito, bufando como uma criança birrenta, como se não quisesse que eu fosse.

"Tô pensando." Falo pra ele.

Ele vira a latinha e a esvazia. "Chega aqui." Me leva pra cabine de gravação de novo e me encara. Fico olhando pra ele, meus braços tremendo, pelos arrepiados, como se meu corpo tivesse acabado de lembrar o quão nu ele fica sem o calor do corpo de Tony.

"Você não precisa ir embora", diz ele.

"Por que você liga?" Às vezes, quando estou com Marcus, volto a ser a irmãzinha de dez anos que admira o irmão mais velho, volto a ser aquilo que eu era antes dessa bosta toda, antes de as minhas unhas começarem a quebrar e de Marcus decidir que ele precisa mais de um beat do que da minha mão para segurar.

Marcus fecha a cara, endurece o maxilar, depois solta e, de repente, minha impressão digital começa a se mexer, urrando no pescoço dele. "O que você quer dizer? Eu ligo sim, Ki. Tô fazendo isso pra dar uma vida diferente pra gente, que nem o tio Ty. Só precisa confiar em mim, firmeza? Me dá um mês para lançar o álbum. Você aguenta um mês, né?"

Marcus é melhor no papo do que na rima e agora não é diferente. Minha impressão digital criou pernas e tá se mexendo mais rápido do que a respiração dele.

"Um mês."

Deixo que ele me abrace de um jeito que parece mais um estrangulamento do que uma despedida.

Do outro lado do vidro, Tony e Cole estão rindo de alguma coisa, dando socos um no outro e fingindo que não estavam ouvindo a gente. Tony me vê e seu rosto se ilumina.

"Preciso ir", digo.

"Você aparece mais tarde, certo?" A altura dele contrasta com o comportamento meio infantil de menino que espera pela recompensa. Sei que não é certo deixar Tony fazer isso, achar que algum dia vou me aconchegar no peito dele querendo algo além de calor. Começo a caminhar até a porta que me leva de volta para Shauna, para as escadas e para a cidade.

"Talvez", falo pra ele, parando pra ver Marcus pelo vidro, gravando o último verso.

Ele está lá, se mexendo de um lado pro outro, começando a rima, e eu só consigo pegar uma parte antes de ir embora: *Minhas vadia não sabe de nada, não sabe de nada*. Estou tentando decifrar as falácias disso, as bordas rasgadas de lembrança que devem pertencer às palavras dele, e tudo o que encontro é nada, não sei de nada. Nada.

Shauna ainda está resmungando no porão, se esticando pra pegar uma bombinha de tirar leite. Não digo nada, só me abaixo pra pegar o par de cuecas imundas, faço uma pilha com as roupas sujas de Cole, tiro as almofadas do chão e as largo no sofá velho. Shauna me olha e fazemos contato visual. Tem algo no rosto dela que me faz pensar que ela é solitária, mas não sei o que é. Talvez pelo jeito que sua testa se enruga, como se não confiasse nas minhas mãos. Ou talvez por ela ter parado de reclamar quando comecei a ajudar, como se a única coisa que pudesse sair de seu corpo fosse um suspiro cansado.

"Você não precisa me ajudar", diz, a voz dela tem um único tom bem firme, quebrado por um leve sotaque. Conheci Shauna quando éramos mais meninas do que mulheres, logo depois de ela ter chegado de Memphis para morar com a irmã e com a tia, e eu quase não lembrava mais do som doce e familiar que saía daquela boca.

"Não custa nada." Olho de relance pro berço, uma trouxinha cobria a menina. "Ela tem quanto tempo?"

"Vai fazer dois meses."

Aceno, sem saber direito o que dizer sobre a miudeza da bebê. Penso na foto do velório e fico imaginando se Shauna tem ideia do quanto é fácil parar de respirar, ser alguém e depois deixar de ser, amar alguém e depois desaparecer.

Shauna pega a bebê e vai até o sofá, com a calça de moletom embolada na cintura por causa da barriga. Senta, se afunda no sofá vermelho e macio, que vira um casulo, igual à neném nos seios dela. Shauna logo coloca o sutiã de lado e a filhinha se agarra à mãe, mamando como se estivesse morta de fome e reaprendesse a viver, a se nutrir. Penso em desviar o olhar, mas Shauna não parece incomodada, e o jeito que a boca do bebê pulsa é maravilhoso. Os olhos de Shauna ainda estão fixos na menina, que mama tão forte que não sei como não fica sem fôlego. O outro mamilo de Shauna seca e forma uma casquinha, mas ela não parece sentir dor, nem se preocupa com a ferida exposta.

"Kiara." Não lembro a última vez que ela disse meu nome inteiro. Olho pra ela, suas olheiras estão pesadas. "Não se prenda a essa merda toda."

Ela ainda está com o olhar fixo na filha, como se o bebê fosse ficar sem ar, caso olhasse pro lado, então não tenho muita certeza sobre o que ela está falando até uma batida aumentar e meus pés começarem a vibrar junto.

"Você não precisava ter tido um filho."

Ela se volta pra mim. "Você não sabe nada sobre as coisas que eu preciso fazer. Só tô te fazendo um favor te falando pra não desistir de tudo por causa deles." A bebê para de mamar e começa a gritar, e Shauna fica de pé, resmungando, esperando que alguém pergunte, que algum dos caras que estão olhando pra ela pergunte o que tá rolando.

Mamãe sempre dizia que família é tudo, mas acho que aqui fora desaprendemos a ter esse sentimento, ralando nossos joelhos e pedindo pra estranhos nos consertarem. Não me despeço de Shauna e ela também não se vira pra me ver indo embora, voltando ao céu mergulhado em azul intenso, enquanto meu irmão pede pra que eu faça a única coisa que sei que não devo fazer, a única coisa que preocupa tanto Shauna a ponto de ter virado um conselho: me foder para ajudar uma pessoa que tá pouco se fodendo se, algum dia, eu estiver fodida.

A atendente da cafeteria põe a caneta atrás da orelha, onde seu cabelo undercut faz um degradê de azul, rosa-choque e loiro; ela sorri, que nem aquelas meninas malvadas antes de dizerem que eu não podia sentar com elas no intervalo, como se ela esperasse um soco ou algum tipo de prêmio.

"Não dá pra fazer nada se você não tiver um currículo."

Um grupinho de vinte e poucos anos, todos de All Star combinando, passa na frente da cafeteria e a mulher faz sinal pra entrarem, pegando os cardápios de trás da caixa registradora. Até o jeito que ela segura os cardápios, com a ponta dos dedos, como se estivessem muito sujos, me dá vontade de dar um tapa na caneta atrás da orelha dela.

"Não tenho o que colocar num currículo, não faz sentido eu trazer pra você uma folha em branco, faz?" Minhas mãos estão no balcão de vidro, a torta simétrica de batata-doce me encara, provocando.

A mulher entrega os cardápios para o grupinho que sentou numa mesa do canto e volta para pegar uma jarra de água. Seu sorriso sumiu, ficando só a cara feia que vem antes e depois de as meninas malvadas mandarem você ir se foder. É engraçado como a quinta série persegue a gente.

"Ó, não tenho nada para entregar pro meu gerente e, sendo sincera, acho bem difícil a gente contratar alguém com tão pouca experiência." Ela para de falar, com cara de cu. "Por que você não tenta a Walgreens?"

Antes de virar as costas e ir pra rua, me certifico de dar um soquinho no vidro do caixa. Não tão forte para que quebre, mas forte o suficiente para que o pessoal de vinte e poucos me veja e fique com medo.

Tentei o Walgreens na semana passada, CVS na retrasada. Tentei até a MetroPCS, que divide prédio com uma tabacaria, e onde ninguém entra a não ser que esteja querendo comprar drogas ou arranjar um celular baratinho que dure até sair da cidade.

É sempre a mesma coisa: peço pra falar com o gerente, aí sai um homem dos fundos, resmungando, com a cara vermelha e pronto pra me mandar embora antes mesmo de eu falar qualquer coisa, ou dizem que o gerente não tá, aí eu tento negociar com um dos empregados. Balançam a cabeça assim que digo que não tenho um currículo; o sino pendurado na porta toca como se fosse um sinal para que eu saia, me dizendo que não tenho muito tempo até que o meu mundo comece a desabar. Gasto um tempão nisso, e isso me afeta, sem saber o que de fato estou fazendo e, então, percebo que só estou vagando por aí, que não tenho um destino claro.

Caminhar pelo centro de Oakland é tipo procurar as próprias pegadas no fundo do mar. Tudo aqui é grande, não é igual a quebrada da leste, onde as construções são baixas e os nossos pés estão sempre tocando o chão. Como se fosse uma bússola, a gente levita por todas as direções. Eu e Marcus passávamos muito tempo com o papai no centro, antes de levantarem os prédios e espalharem ouro nas calçadas. Antes de sermos irreconhecíveis. Naquela época, era uma cidade fantasma e a única galera daqui era um pessoal que dava tapinha nas costas do papai e nos oferecia uma corrida no banco de trás dos táxis que dirigiam, antes de existir Uber. Naquela época, éramos "nobres" simplesmente por acompanhar o papai até o apartamento de seus velhos amigos, aqueles que ninguém queria por perto por serem envolvidos até o pescoço com sujeira e tráfico.

Hoje em dia, as ruas estão cheias de cafeterias, de gente igual com a cabeça baixa no centro da cidade, sem olhar por onde anda, em quem poderiam esbarrar ou tropeçar. Estão todos com os olhos numa tela, com os cadarços tão apertados que é bem capaz de os pés estarem dormentes.

A única coisa que tem no centro e que não tem em nenhum outro lugar é aquele monte de bar, clube e buraco onde as pessoas se enfiam pra beber e dançar. Às duas da manhã, sempre tem alguém por aí fazendo um churrasco um pouco antes de os clubes fecharem, o cheiro de maconha se misturando com a fumaça da carne.

Na esquina tem um bar de strip embaixo de um estúdio de yoga, com uma porta de metal pintada de preto brilhante. Ouço uma música baixinha e, mesmo ainda sendo cinco e pouco, eles estão abertos. Entro numa sala muito mal-iluminada por lâmpadas que parecem velas, umas pessoas sozinhas estão escoradas em banquinhos ou sentadas em mesas redondas nos cantos mais escuros do lugar. As barras de *pole dance* surgem enormes ao centro, com uma mulher fazendo aéreo e outra não fazendo nada.

Vou até o bar, onde encontro um homem segurando um pano, limpando o balcão. Ele é igual a todos os outros bartenders que já vi na vida e fico aliviada com o fato de o centro da cidade ser previsível, de as mudanças só proporcionarem mais do mesmo, de prédios parecerem se duplicar, como as tatuagens no braço desse cara.

Ele olha pra mim e eu me sinto pequena naquela escuridão. "Como posso ajudar?"

Respiro fundo. Não tenho certeza se quero um emprego desse ou se eu sequer conseguiria, mas estou desesperada. "Estou procurando um emprego", digo, sem nem fazer questão de pedir pra chamar o gerente caso faça alguma diferença.

Ele faz que sim com a cabeça, o alargador na orelha esquerda brilha quando ele se mexe. "Se você quiser eu posso entregar seu currículo pro meu chefe. Ele tá sempre procurando mais meninas bonitas."

"Não tenho currículo", digo, esperando pelo famoso sorrisinho de piedade.

"Ah", responde, prendendo uma mecha solta de volta no rabo de cavalo. "Então acho que posso passar seu nome e telefone pra ele." Ele pega uma caneta e um post-it atrás do caixa e se inclina para anotar. Olha pra mim de novo e enruga o nariz. "Quantos anos você tem, minha flor?"

Me arrepio com o apelido. "Dezessete."

Ele se ajeita e a careta finalmente dá as caras. "Não contratamos gente com menos de dezoito. Sinto muito, querida."

Aceito a resposta dele, volto pro lugar iluminado pela porta aberta. Achava que a única coisa que se ganhava ao completar dezoito anos era o direito ao voto, mas pelo visto se pode mais do que votar, e eu queria que o meu aniversário chegasse logo. Antes de sair, ouço meu nome. Me viro e vejo uma mulher se materializando atrás do bar, seu rosto não me é familiar, mas me esforço para lembrar e, de repente, ela se torna uma conhecida.

"Kiara?"

"Lacy?"

Ela sorri pra mim com as sobrancelhas voltadas pra dentro, do jeitinho que eu me lembrava, antes de me chamar de volta pro bar, sair de trás do balcão e puxar um banco. Sento e ela dá um tapinha na minha perna.

"Como estão as coisas, garota? Tô ligada que você nem tem idade pra tá aqui." Fala com aquele sorrisinho que parece não sair do rosto.

Nunca conheci Lacy de verdade, pelo menos não do jeito que Marcus conheceu. Ela foi a fiel escudeira dele quando estudavam na Skyline, e em quatro anos eu nunca vi os dois longe um do outro. Mas daí largaram os estudos alguns meses antes de se formar porque nenhum dos dois era incentivado a lutar por aquele diploma, pra vestir capelo e beca. A escola tem tantas armadilhas quanto as ruas, sempre lascando a gente, sempre nos deixando na mão.

"Ah, é aquela coisa, tô vivendo", digo a ela, porque não quero mentir igual Marcus mentiria, mas parece muito pessoal contar num ambiente desse que tudo parece assustador.

"E seu irmão?" Ela parece pensativa e encolhe os lábios.

"Tá na mesma."

Marcus largou Lacy assim que conheceu Cole, assim que percebeu que, na vida real, ao contrário do que ele achava, não temos moral nenhuma. Tio Ty fez Marcus acreditar que milagres podem acontecer com a gente e deu a entender que Cole era o caminho, que ficar com Lacy não traria recompensas. Ela arranjou um emprego de quarenta horas semanais e Marcus não queria fazer parte disso. E aqui estamos: ela com dois coques na cabeça, cheia de piercings no rosto, parecendo a dona da porra toda. Como se não precisasse de luz no fim do túnel pra continuar seguindo. Enquanto tudo o que ele tem é meia dúzia de faixas no SoundCloud e nenhuma grana, esperando por um milagre.

Lacy se levanta de repente. "Quer tomar um drink?" Ela está com o clássico uniforme preto de bartender, mas mesmo assim arrasando. "Não vou contar pra ninguém." Dá uma piscadinha e volta pra dentro do balcão, onde eu encontrei aquele cara antes. Em algum momento, ele foi pros fundos e, mesmo que volte, algo me diz que Lacy é muito mais influente ali do que ele. Algo no jeito dela: postura reta, igual uma árvore, como se estivesse sempre crescendo.

Concordo. "Claro."

"O que você quer?"

"Me surpreenda." Não sei como pedir uma bebida pra mim, ninguém costuma perguntar o que eu quero. Geralmente só me entregam uma garrafa ou um copo e eu nem paro pra perguntar o que é. Lacy pega uma garrafa atrás do balcão, depois mais uma, despeja, chacoalha, mistura com um canudo tão fino que me pergunto como vou conseguir beber alguma coisa com aquilo. Põe uma cereja, daquelas tão doces que chega a ser difícil acreditar que vieram mesmo de uma árvore; e empurra o copo na minha direção. A bebida é de um vermelho-claro, quase rosa, se não fosse a cereja realçando a cor.

"Que isso?" Pergunto.

Ela se inclina no balcão. "É surpresa. Não se preocupe, você vai gostar."

Pego o canudo. Bebo. Sinto um troço na língua e uma euforia se espalhando pela boca, como se todos os sabores do mundo se juntassem num brilho ardente. "Eita, porra", falo depois de engolir, olhando para Lacy.

Ela ri. "Você sempre amou coisas doces."

"Faz quanto tempo que você trabalha aqui?", pergunto.

"Comecei como stripper mais ou menos na época em que briguei com Marcus, mas o bar dá mais estabilidade, daí virei bartender faz uns meses." A porta se abre de novo e um pequeno grupo de homens engravatados entra. Lacy se endireita. "Estamos quase lotados, mas vocês podem ficar. Se quiserem beber alguma coisa, é só me chamar."

Lacy sorri e leva os homens para uma mesa bem de frente ao palco. Um deles está com uma gravata de bolinhas, que ele afrouxa, me encarando, dando um sorrisinho com o canto da boca. Não sei por quê, mas o rosto dele é agradável, uma parte de mim está a fim de tocar, saber se ele tem barba, se a pele dele é sensível o bastante para ficar vermelha com o toque dos meus dedos. Volto ao meu drink e fico pensando se devo ficar, se o fato de ser muito nova, de estar sozinha, sem dinheiro, num bar de strip, pioraria a minha noite. Mas bebida grátis é bebida grátis e eu estou cansada dessa caminhada eterna e de ser rejeitada por todos os empregadores de Oakland, por isso dou um gole. E outro. E mais um. Bebo até que o vermelho açucarado acabe e depois peço para Lucy me fazer outro.

Depois do que aconteceu com a mamãe, Marcus não suporta nada vermelho. Não que ele tenha sido o único obrigado a ver, mas foi ele quem tentou estancar o sangue dos pulsos dela, ele quem pegou a navalha do chão. Foi ele quem pediu para que não me levassem, com o corpo de dezoito anos crescendo como se a altura dele pudesse lhe dar a capacidade de passar noites em claro sem pensar na cor da água. Desde então, Marcus não põe o pé no nosso banheiro. Ele toma banho na casa dos amigos e faz xixi na adega do outro lado da rua.

As sirenes daquele dia nos deixaram no único ponto da casa sem marcação. Sentados no meio do tapete atrás do sofá, eu e Marcus encarávamos a plaquinha neon indicando outro pedaço de DNA, como se aquele apartamento todo não fosse feito da gente e do nosso sangue. A assistente social foi embora com a polícia, seguindo mamãe e a ambulância, depois de passar uma hora fazendo perguntas. Marcus estava com o braço nos meus ombros e, toda vez que eu voltava a tremer, ele fazia carinho na minha pele pra me lembrar que ele ainda estava ali. Faltavam dois meses pra eu fazer quinze anos. Ele era o adulto mais novo que eu conhecia, e menos de uma semana depois disso ele largou a escola. Marcus estava decidido a se esforçar por mim, queria ser o homem da casa.

Sentamos naquele pedaço do tapete marrom, que um dia foi bege, e Marcus sussurrou no meu ouvido: "Eu tô contigo". Aquilo foi uma inspiração dele, como se fosse meu sol. Se mamãe não estava mais com a gente, e papai não passasse de um solo infértil, então eu precisava do meu irmão mais do que de qualquer outra coisa. Ele me perguntou o que eu queria comer na janta e, quando disse que não estava com fome, ele achou o dinheiro reserva de mamãe debaixo da fronha e comprou três pizzas de sabores diferentes. Ele comeu dois pedaços de cada, pegou toda a calabresa de uma delas e largou o prato pra eu lavar. Talvez eu devesse saber que ia acabar assim: eu com a louça suja, tentando dar um jeito nele, mas envolvida em seus braços, seus sussurros no meu ouvido sendo o suficiente pra eu não reclamar do resto. Marcus precisava de mim. E eu era dele.

Pensei que Marcus continuaria sendo tudo o que eu precisava depois daquilo. Ele segurou minha mão no julgamento de mamãe, quando tio Ty saiu da cidade e durante as visitas à nossa mãe na cadeia superlotada de Dublin. E, dois anos depois, ele soltou. Marcus saiu com Cole, parou de me olhar nos olhos e passou a fazer uma pilha de jornais não lidos na porta. Tenho ido atrás dele desde então, tentando fazer com que volte a me olhar.

Quando pela quarta vez só sobra gelo no meu copo, o clube está cheio de gente bêbada, todos os banquinhos e mesas ocupados e não dá para identificar uma única música do tuts-tuts que sai da caixa de som. Tem mulheres nas três barras de pole e a grana entra nas calcinhas fio dental de cada mulher que dança no colo dos caras. Algo naquela barulheira toda faz eu me sentir viva, não como uma garotinha tentando sobreviver no mundo, mas como uma mulher livre. O piscar das luzes deixa o ambiente quase aconchegante. A música combina com o falatório, produzindo um coro distorcido e abafado, como uma melodia estática. A porta abre a todo momento para mais um monte de gente entrar; pela fresta, transborda em Oakland uma batida grave, alguém gritando para tomar cuidado com os drogados na calçada e uma sirene.

Lacy retorna depois de dar voltas com uma bandeja com garrafas de vinho meio vazias e fico sem entender por que as pessoas pagariam por algo que nem consumiram. Olho pra ela e depois pro meu copo, sem conseguir encontrar as palavras para pedir mais.

Ela ri. "Acho que chega, né, Ki?!", ela grita.

Faço um beicinho, girando na banqueta. O cara da gravata de bolinhas está de olho em mim de novo. Ele troca ideia com os amigos engravatados dele e, ao mesmo tempo, fica me encarando. Giro de volta pro lado de Lacy, vejo ela misturando bebidas e de repente o lugar parece cheio demais, como se todo o ar tivesse desaparecido naquele girozinho que eu dei. Na barulheira, grito para Lacy: "Vou sair daqui".

Ela levanta as sobrancelhas, sua imagem parece maior do que eu me lembrava quando o rosto dela alonga assim. "Tem certeza que consegue voltar pra casa?"

Faço que sim. Não pra ela, mas pro vulto dela, que sombreia até o teto. Levanto do banquinho e junto os pés, caminho em direção à porta como se existisse algo incrível do outro lado. A porta se abre e saio pra rua. Percebo na hora que já passou das dez, porque está tudo fechado em Oakland e com as luzes apagadas. As únicas pessoas que estão na rua moram nela. É isso o que o futuro reserva pra mim e pro Marcus. Não tem como escapar das calçadas.

O vento gelado percorre meu corpo, entra pela camiseta e vai até meu umbigo. Penso, às vezes, até onde vai meu umbigo.

Tipo, se vai até o estômago, se se junta à cereja toda mastigada que tem lá dentro; penso também se está ligado ao meu útero.

A porta do clube se abre e o cara da gravata de bolinhas aparece, com o gel já saindo do cabelo, o que o deixa mais natural, sem cara de engravatado.

"Ei." Não sei bem se ele está falando comigo até dizer: "Garota da camiseta cinza". Tenho de dar uma olhada no que estou vestindo pra ter certeza de que sou eu. Tento sorrir pra ele, mas minha boca treme e fico achando que ela virou do avesso, o que faz com que ele ria baixinho, sem estragar o clima.

"Oi?" Nessa hora, é a única palavra que consigo formar, o único som coerente.

Não lembro quando foi a última vez que um homem branco conversou voluntariamente comigo, muito menos a última vez que foram atrás de mim na rua, mas não tenho cabeça e nem estômago pra essas perguntas, parece que estou cheia daquele drink vermelho.

Ele dá outro sorriso, igual ao que deu lá dentro. "Olha, tá tarde e eu não quero fingir que não estamos aqui pelo mesmo motivo."

A única coisa que eu noto enquanto ele fala é o vento que bate em seu cabelo. Não sei a que ele se refere e estou sem energia para tentar entender.

"Eu conheço um lugar", diz ele.

"Um lugar...?" Meus joelhos ficam ainda mais moles com o refluxo.

Não sei bem se sigo o cara por causa do frio e por achar que ele está me tirando da corrente de vento, ou se foram os últimos dias e a bebida que me fazem querer esse homem — uma fome por algo mais acolhedor que toma conta daquela parte de mim que seria responsável pelo bom senso de cair fora, subir num ônibus ou procurar uma rua mais movimentada. Não importa, o fato é que eu continuo andando. Meio devagar, pelo visto, pois o cara da gravata de bolinhas pega minha mão e me arrasta pra um prédio.

O prédio é grande e, quando olho pra cima, nem consigo enxergar onde termina. Ele me leva até o elevador e a gente entra. Não fico sozinha com outro homem que não seja Marcus desde os meus catorze anos, quando um menino tentou me ensinar como bater punheta no banheiro da escola, até que os sapatos do nosso professor de química apareceram embaixo da porta, aí ele broxou. Quando o elevador sobe, alguma coisa acontece com o líquido do meu estômago, sobe pra cabeça, como se eu tivesse engolido um oceano.

O elevador apita e eu fico na expectativa de entrar num escritório, ou talvez no apartamento dele, algum lugar com cara de rico. Em vez disso, caímos do lado de fora de novo. Mas agora dá pra ver o céu bem de perto, um jardim espalhado cercado por muros de cimento.

"Onde?" Só consigo pronunciar uma palavra. Ele não me responde, mas me empurra pra perto do muro. O jardim é todo deserto, árvores bem ramificadas e um lago no meio; acho que estamos na cobertura deste prédio enorme que não acaba mais.

Agora, na beirada do muro, ele me puxa. Quando me beija e para pra tomar fôlego, a silhueta dele vira um contorno no céu. Faz um tempão que eu não beijo; é meloso, tão molhado que fico querendo que ele seque a boca.

Ele me beija de novo e, aos poucos, começa a marcar território em mim, empurra meu corpo contra o muro e eu fico cada vez mais perto do céu. Desabotoa minhas calças e, de repente, o vento passa a me segurar, junto com as mãos dele, arranhando minha pele. Ele me vira de costas, me deixa empinada e minha bochecha é esmagada contra o muro, mas se eu olhar de canto de olho, consigo ver Oakland lá embaixo, a luz de uma sirene:

longe demais para ouvir, mas impossível de perder de vista. Antes mesmo de eu entender o que está rolando, ele está metendo e só dá pra sentir o drink de cereja dentro de mim, me afogando. Não estou nem participando, só deixo o céu me acalmar, e não entendo como que, na primeira vez que sinto o pênis de um homem dentro de mim, sinto um tédio tão grande que nem tenho certeza se estou aqui de verdade.

Não demora muito pra acabar e minhas calças voltam pro lugar. Ele bota o cinto e nem me olha mais, só bate no bolso, acho que procurando a carteira.

"Tenho só umas de cem aqui." Umas de cem. Grana. Esse homem tá querendo me pagar. Ele pega o rolinho de notas e coloca bem na palma da minha mão e, mesmo eu sabendo que não deveria, aceito, fecho meu punho, cada parte de mim treme, meus dentes batem uns contra os outros e ele continua calado; só tira um lenço do pescoço pra pôr no meu. Antes de ir embora e sumir no elevador, ele não dá nem um tchau, pelo menos não que eu tenha ouvido.

Preciso mijar. O oceano cresce em mim.

Corro até a lagoa, tiro meus sapatos, minhas calças, e entro. Deixo tudo sair, meu corpo flutua como se tivesse totalmente recarregado por aquela grana, o drink vermelho sai amarelo na lagoa. Não sei como os corpos consomem uma coisa e produzem outra, mas creio que essa noite tenha nos brindado com toda a esquisitice possível. Visto as calças, calço os sapatos e vou até a borda do terraço. Vejo a cidade ali de cima, a neblina rarefeita de um jeito que só dá pra eu ver a ponte de longe, tudo o que estava escondido aparece e, quando eu respiro, não sinto cheiro de mijo ou de cigarro ou de maconha. Só sinto um restinho do drink vermelho que insiste em ficar no meu bafo.

Conheci Camila na mesma noite em que trombei com o cara da gravata de bolinhas, a caminho de casa, tentando dar um jeito de voltar pro leste de Oakland sendo que não tinha mais ônibus passando. Marcus e Alê não atendiam o celular e eu tava com os lábios rachados, congelando. Não sabia o que fazia, perambulando, seguindo o barulho da pista.

Um carro preto e lustroso parou na minha frente e essa mulher saiu da porta de trás, tirou o casaco, entregou pra alguém que não consegui ver direito, depois fechou a porta antes que o carro arrancasse. O mega hair dela era rosa brilhante e combinava com sua roupa, um vestido fosco e justo. Ela andava de um jeito que me lembrava como as pessoas andam quando tá ventando muito: determinada, requebrando.

Fiquei ali com a minha camiseta cinza e aquele lenço que ainda estava no meu pescoço, fingindo que não estava olhando, mas Camila via tudo por baixo daqueles cílios, enxergava tudo o que podia naquela curiosidade típica que faz os olhos saltarem e te suga. Ela olhou pra mim e disse: "O que você tá olhando?".

Eu provavelmente teria dado um soco nela ou sairia correndo se qualquer outra pessoa tivesse me dito isso, mas o jeito que ela falou não parecia ser pra arrumar briga, mas sim como se achasse graça, como se eu estivesse numa multidão e não falasse a mesma língua que todo mundo, como se ela fosse a primeira pessoa que eu encontrei que falava.

"Nada."

"Você é uma das novinhas, né?" Os lábios de Camila se curvaram, mostrando os dentes e o aparelho transparente que eu não havia percebido até chegar mais perto. "Olha, você não vai conseguir muita coisa perambulando na rua assim. Faz seu trabalho onde tem dinheiro de verdade. Arranjei um cafetão pra mim, acho que ele te aceitaria se eu pedisse. A questão é que ninguém vai te levar a sério zanzando aqui fora e, tô te falando, o povo tá pouco se fodendo se você se machucar. Tá entendendo?"

Ela era tão radiante que eu não consegui encontrar as palavras certas para recusar o convite, para dizer que eu não era que nem ela, que não queria fazer aquilo, porque vai que eu era sim aquele tipo de mulher. A grana do carinha da gravata de bolinhas ainda enchia o meu bolso. Meu corpo, ainda inseguro, não sabia como dar sentido àquilo que rolou em cima do prédio, àquele homem.

Camila pegou minha mão com cuidado para que suas unhas acrílicas não me furassem. Pediu um carro pra gente, disse que ia me dar uma carona até o bordel dela. No carro, me explicou como ser igual a ela, pra onde e quando ir, como me vestir, e cheguei até a pensar que esse é o lugar onde as meninas vão quando estão exaustas. Talvez seja esse o meio de me bancar, botar presença no meu corpo, que nem mamãe.

No dia seguinte eu não conseguia parar de pensar no cara da gravata de bolinhas e em Camila, em como tudo parecia fácil pra ela. Pensei em quanto aquele homem me pagou por pouquíssimos minutos. Liguei para três agências de acompanhantes e empresas de telessexo, mas todos me disseram que na minha idade era ilegal, que eu deveria ligar quando completasse dezoito. Disseram que eu podia tentar pela internet, mas paramos de pagar o Wi-Fi ano passado e eu não tenho nem celular nem computador. Camila me disse que, se eu fosse pra rua, deveria ter alguém para ficar de segurança, pra não ser tão ruim assim. Talvez eu devesse fazer isso mais algumas vezes até conseguir convencer Marcus a arrumar um emprego. Agora já transei e posso transar de novo, não é nada além de um corpo, digo a mim mesma. Pele. Não preciso transformar em algo maior do que isso. Só até a gente pagar a dívida do aluguel.

Não foi difícil convencer Tony. Na noite passada, apareci na porta da casa dele, que me recebeu como se eu fosse um bilhete de loteria que a mãe deu de presente de Natal. Assim que sentei ao seu lado no sofá, Tony tentou, de um jeito delicado, me envolver nos braços dele, como se aqueles músculos pudessem fazer qualquer coisa com delicadeza. Sentei na beiradinha do sofá para que o corpo dele não encostasse no meu, me virei e lembrei do que Camila disse.

Parecia que Tony já tinha percebido que tinha alguma coisa errada e torceu o nariz.

"Preciso da sua ajuda com uma coisa", digo, enquanto torço no dedo um fio solto do lenço que o cara da gravata de bolinhas me deu até ficar inchado.

"Já falei com Marcus", diz Tony, desenrolando o fio no meu dedo.

"Achei que você só ia fazer isso se eu aparecesse."

Ele deu de ombros. "Mudei de ideia. Mas não importa, na real ele nem ligou pra nada do que eu disse."

Apertei com mais força o fio solto e desfiei ainda mais o lenço. Enrolei no dedo inteiro, até que o fio estivesse todo ali. "Tenho um plano diferente." Desviei o olhar, pois ficar olhando Tony é como encarar dentro do cano de uma arma: perto demais.

"E aí?"

"Talvez você não goste muito da ideia, mas eu já decidi, então se você não me ajudar eu vou fazer do mesmo jeito."

Ele riu. "Você sempre faz."

Quando contei, ele passou um tempo quieto. Sentado, ainda com um braço atrás do sofá e os olhos fixos no meu dedo.

"Ah, que se foda."

Para alguém que não é muito de falar, sempre que Tony abre a boca, é rápido e direto ao ponto. Essa é uma das coisas que gosto nele. E de como me sinto pequena quando tô com ele, como se ele me cobrisse com os braços e eu não precisasse mais sair.

"Você vem pra garantir que eu não vou parar numa vala. Ou não vem e eu vou sozinha. Você que escolhe." O melhor jeito de conseguir o que você quer de um homem é dizer que ele tem uma escolha, o controle, o fio da meada.

"Seu irmão vai me matar."

"Não enquanto estiver debaixo do meu teto." Tony então pega o fio e desenrola do meu dedo, corta rente ao tecido, deixando o lenço e uma parte desfiada de alguma coisa que poderia ser uma linha, se você olhasse bem de perto.

Hoje à tarde busco Trevor no ponto de ônibus depois da escola. Ele pega a minha mão, como de costume, e balança a cabeça contando o quanto a sra. Cortez parece não gostar mesmo dele. Conta que hoje ela tomou as figurinhas dele de basquete, as dos jogadores do Warriors, e não devolveu até a hora de ir embora. Tudo parece muito natural, inclusive o jeito que Trevor me olha, aproveitando ao máximo minha presença, enquanto caminhamos pela High Street, para que eu possa aparecer nos melhores sonhos dele. Acho que ele vai conseguir ver na minha cara, enxergar o quanto tudo mudou, mas ou Trevor não percebe ou talvez só não se importa mesmo. Quando deixo o garoto em casa, ele agarra meu pescoço como se fosse me abraçar, mas puxa o meu cabelo, depois se afasta e começa a rir, como se tivesse me pregado uma peça. Eu também rio, enquanto o empurro pra dentro, junto com a mochila. O momento é tão natural que quase acredito que a realidade é desse jeito, que não houve bebida vermelha, nem mijo, nem macho. Quase acredito que vai durar pra sempre.

Agora já anoiteceu e eu estou na rua, daqui mais ou menos cinco minutos o frio vai piorar. Minha saia me trai, tudo entra ali dentro, roçando na minha pele igual uma raspadinha em pleno inverno. Tentei me vestir que nem as manequins das lojas de Fruitvale Village, saias e outras peças tão curtas que o vento bate no corpo inteiro. Aqui fora há uma espécie de silêncio que chega a nem ter pra onde ir; as ruas continuam agitadas, observo todo o quarteirão, me obrigo a memorizar cada pessoa que passa por aqui.

Do outro lado da rua, Tony está me olhando. Tento não olhar de volta, tento fingir que não estou assustada e nervosa e que meus ossos não estão mais duros do que o normal, difíceis de quebrar. Enquanto ando pra cima e pra baixo na Internacional, passando pela escola de beleza e pelas lojas idênticas com vestidos de festa superextravagantes nas vitrines, Tony me segue do outro lado. Contenho um sorriso: esse homem enorme caminha tentando se esconder nas sombras. Se estivéssemos em qualquer outro lugar, algum fulano chamaria a polícia pra ele, mas ninguém ousaria chamar sirenes na Internacional, onde achariam que todos nós estamos fazendo alguma coisa errada.

Ainda está claro, mas já tem um monte de homem por aqui, me comendo com os olhos. É pior do que o cara da gravata de bolinhas, todos eles juntos, sabendo que eu sou a menina que vai se oferecer sem saber ainda se tá mesmo a fim de continuar com isso. Fico pensando se Camila estava certa, se eu deveria procurar um homem na internet que só queira lamber o vão dos dedos dos meus pés ou, talvez, se deveria me juntar a ela e ao seu cafetão. Só que tenho medo de me envolver demais e não conseguir sair.

Os homens assoviam.

"Ei, linda, vem cá."

"*Mamí*! Venha!"

"Por que cê tá aqui fora nesse frio? Te dou um trato e te esquento, gatinha."

Eles não têm dó e são sujos, Tony parece que está prestes a atravessar a rua correndo para enchê-los de porrada a cada vez que ouve alguém gritando ou assoviando pra mim. Ele tá tentando me proteger justamente daquilo em que estou me metendo.

"Kia!" A voz vem deslizando atrás de mim. Camila aparece com os braços de fora e com saltos prateados, brilhantes e arriscadamente altos. Vem até mim com a boca aberta, como se fosse cantar ou me beijar. Em vez disso, ela pega as minhas mãos e começa a dançar, rebolando pra valer. "Por que você tá aqui, *hija*?"

Fico agarrada em Camila, esquecendo de Tony, mesmo sabendo que ele está olhando.

"Você sabe", eu digo.

"O que foi que te falei sobre as ruas? Já arrumou algum tio pra te bancar?" Camila me faz girar, fica enorme perto de mim por causa dos centímetros a mais do sapatinho de cristal da Cinderela.

Volto pro lugar que eu tava. "É, tipo isso."

Camila solta um muxoxo, seus cílios são grandes e pesados. "Tem um cliente me esperando."

A respiração de Camila é densa, igual a ela. Noto que ela solta o ar e sei que tá nessa faz tanto tempo que nem sente mais frio; fica ligadona, o corpo produzindo calor do nada. Ela tá nesse jogo há tantos anos que acredito que deve ter o controle, deve ser a manda-chuva. Ninguém grita com ela. Todo mundo sabe que ela não é de ficar falada, não é da laia deles. Camila cortaria qualquer um que fosse idiota o suficiente para arrumar treta com ela, deixaria qualquer um deles sangrando.

Sua trança tem mechas azuis e a maquiagem é seu próprio figurino; ela está pronta para o desfile, com a voz grossa e mágica. Camila acena pra mim com suas unhas pontudas, diz que me vê por aí e do nada eu fico sozinha de novo, mas meus olhos acompanham Tony, desconhecidos e outdoors com propagandas de cassinos que eu acho que nem existem. Espero que ela volte, me faça sentir que essa é só mais uma noite normal, pra depois eu poder voltar a caminhar com Trevor até o ponto de ônibus e comer uns salgadinhos velhos com Alê no balanço.

Desde que rolou o lance do clube, uns dias atrás, tenho evitado Alê, ignoro as mensagens e ligações dela. Acho que assim que ela olhar pra minha cara vai ver isso tudo, e nunca mais vamos conseguir compartilhar o mesmo baseado, olhar a cidade de cima e ver a mesma coisa. Apesar disso, queria que ela estivesse aqui pra me fazer rir. Pra aquecer minha noite fria.

Quando o homem aparece na rua como se tivesse se materializado especialmente pra mim, penso se não estou sendo inconsequente, se não deveria ir pra casa; daí me lembro da dívida com Vernon. E Tony tá aqui comigo, vai dar bom. É só um corpo.

O homem na minha frente é baixo, tem quase a minha altura com esses saltos, e um cavanhaque que fede a gasolina, o que dá a entender que ele trabalhou com carros o dia inteiro, em algum lugar imundo e cheio de óleo. Quando Camila me disse que precisava de cafetão ou, pelo menos, de alguém pra me proteger, pensei que eu devia escolher um cara grande, daqueles bem musculosos, com mais grana do que eu imaginava que existia nesta cidade, nesta avenida. Mas, olhando para esse cara de olhar desinteressado, creio que meu corpo possa fazer um homem pequeno se sentir grande. Eles ficam com um ego enorme quando estão comigo, torrando a grana que deveria ir pro aluguel ou pra mãe dos filhos deles comprar fralda.

Tento me recompor, digo a mim mesma que devo ficar nessa rua e esse homem deve me dar dinheiro. Digo a ele uma versão do meu nome, Kia, e ele pergunta quantos anos eu tenho.

Camila diz que a regra número um é não dizer nada sobre si.

"Tenho a idade que você quiser que eu tenha."

Ele não faz mais perguntas e eu tiro nota disso, o quanto ele não tem interesse. Camila me contou que alguns deles vão querer saber a minha idade pra construir seus fetiches por novinhas, que eu faria mais dinheiro se eles soubessem. Esses são os caras que choram na hora de gozar, aqueles que têm a carne tão fraca que daria pra rasgar.

"Você quer que eu te chame como?", pergunto a ele. Esse é o primeiro passo. Camila me contou que isso diz mais do que qualquer outra pergunta, daí você saca o que tem que fazer.

Os ombros do cara baixinho caem, ele pigarreia. Gagueja um pouco, mas diz um nome. Pede para que eu o chame de Devon e eu fico um pouco surpresa, principalmente porque esperei por algo que exalasse ácido e sexo, algo que ele teria vergonha de dizer em qualquer outro lugar.

"É sua primeira vez?", pergunto, pego na mão dele como se tivesse alguma ideia do que estou fazendo. Vejo de relance a sombra de Tony do outro lado da rua, e quase consigo traçar a tensão dos músculos dele, formando um contorno em volta de seu corpo.

Davon encolhe os ombros, diz que tá com o carro estacionado a um quarteirão dali, perto da Trigésima Sétima. Deixo ele me conduzir, dou uma olhada em Tony, que caminha na mesma direção que a gente do outro lado da rua, se certificando de que consegue ver tudo.

Não sei muita coisa sobre carros, mas sei que o de Devon é velho e tá caindo aos pedaços; provavelmente o motor ronca. Ele abre a porta de trás, eu entro. De novo sinto aquele cheiro de óleo, mas agora está misturado com algo doce, como se a baunilha tivesse entrado no carro e feito amor com as engrenagens. Ele entra depois de mim e nos sentamos um do lado do outro, como dois estranhos à espera.

Sinto um aperto no peito, então quebro o silêncio. "Me conte o que você quer."

Ele hesita, não diz uma palavra e pega minha mão.

Continuamos sentados, só com as mãos entrelaçadas, e penso que devo ter confundido a solidão dele com desejo. Meu pânico aumenta e fico pensando se não cometi um erro, se eu poderia sair desse carro e correr até Tony, mesmo se eu quisesse. Antes de ter a chance de fazer alguma coisa, a outra mão de Davon pega a minha cintura e ele me puxa pra mais perto, o bastante para eu sentir o cheiro de baunilha em sua pele. Me inclino e dou um beijo nele, como se significasse alguma coisa. Mas ele começa a mexer as mãos rapidamente, me abrindo e me rasgando. Pele na pele dentro da pele e a moleza se dissolve no rangido do carro. Consigo sentir o couro rasgado do banco nas minhas costas, assim como o suor pingando dele.

Nenhuma palavra, quase nenhum som sai de nós, mas o carro conversa. Ele geme e ronca, como se fosse ganhar vida bem ali, diante de nós; chego a quase torcer pro carro começar a andar sozinho, me levando até o alto das montanhas pra ver o porto esparramado a ponto de não conseguir mais enxergá-lo.

O carro continua no lugar, com um balanço tímido. Tony é uma sombra fora da janela e eu uma massa de membros.

Davon não me olhou mais desde que soltou minha mão. Quando termina, ele me encara, mas seus olhos estão com um brilho oco, como um corpo boiando. Ele não me vê.

Tropeço ao sair, esquecendo o peso desses saltos. Me inclino na janela do carro e ele me entrega uma grana, coloca bem na palma da minha mão, igual o cara da gravata de bolinhas. Conto. Só tem cinquenta conto, chega nem perto do que o da gravata de bolinhas me pagou.

"Cadê o resto?"

"Você não vale mais do que isso." Ele não me olha, só solta um grunhido. "Mas cê foi boa. Posso te dar o número de uns primo meu, daí cê arruma mais cliente."

Davon digita uns números no meu celular, me ajeito e caminho de volta pra Internacional. Prometo pra mim mesma que da próxima vez eu vou pedir o dinheiro antes, pra garantir que não tô sendo tirada de otária. Agora que acabou, tudo parece quieto. O vento parece menos frio, quase não ouço meu coração, minha pele, dormente, formiga. Só um corpo. Só sexo.

Atravesso a rua em direção ao Tony e fico parada. Ele sai da sombra de uma árvore com as mãos no bolso do moletom, igual a uma criança frustrada. Tiro o dinheiro do meu sutiã e entrego a ele, sabendo que ele me ama o bastante para me assistir sobreviver, dou o que tenho sem me preocupar se ele vai fugir com tudo. Meu tio teria vergonha de uma burrice dessas.

"Kiara, posso te perguntar uma coisa?" A voz dele é um tremor numa tempestade de silêncio. Seu moletom tem o nome de uma faculdade que eu nunca ouvi falar, e me dou conta de que nem sei se ele estudou em uma.

Faço que sim com a cabeça porque um "não" não é uma resposta pra essa pergunta.

Ele mexe o lábio inferior de um lado pro outro.

"Se eu, hum, arrumar um trampo — um de verdade, cê sabe — e economizar por um tempo, você me deixa cuidar de você? Tipo, cuidar de verdade, como um homem cuida de uma mulher?"

Sua fala vira um murmúrio e um dos meus pés vacila. Tento me equilibrar, tento achar uma saída. Não tem nada a ver o que ele tá me perguntando agora, justo quando eu ainda estou toda dolorida da meteção de Davon, praticamente sem roupa e vulnerável.

"A gente sabe que não é assim. Não é tão simples. Eu tenho que pensar em Marcus." Meu irmão nem percebe o quanto a vida dele desmoronaria se eu não pagasse o aluguel e as contas de celular.

"Só porque não é simples não significa que vai ser complicado."

"Tamo falando de família, Tony."

"Isso não é tudo." Seus dedos começam a agarrar os meus e se aquietam.

"Quando tá tudo uma merda, ele é tudo o que tenho. E eu e você nunca teremos isso, tá ligado?"

Dessa vez Tony não faz nenhum sinal, não diz uma palavra. Em vez disso, põe a mão no bolso e tira a grana, colocando de volta na palma da minha mão. Tony vai pela sombra até ele não ser nada além de escuridão, e sei que ele nem tá mais lá, mas não consigo parar de achar que ele tá lá me olhando, esperando. Se Tony não esperar por mim, ninguém mais vai esperar.

Viro e volto para a Internacional, caminhando sozinha. E, Deus todo-poderoso, quando tudo isso dar merda, é bom que Marcus seja minha sombra. É bom que ele seja tudo pra mim.

O barulho da água me acorda ao meio-dia. É estranho, as batidas na água fazem um som que é, ao mesmo tempo, muito e nada familiar. Alguma coisa sempre me acorda no auge da minha felicidade, justo quando meu sonho começa a dançar. Enquanto dormia na noite passada, o que, na real, não rolou antes das quatro da manhã, sonhei com um campo de flores com cores que eu nunca vi na vida. Eu ouvi uma trilha melódica, uma espécie de blues de Van Morrison, e não conseguia entender de onde tava vindo até me deitar nas flores e perceber que a música saía direto do céu. Daí comecei a rir, porque o céu estava cantando pra mim. Deus saiu das nuvens em forma de música. Eu estava pelada. Sempre estou pelada. Foi bem nessa hora que veio um barulho de água, um meio-dia ensolarado entre as sombras, neste apartamento vazio.

Levanto da cama cambaleando, abro a porta e me penduro na grade, com meu corpo se dividindo em dois bem no estômago, separando pernas e peito. Remelas se desfazem nas minhas pálpebras quando olho pra piscina, a cena se materializa como numa televisão, quando uma imagem começa a se mexer. Trevor balança a cabeça pra cima e pra baixo, pra dentro e pra fora da água. Agora ele já está alto o suficiente pra ficar de pé na parte mais funda da piscina, mas continua mergulhando a cabeça, de um lado e pro outro; círculos de um menino que virou peixe.

"Que cê tá fazendo aí, moleque? Tem merda nessa água." Chamo sua atenção. Apesar de o marrom da água ter desaparecido, provavelmente por causa do filtro, juro que ainda consigo sentir o cheiro de bosta no ar. Pra mim, a merda de cachorro do ex de Dee e a piscina se confundem.

Trevor tira a cabeça da água e se inclina pra trás pra olhar pra mim. Ele tem uma marca de nascença bem no topo da cabeça, uma pinta num formato de gota, e agora tá dando pra enxergar com tanta clareza quanto no dia em que saiu da mãe dele. O prédio inteiro entrou em trabalho de parto com Dee quando os gemidos dela invadiram os canos e vazaram pelas janelas. A gente suava junto com ela, andava de um lado pro outro e contava os minutos entre cada contração. Mamãe olhava pro relógio do nosso apartamento, esperando algumas horas até virar pra mim e dizer "É agora. Vamos lá, filha", e, mais do que depressa, saímos de casa e fomos bater na porta de Dee, um bando de mulheres reunidas para o grande nascimento. Aos oito anos, meus ombros tremiam. Todas as mulheres do Regal-Hi estavam aglomeradas no apartamento de Dee, e ela lá jogada no chão, como se fosse parte do céu antes de a chuva cair, pronto pra se abrir e se aliviar.

Dee não parava de dizer: "Me dá, Ronda, por favor, só pra eu relaxar".

Ela repetia isso entre uma contração e outra, como se fosse um mantra, se referindo à pedra e ao cachimbo no balcão da cozinha, chamando por ela. Ela tinha dito que ia largar o vício depois de ter descoberto a gravidez, mas por "largar" ela queria dizer "fumar de vez em quando", só quando acordasse com enjoo ou quando as costas estivessem doendo demais. Ronda, sua amiga de infância, se recusou a dar o crack pra Dee; um grupo de mulheres formou um cordão entre o balcão e ela, protegendo a criança de sua própria mãe.

Mamãe foi se enfiando no meio da multidão, com seus braços compridos estendidos, e eu fui seguindo, até o meio do quarto, onde Dee ficava se debatendo.

"Falta mais um pouquinho pra ele sair, tá bom, querida? Daqui uma hora acaba. Só mais uma horinha, só mais uma horinha." Mamãe repetia, se derramando no chão ao lado de Dee enquanto cantarolava até todas as mulheres dali formarem um coro junto aos pulmões de mamãe, que cantava contagiante e celestial; e, sem conseguir evitar, eu quis voltar pra dentro do corpo dela, sentir aquelas vibrações como se fossem minha própria respiração.

A cantoria de mamãe durou até abafar as lágrimas, os gritos e as tremedeiras de Dee; em seguida, nossa tribo viu o cabelo, a coisinha redondinha que saía do corpo dela, virando-a do avesso. O berreiro começou e a cantoria virou uma cantiga, todas nós vimos o bebê saindo da mãe, com mais sangue do que cabelo na cabeça. Minha mãe o pegou nos braços e deitou ele nos seios de Dee — essa foi a coisa mais linda que já aconteceu no nosso prédio. A chuva caía, caía, caía, enquanto Dee voltava a implorar, seu filho com marca de nascença se esgoelava e Ronda desistia, dando o cachimbo para a amiga, que subiu aos céus como se não estivesse ouvindo o choro do bebê. E Trevor chorou e ela sorriu e a gente voltou a cantarolar.

Trevor se abre todo lá embaixo, olhando pra mim.

"Perdi minha bola", diz ele.

"Do que você tá falando? Por que não tá na escola?"

"Minha mãe não tá aqui e eu acordei atrasado. Eu ia mesmo assim, mas deixei cair meu chaveiro na piscina e, se eu não achar, os meninos não ganham o jogo e eu perco meu dinheiro."

"Que dinheiro?", pergunto, mas ele simplesmente mergulha de novo, fazendo com que a única coisa possível de distinguir lá dentro seja a pinta que ele tem na cabeça, indo de um lado pro outro. A pilha de roupas dele agora está molhada por causa dos mergulhos, e quando ele sobe de novo, com a cueca caindo, tá segurando o chaveirinho de metal de bola de basquete. Vejo o contorno das suas costelas como se tivessem sido esculpidas; e o resto do meu dia vai sumindo, como num sonho.

Desço as escadas que dão na piscina e Trevor começa a subir, segurando a montanha de roupas. Nos encontramos no meio do caminho, Trevor é uma cabeça mais baixo que eu mesmo tendo só nove anos, seus braços e pernas parecem se esticar sem que ele consiga controlar, mas o rosto ainda é de criança.

"Vai logo vestir uma roupa seca", digo, mandando-o subir as escadas.

"Pra onde a gente vai?" Seu sorriso brilha, Trevor sempre fica empolgado pra dar um perdido.

Depois de pegar na mão dele, fico mexendo no chaveiro, que reluz como se alguém lustrasse toda santa noite antes de dormir. "Cê quer muito jogar bola, vamo lá que eu jogo com você."

Nessa hora, o corpo inteiro do garoto sobe as escadas voando até o apartamento, como sempre fez. Suas pernas cresceram e ele sabe mais da vida hoje do que sabia quando tinha três anos e vivia correndo pelo prédio, batendo na porta de todo mundo, mas ele continua o mesmo carinha feliz de sempre.

Dee tentou ser mãe nos primeiros anos da vida de Trevor, pelo menos o suficiente pra passar um tempo em casa, comprar fórmula e se preocupar se tinha alguém olhando o filho quando ela saía pra ficar chapada em algum outro apartamento. Ela costumava deixar ele com alguma mulher, às vezes com a mamãe ou com uma das tias que "adotavam" todas as crianças do Regal-Hi depois que os próprios filhos cresciam. Daí, entre a morte de papai e a prisão de mamãe, todas elas se foram. Parecia que algo tinha tomado conta do prédio e todas elas se desintegraram, sumiram de vez. Algumas escolheram sair de lá, outras foram despejadas, umas morreram e também tinha algumas que se casaram de novo, mas todas as mulheres que ajudaram a criar Marcus e eu foram embora na época em que Trevor fez sete anos; aí sobrou pra gente, órfãos de mãe.

Trevor começou a aparecer cada vez mais depois disso, aí quando eu vi já tava levando ele até o ponto e tentando arranjar um pouco mais de Doritos pra ele comer depois da aula. Não queria que ninguém metesse o louco com o menino. Então, quando veio o aviso do aluguel, quando o homem da gravata de bolinhas chegou em mim e mostrou que meu corpo tinha valor, pensei, talvez, que esse pudesse ser o passaporte pra gente sair dessa situação. Talvez fosse desse jeito que ficaríamos livres.

Volto pro meu apartamento e Marcus está acordado no sofá, esfregando os olhos.

"Bom dia", ele diz.

Sento ao lado dele, pensando em como foi, na noite passada, estar no carro do meu segundo cliente; pensando nas costas de Tony enquanto ele ia embora. Foi diferente quando fui sozinha, o medo crescendo e a coragem tão grande que, quando cheguei em casa, tomei o banho mais longo da minha vida, sem me preocupar com a conta de água. Não sei se consigo passar por aquilo de novo, mas também não sei como vamos sobreviver caso eu desista.

"Marcus, preciso te pedir um negócio."

Ele olha pra mim, apoia o rosto na mão e espera que eu fale.

68

"Eu sei que te dei um mês pra trabalhar no álbum, mas é que preciso que você arrume um trampo."

Marcus começa a concordar com a cabeça, bem devagar, olhando pro tapete e depois pra mim.

"Tá bom, Ki. Vou começar a procurar."

Não esperava que ele dissesse "sim", então, quando diz, é como se de repente entrasse mais ar na sala; ele concordar em arrumar um emprego é o alívio que pode consertar tudo.

"Na verdade, tenho até uma dica. Trombei com Lacy uns dias atrás. Ela trampa num bar de strip no centro da cidade e aposto que ela te arranjaria um trampo se você pedisse."

"Eu e Lacy não somos mais próximos, você sabe."

"E você sabe que tem zero chances de arrumar algum outro emprego." Cutuco a casquinha do meu joelho. "Por favor."

Marcus concorda de novo e eu chego mais perto, envolvo meus braços nele matando a vontade que tava sentindo desde o que aconteceu com o cara da gravata de bolinhas. Ele beija minha testa, resmunga que precisa mijar ou algo assim e, pela primeira vez em meses, acho que tudo vai ficar bem.

Marcus sai pra mijar na adega e eu visto uma jaqueta, volto pro pátio onde todos os predinhos se conectam num círculo em volta da piscina de merda. Trevor ainda não desceu, por isso decido entrar de qualquer jeito, abro a porta e dou de cara com ele dançando de cueca ao som de Little Boy Blues. Fazendo passinho, balançando a cabeça.

De um radinho velho em cima do colchão inflável flutua uma música meio paradinha, meio disco music. Tenho certeza de que ele nunca ouviu isso na vida, mas dança mesmo assim, igual no meu sonho. Corro lá pra dentro e me jogo nele num abraço, e antes de me empurrar ele dá gritos que ecoam a alegria de uma criança.

"Se veste logo pra gente ir." Respiro pesado, minhas costas se alinham com o tapete manchado que amorteceu nossa queda. Trevor está feliz, ligeiro e desperto, se veste em segundos. Levanto e saio com ele, entro na luz do dia, debaixo do brilho ameno do sol, onde só tem Trevor e eu.

Bem no começo da tarde, quando deveríamos estar sentados numa carteira na sala de aula, a quadra de basquete está agitada, com gente suando e saltando. Tênis vão rápidos em todas as direções, dando a impressão de que sai fumaça do asfalto; meus olhos correm de um corpo pro outro, todo mundo se mistura ao céu. Trevor fica ao meu lado com sua bola de basquete, que parece grande demais perto dele, só observando. Ele assiste do mesmo jeito que eu costumo fazer com Alê andando de skate: tão hipnotizado que nem se mexe.

Estamos de pé na arquibancada quando uma menina se aproxima da gente, com uma bermuda de basquete colada nas coxas por causa do suor do jogo do meio-dia. Ela tem tranças até a cintura, presas num rabo de cavalo, pinga suor, tem cheiro de porto, e não deve ter mais de doze anos, mas é cósmica.

"Nunca vi vocês dois por aqui", diz ela.

"Não devia estar olhando direito." Ponho minha mão no ombro de Trevor para nos prendermos um ao outro, criando uma rede de segurança.

Trevor avança. "Tô meses apostando nos jogos da manhã. Ganhei um monte de dinheiro por sua causa e por causa das suas amigas."

Nunca vi Trevor assim, com a língua afiada.

Ela gira a bola na mão e Trevor a imita. As bolas são do mesmo tamanho, mas, ao lado do corpo de Trevor, a dele é enorme.

"Você aposta em mim?", ela pergunta.

"Contra você, na real. Não tenho grana pra gastar com gente que não joga nada."

O cheiro de suor da menina piora ainda mais com o calor. "Você nem sabe segurar uma bola direito e vem aqui querendo dar opinião."

Todo mundo reconhece um desafio. Todos nós ficamos atrás de uma briga sem punhos. É questão de sobrevivência. Parece que a menina do porto aumenta seu próprio corpo, estica as pernas, dá a impressão de que tomar mais vento traria algum tipo de vitória. Trevor dá as regras do jogo, como se já tivesse feito alguma coisa além de ficar sentado assistindo a uma partida: dois contra dois, vence com onze pontos, quem marcar falta tá fora. Uma colega de time da menina do porto aparece ao lado dela como se tivesse ouvido a conversa inteira: ela é mais baixa, mas seus braços são cheios, despontam-se do corpo e saem balançando. O suor dela tem cheiro doce, tipo jasmim, o que indica que ela provavelmente roubou o perfume da mãe hoje cedo.

"Não tenho o dia todo." Digo a eles, soltando Trevor para que ele passe a bola pra mim. Ela desce rodopiando e cai nas minhas mãos.

A menina do perfume de jasmim inclina a cabeça, encara e chama um menino que está do outro lado da quadra. Ele é mais velho, tem cara de uns catorze anos, e eu o acho muito magrinho pra esse esporte. É muito fácil ele quebrar um osso ou acabar machucando as costelas.

"Sean, vem apitar essa joça."

O magrelo vem passeando, olho bem pro rosto de Trevor, tento procurar algum sinal de medo da parte dele. Não tem. Pelo contrário, ele está tão focado que chega a ficar carrancudo. Às vezes, ser muito novo te liberta da fúria. Umedeço os beiços, provo do meu suor e estou pronta pra amassar esse povo do porto, da costa, do mar, da puta que pariu.

Cada um vai pro seu lado da quadra, um time contra o outro e Sean no meio. Jogo a bola pra ele.

"Melhor vocês não fazer merda. Tá muito cedo pra arrumar treta." Esperava que a voz dele fosse mais grave, mas parece mais que ele tem um buraco fundo na garganta, de onde sai destroçado na boca.

"A gente não vai arranjar nada", grita a menina do porto.

Imito a careta de Trevor, concordando. "Aff, a gente joga limpo."

Trevor alonga os dedos, estica as pernas, pronto para catapultar no jogo. Não lembro quando foi a última vez que joguei bola, mas se Trevor quer ganhar, então é melhor que eu seja tipo o Steph Curry no quarto tempo. Melhor eu dar meu máximo por ele.

Sean começa logo o jogo, joga a bola pra menina do porto e ela pega, toca pra direita, depois pra esquerda, daí se joga pra frente, tão ágil que não dá nem tempo de pensar numa jogada que possa pará-la. Arremessa a bola direto na cesta, como se fosse o lugar de onde ela nunca deveria ter saído. Ficamos olhando, perplexos; não estávamos prontos para que a garota do porto tivesse pés de sal pro jogo.

Chego em Trevor e cochicho no ouvido dele. "Tem que ver o jeito que você se mexe. Não fica pensando muito, só não fique parado."

Na jogada seguinte, Trevor se atrapalha mais uma vez, a parceira da menina do porto pega a bola e sai correndo. Trevor começa a balançar a cabeça e eu acho que ele vai chorar, mas, quando vira pra mim, vejo sangue nos seus olhos.

A bola volta pro nosso time ainda mais pesada. Passo pra Trevor, que a pega e sai quicando e rodopiando pela quadra. A menina do porto o alcança assim que ele arremessa a bola da linha de três pontos; ele pula tão alto que parece sair da gravidade, a bola voa por cima da gente antes de cair direto na cesta.

Ele volta pro chão ofegante, corre na minha direção e a gente bate palma, dando tapinha nas costas um do outro, tentando se conter, mas tão empolgados que mal conseguimos esconder. Trevor balança na ponta dos pés igual Alê fazia quando éramos mais novas e, nesta mesma quadra, dávamos cotoveladas nas costelas uma da outra até ficarmos roxas, depois ríamos muito daquilo. Não jogamos mais, não porque já estamos grandinhas ou algo assim, mas porque Alê não aguentava mais olhar pra minha pele sabendo que seus ossos causaram aqueles roxos que não deveriam estar ali. Ela costumava tocar as marcas da minha barriga como se eu fosse um esquilo quase morrendo e, mesmo que eu pedisse pra ela parar com aquilo, ela não conseguia. De vez em quando ela ainda me olha desse jeito.

De volta à quadra, vendo Trevor jogar de um lado pro outro, sei que o menino está ávido e confiante de um jeito que só a vitória nos deixa; as mãos controlando a bola como um dom divino. A menina do porto percebe que gosta da gente ainda menos do que pensava e, como um redemoinho, o jogo vira uma pancadaria, Trevor e eu nos revezando para desviar dos empurrões e dos lances. O barulho da bola em contato com o aro é como um respiro profundo e, daqui a pouco, nossos pulmões estarão cheios. No fim da partida, nós dois estamos encharcados de suor, escondendo sorrisos enquanto cumprimentamos as meninas e saímos da quadra. Creio que Trevor, caminhando de volta pra casa com a bola debaixo do braço esquerdo, é o menino mais feliz que eu já vi.

Era como se a alegria dele fosse sumindo conforme nos aproximávamos do portão do Regal-Hi. O sorriso em seu rosto se dissipa num biquinho, e o único sinal de que dez minutos atrás ele estava saltando pelos ares é o suor que ainda escorre pelas bochechas. Dou um aperto no ombro dele assim que abro o portão, mas Trevor continua parecendo fora de si, mesmo que estejamos de frente pra piscina de merda e que todo o resto de High Street seja só um barulho. Me inclino e olho bem nos olhos dele. Trevor desvia o olhar, então seguro sua cabeça, que está ainda mais encharcada de suor, bem firme pra ele não ter chance de não olhar pra mim.

"Que que você tem?" Não tenho a intenção de ser dura, mas seus olhos me mostram o contrário. "Você tá bem? Se machucou?"

"Não, não tô machucado", diz ele suspirando, com a voz ainda estridente.

"Então o que tá rolando?"

Eu saco que tem algo rolando. Tem algo crescendo dentro dele. Percebo que algo empurra todos os lados de seu corpo, de dentro pra fora, como bolhas na superfície do lago Merritt; está ali, se apertando uma contra a outra até uma delas estourar e elas se espalharem e voltarem para o mesmo lugar onde outra reluzia antes. Trevor está prestes a explodir, a pele o trai, envia ondas de uma difícil espécie de solidão pelos ares.

"Não quero ir embora." E é como se as próprias palavras dele estourassem as bolhas e lágrimas se juntam ao suor.

Puxo ele pra perto de mim e o embalo. A bola de basquete cai da mão dele e quica pela rua. "Como assim, querido?" Cochicho em seu ouvido.

A resposta vem entre soluços e palavras. "Mamãe não para em casa e o sr. Vern fica toda hora batendo na porta dizendo que a gente precisa pagar o aluguel ou sair de lá, eu fico me escondendo pra ele não me ver." Trevor me conta que fica apostando para juntar dinheiro pro aluguel, mas ele acaba gastando tudo no intervalo da escola, escondendo a metade do lanche para comer na janta. Seus soluços se transformam em longas respirações, eu o abraço mais forte, tão forte que acho que ele perdeu a circulação quando para de se mexer, com o corpo pesado contra o meu. Trevor está com uma cara péssima e me deixa levá-lo de volta pra casa, onde o deito no colchão, parecendo que vai dormir e, ao mesmo tempo, explodir em lágrimas mais uma vez.

Os momentos em que parece que estou voando se enrijecem na minha caixa toráxica como um álbum de fotos no corpo. Trevor e eu suando, pulando, sempre próximos do céu. Alê e a maconha dela, aquele risinho sorrateiro, as pantufinhas, o dia do velório. Nesses momentos, esqueço que meu corpo está em circulação e daí nenhuma das coisas que fiz na noite passada fazem sentido. O corpo de Trevor, o jeito que ele prende e solta o ar, me lembra o quão sagrado é ser jovem. Nesses momentos, tudo o que eu quero é minha mãe por perto, cantarolando uma canção de ninar que só vou me lembrar na terra dos sonhos.

Faz uma semana que Marcus tá trabalhando no bar de strip e ele me disse que pediria pro chef fazer uma janta pra mim se eu viesse hoje à noite. O clube parece diferente da primeira vez que entrei, mais pretensioso e menos escuro; parece que as lâmpadas finalmente estão acendendo direito. Marcus me vê e sai de trás do balcão do bar para me abraçar, segurando minha cabeça contra seu peito, como costumava fazer quando éramos mais novos.

"Senta aí, Ki." Marcus volta pra trás do balcão e eu sento no mesmo lugar da última vez, olhando ao redor, conferindo se o homem da gravata de bolinhas não está por aqui. Ele não está, mas a lembrança persiste no lugar onde ele tava da outra vez e eu sinto uma dorzinha no estômago. O clube tem um monte de gente que veio pro happy hour, todos estão sentados e uma música diferentona toca bem baixinho.

É interessante ficar olhando Marcus trabalhar, muito mais tranquilo do que costumo ver, com a camisa preta apertando seus músculos. Eu não sabia que ele conseguia falar daquele jeito tão diferente, nem andar tão rígido e decidido. Marcus me avisa que minhas batatas fritas estão quase prontas, me serve um refrigerante e sai para atender um novo cliente.

Depois de uns dez minutos, Lacy aparece com minha porção de fritas.

"Ouvi dizer que são pra você", diz, colocando as batatas na minha frente.

"Valeu." Dou um sorriso. "Não só pelas batatas, mas por ter ajudado a gente."

Lacy acena com a cabeça. "Não importa o que rolou com o Marcus. Vocês são família."

Ela saca um caderninho e volta ao bar para anotar o pedido de uma menina.

Marcus volta pro bar e rouba umas batatas minhas.

"Você parece estar feliz", digo.

"Não ligo de estar aqui." Marcus dá de ombros. "Preferia estar num estúdio, mas isso aqui não é tão ruim."

Tanto Marcus como Lacy passavam nas mesas, indo e voltando da cozinha pro bar, depois pras mesas, sempre equilibrando dez coisas nas mãos com destreza. Marcus me traz uma pimenta jalapeño recheada, tão gostosa que fico saboreando e quase não percebo que ele está se tremendo todo, perto de uma mesa onde dois homens de terno o encaram, tentando devolver uma porção de asinhas de frango. Marcus fica inconformado e pega a comida, faz drama e volta pro bar pisando duro, onde Lacy serve bebidas a um casal.

Marcus joga a porção com tudo no bar e resmunga. "Esses filhos da puta tão me tirando." Ele anda de um lado pro outro, os resmungos se tornam cada vez mais altos, até que o clube todo fica em silêncio por causa dos gritos dele.

Lacy tenta puxá-lo pelo braço. "Que porra é essa que você tá fazendo?"

Marcus a empurra.

"Chega, Marcus", digo. Ele me olha, prestes a rosnar, e cospe no chão.

"Não vou anotar pedido de ninguém." Marcus pega as asinhas e dá a volta no balcão do bar, joga a porção no chão diante dos caras engravatados e voa frango pra todo lado. Marcus fica dando voltas, abre bem os braços e grita de novo. "Seus filho da puta, vocês logo, logo vão ouvir meu nome por aí. É Marcus Johnson nessa porra, e eu não vou servir merda nenhuma pra vocês, tá ligado?" Ele sai ainda mais inconformado, passa pela porta, nem aí pra saber se quero ir com ele.

Voltar pra casa hoje à noite é como caminhar debaixo d'água. É como se tudo estivesse denso, frio e em movimento, mas não consigo distinguir um quarteirão do outro. O oceano enruga os nossos dedos e faz a gente brilhar até nos lembrarmos que esse brilho é só um reflexo da sua própria pele. Ao caminhar pelas ruas hoje à noite, sozinha, me sinto um pouco desse jeito.

Eu já devia saber que Marcus não ia durar muito nesse trampo. É bem provável que ele nem tenha conseguido dinheiro suficiente para pagar nossas compras, e estou com menos raiva dele por não saber a hora de agir que nem homem, do que de mim mesma por ter acreditado que ele de fato iria tentar. Acho que ele queria e acho que era mais por mim que ele tava tentando, mas Marcus não sacou que precisa engolir sapo pra continuar num emprego. Ao mesmo tempo, não consigo botar a culpa nele. Ele passou anos escondendo todos os seus sentimentos para tomar conta da gente e, desde que descobriu que tio Ty tava fazendo sucesso, não consegue mais ficar de boa. Ele não percebe que não podemos nos dar ao luxo de jogar tudo pro alto, pelo menos não por enquanto.

Pedi desculpas a Lacy e peguei o ônibus pra voltar pra casa. O apartamento estava vazio e eu me troquei rápido, fiquei mandando mensagem para a listinha de homens pra ver quem tava a fim de pagar por esta noite. Falo pra mim mesma que amanhã começo a procurar outro trabalho, que isso é só por enquanto, já que é a única forma da gente sobreviver. Não que eu não esteja assustada, eu estou, mas sei que a gente perderia muito mais se eu não segurasse as pontas; que Trevor, de repente, não teria ninguém para garantir que ele se alimentou e Marcus não teria um sofá para dormir e eu estaria mais perto do meu próprio funeral do que poderia imaginar.

Um dos amigos de Devon me pegou por volta das seis e estacionou o carro numa rua qualquer. Deitou o banco do passageiro e me fez ficar por cima. As janelas embaçavam só com o calor do nosso corpo, daí passaram umas sirenes, iluminando a neblina, e por algum motivo as luzes ficaram ainda mais claras. Parei que nem estátua, como se isso impedisse que eu fosse vista, que alguém saísse daquela viatura e batesse no vidro. Sei das histórias do que acontece quando os fardados acham alguém como eu fazendo algo desse tipo. O homem em que eu estava sentada me perguntou por que parei e eu não respondi, continuei esperando que a polícia aparecesse e acendesse uma lanterna bem na minha cara pra me deixar cega.

As sirenes foram embora, ninguém bateu no vidro, mas eu não conseguia tirar da cabeça a imagem deles me algemando e me jogando no camburão de uma viatura, daí saí de cima do cara e ele começou a ter um troço e me xingar de vagabunda, pensei até que ele fosse tentar me bater, então abri a porta do carro e caí fora.

Agora, caminhando, as luzes dos postes parecem holofotes e sinto como se estivesse sendo seguida, apesar de saber que o oceano, quando nos enche, faz a gente ver coisas, e hoje à noite eu estou transbordando.

Parte de mim espera que Alê esteja na rua a essa hora e que corra atrás de mim, que me encontre e me leve pra casa com ela. Não queria que ela me visse desse jeito, provavelmente ela nem conseguiria me olhar nos olhos, mas pelo menos me deixaria em algum lugar seguro. Pelo menos, os braços dela seriam um afago. Mas Alê não vai me encontrar e, como parei de atender suas ligações, ela provavelmente nem ia querer.

Alê sempre sonhou grande e viveu pequeno.

Conheci ela quando eu ia com Marcus para a pista de skate, e me dei conta de que ela era a única coisa que valia a pena ficar olhando. Marcus e Alê ficavam de boa juntos, mas daí Marcus entrou no ensino médio e, do nada, ela ficou nova demais para ser amiga dele. Desde o ensino fundamental ela já ficava apontando os furos de enredo de todos os filmes e questionava os professores, pensava pra além das fronteiras dessa cidade, mas continuava morando nela, muito mais feliz do que o resto de nós. A formatura da Alê foi o dia mais triste e devastador da minha vida, vê-la fazendo algo que nem Marcus e nem eu tínhamos condições ou talvez coragem de fazer. Fiquei o ano passado inteiro esperando que ela me contasse qualquer coisa sobre a futura faculdade, me preparando para o momento em que ela iria embora, mas no meio do ano a mãe dela teve um derrame leve, e acho que isso mudou os planos da Alê, fez ela ficar num momento em que ela provavelmente não ficaria.

Alê não é infeliz, mas sei que ela ainda sonha. Ela sempre pensou nas pessoas, em como muitos dos nossos ficam largados na sarjeta. Escondido, ela alimenta famílias que não têm comida em casa, deixa que eles entrem pelos fundos da taqueria e saiam com sacos de comida que ela mesma cozinha. Eu sei que ela quer fazer mais do que isso, pegar o skate e ir pras ruas, curar aquilo que ela nunca poderia curar comigo, com a irmã dela.

A irmã dela desapareceu quando Alê tinha doze anos. Clara era dois anos mais velha que ela, tinha acabado de entrar no ensino médio na Castlemont High. Diz Alê que ela estava diferente naqueles primeiros meses de aula e, um dia, em novembro, Clara não apareceu pra trabalhar na La Casa depois da escola. A família chamou a polícia, que não fez muita coisa além de pegar algumas informações básicas e de cadastrar Clara em algum banco de dados. Nenhuma notícia, nenhum aviso de desaparecimento nos rádios, na TV ou na internet, só uma policial que disse que faria o trabalho dela.

Depois de dois dias do sumiço da Clara, a mãe dela fez cartazes que Alê e eu postamos no Facebook e no MySpace, depois rodamos a cidade colando em postes e em placas de trânsito. As primeiras semanas depois do desaparecimento da Clara foram como se todo oxigênio da cidade tivesse acabado, como se não tivesse espaço o suficiente pra gente respirar e ficássemos esperando pelo nosso próximo sopro. Depois de alguns meses, quando a polícia de Oakland ainda não tinha nenhuma novidade sobre o caso, começou a cair a nossa ficha de que ela tinha desaparecido, de que o fato dela ter desaparecido significava mais do que ela estar morta, porque, nessa cidade, era bem provável que ela tivesse sido sequestrada, que estivesse por aí, andando pelas ruas, que nem eu estou agora.

Talvez não fizesse sentido voltar pra casa essa noite, cedo desse jeito e precisando fazer uma grana. Mas as coisas que o nosso corpo precisa geralmente não fazem sentido, então deixo que o ar corte minha pele, à caminho da High Street, à caminho do Regal-Hi. Às vezes, andando por aí, procuro pela Clara, tento encontrar um vestígio dela nas sombras dessas ruas. Digo a mim mesma que não sou igual a ela, que estou nessa porque escolhi, que já estou grande o bastante e que sou esperta. Fico pensando se acredito mesmo em tudo isso.

Abro o portão e a piscina me cumprimenta como se não tivesse me seguido pelas ruas: o mesmo azul, o mesmo brilho. A escada é enorme, parece infinita com esses saltos, e a cada passo que eu dou, meus tornozelos fazem crec, assim como as articulações, rezando pra essa subida acabar. Quando chego aqui em cima, não corro pro meu apartamento e nem pro de Trevor. Pelo contrário, ando bem devagar, o suficiente para me aproximar das portas de onde consigo ouvir vozes abafadas que praticamente me chamam até lá. O grito de uma criança. Risadas. Aquela bronca que vem antes da surra. O som de uma chaleira apitando.

Quando chego à porta de Trevor, não presto atenção no barulho, pois não há nenhum. Como Trevor disse, faz semanas que Dee não fica em casa e, até onde eu sei, Trevor está sempre ali dormindo ou comendo mais uma tigela de sucrilhos.

Tem um aviso novo colado na porta deles: vencimento do aluguel em sete dias ou aviso de despejo. Vern continua doce e direto, nem faz mais questão de assinar. Sigo até a minha porta, até o pedaço de papel que voa com o vento quando a fecho. Largo meus saltos no meio da sala, me afundo no sofá ao lado de Marcus, que está dormindo.

Ele acorda, pisca, boceja e olha pros lados e, embaixo da orelha, os traços finos se mexem. "Tudo bem?"

Fico em silêncio, prendo a respiração, olho pras minhas coxas e uma parte de mim torce pra ele perguntar onde eu tava. "Não."

Ele está bem relaxado. "Vai ficar tudo bem."

"Não."

Ele se vira no sofá. "Ó, desculpa, beleza? Também não sei como fazer isso, Ki. Mas minha fé é forte. Vai dormir." Vira o rosto, se acomoda na almofada de trás.

Me levanto, caminho até o banheiro.

No meu aniversário de dezesseis anos, Marcus disse que tinha uma surpresa pra mim. Ficamos sentados no pedaço de carpete atrás do sofá, o lugar onde passamos a maior parte do tempo desde que mamãe partiu, e comemos, com garfos de plástico, o bolo direto da caixa. Marcus estava sempre coçando o saco ou trabalhando, mas ele me disse que ficaria comigo no dia do meu aniversário e cumpriu a promessa. Isso aconteceu antes de eu largar a escola, pegava uns turnos curtos na Bottle Caps e Marcus trabalhava na Panda Express. Fizemos esse esquema dar certo juntos, até o momento em que ele conheceu Cole, o disco do tio Ty foi lançado, e então Marcus parou de tentar.

"O que é?" Quando Marcus me disse que tinha uma surpresa pra mim, eu imaginei que não seria nada além da sua companhia, que era, de fato, o que mais me interessava.

O sorriso cobria metade do seu rosto e dava pra ver a coroa de prata, melhor até do que o dia em que ele, todo orgulhoso, abriu a boca pra me mostrar que tinha colocado. Marcus se levantou, saiu da sala e foi pro banheiro. Ele não fazia isso tinha pelo menos um ano, e cheguei a pensar em ir atrás dele, em segurar sua mão pra que não entrasse em pânico caso viesse a lembrança da água pingando no chão. Fiquei parada e ele voltou um minuto depois com uma agulha na mão.

"Quer que eu costure sua calça ou algo do tipo?"

"Não, vou furar sua orelha."

"Quê?"

"Você sempre disse que queria ter furado a orelha. Não tenho grana pra te levar num lugar que faz isso, mas assisti uns vídeos que ensinam a furar, e Lacy me deu isso aqui." Foi até o sofá, pegou a própria jaqueta dele, tirou do bolso um saquinho e chacoalhou. Dois brinquinhos em formato de folha caíram.

"Você tá falando sério?"

Ele sorriu ainda mais. "Pô, é claro que tô falando sério. Bora?"

Sentei no carpete e Marcus se ajoelhou perto de mim, segurando uma cumbuca com gelo e um pedaço de maçã.

"Cê tem certeza que essa agulha tá limpa?" Nunca tive um furo no meu corpo, implorei pra mamãe por anos, mas ela não deixava. "Vai doer?"

Marcus fez um sinal de descaso. "Eu limpei, para de ficar perguntando essas besteiras."

Ele se levantou e foi até a cozinha, acendeu a boca do fogão, pôs a agulha no fogo e me mostrou, quase esfregando na minha cara. "Que que eu falei, Ki? Eu te disse." Trocamos olhares e foi como ter nove anos de novo, correndo atrás dele entre as árvores na beira do lago, ver ele acendendo uma cuia com os amigos, com um jeito de viver a vida como se ele soubesse desde sempre como fazer isso. Ver o Marcus me faz querer ficar perto dele, ir atrás dele em qualquer lugar.

"Vai." Fechei meus olhos com força e cravei minhas unhas no ombro de Marcus assim que ele colocou a maçã atrás do lóbulo da minha orelha.

"Aí. Vou contar até três."

Agarrei forte o ombro dele no um, apertei um pouco mais no dois, e gritei no três, mesmo com ele mentindo pra mim, pois furou a orelha no dois. Não passou de um beliscão. Ele tirou a agulha e colocou um cubo de gelo atrás da minha orelha enquanto tentava encontrar o furo e, finalmente, pôs o brinco e prendeu com a tarraxinha. Ele pegou uma panela guardada no forno pra que eu pudesse ver minha orelha, inchada e vermelha com essa folhinha miúda no meio. Olhei pra ele e sorri. Estava perfeito.

"Pronta pra próxima orelha?"

Fiz que sim e, enquanto me ajeitava pra virar a outra orelha, notei que ele olhava pra mesinha entre a cozinha e a porta, onde ficava só uma foto da família Johnson, intocável; mamãe bem no meio com os braços abertos, abraçando a gente, papai com seus dentes brilhantes, como se fosse pegar um saxofone e tocar um som novo a qualquer momento. Não via Marcus tão vulnerável e minúsculo fazia meses, e algo nisso me aliviou.

Mas na segunda vez ele não contou e, em vez daquela beliscada, senti minha orelha queimando, seguido de uma gota quente escorrendo pelo meu pescoço e o Marcus falando baixinho *ai, caralho*. Não gritei, só olhei pra ele, que ainda segurava a agulha, cheia de sangue. O carpete estava com um rastro de gotas de sangue e meu lóbulo ficou com uma cicatriz que só Marcus sabe quem foi o culpado. Uns dias depois, Alê furou aquela orelha bem devagar e com muito cuidado.

Depois que passou meu aniversário, por cinco dias todas as noites meu irmão trazia pra casa um pedaço de papel dobrado com uma nova letra de música. Não eram sobre mim e nem nada do tipo, mas o sentimento era claro. Mais de um ano depois de ter tomado conta de mim, ele ainda estava tentando, pelo menos o suficiente pra ter alguma coisa pra me falar. Às vezes, tenho lembranças do irmão que faria qualquer coisa para reverter minha dor, tipo no dia em que ele disse que arrumaria um trampo por mim, mas ele tá se tornando cada vez mais um completo estranho.

Olho para a banheira, abandonada, com mofo por todo lado. Quando vejo já estou com o celular na orelha como se estivesse preparada para ela me atender. Quando o enfermeiro da parte da noite atende, nem preciso ficar implorando pra ele me deixar falar com mamãe, já que, pelo que parece, é a "hora livre" e, logo depois, ela entra na linha. É como se o sangue tivesse vazado do meu corpo junto com todo o resto, até virar vapor.

Mesmo que todas as outras lembranças se desfaçam, não tem como esquecer a voz da sua própria mãe. A dela é tão grave, tipo a da Cassandra Wilson, como um abraço apertado pela cintura.

Digo. "Mamãe?"

Num piscar de olhos, mamãe responde "Oi, meu bem", como se Deus tivesse saído de sua garganta. Como se todo o meu medo tivesse ido embora.

"Preciso de você, mamãe." Minha voz sai meio baixa, e fico me perguntando se ela consegue me ouvir.

Mamãe dá uma tossida. "Que que você precisa, filhinha?" Aquela voz grave se enche de orgulho e sei que minha ligação traz esperança pra ela.

"Não sei o que tô fazendo."

"Não sei de ninguém que saiba." Mamãe passa um momento sem falar nada. Penso se deveria dizer mais uma vez. Ou só desligar e esquecer que eu sequer liguei. Daí ouço de novo sua voz e me afogo nela. "Tava pensando em você esses dias. Na semana passada eu tava contando pra alguma das meninas daqui que você sempre desenhava aquelas coisas pra mim, lembra? Aquelas que você fazia toda santa vez da mesma cor e eu te dizia que devia ter canetinhas de outras cores na escola, além daquela vermelha, mas você dizia que gostava da vermelha."

"Sim." Não me lembro muito dos desenhos em si, mas lembro da minha professora escondendo as canetinhas vermelhas de mim pra que eu parasse de fazer aqueles desenhos, aí eu tinha que fazer com que algum coleguinha me emprestasse uma das canetinhas em troca de alguma coisa que eu não me lembro de ter dado.

"Seu irmão tá cuidando de você direitinho?", ela pergunta.

"Hoje ele largou o emprego."

"Por que você não arranja um, então? Eu sei que não criei filhos incompetentes." Mamãe ousa subir o tom da voz na mesma oitava que ela usava pra falar em público.

"Não é fácil assim", digo. "Consegui um bico, mas não paga muito bem e estão subindo nosso aluguel."

Mamãe ri.

"Que foi?"

A voz dela é risonha. "Agora faz sentido a minha menina ter me ligado pela primeira vez só agora. Tá precisada de dinheiro."

"Não sou idiota, sei que você não tem dinheiro", retruco.

"Isso não quer dizer que eu não conheça gente que tem."

Tiro onda. "Não quero a grana dos seus amigos de cadeia."

"Você tá ligada que seu tio tem dinheiro."

"Também sei que ele foi embora assim que você foi presa."

"Ainda tenho o número dele", diz ela, chego a imaginar o sorriso grudado em seu rosto. "Família é pra cuidar, né?"

É irônico ela continuar pregando os valores da família como se não tivesse destruído a nossa. Nossa família nasceu e morreu com ela, graças à mesma pessoa que tá com esse papo de cuidar um do outro sendo que ela mesma nunca cuidou. Tinha momentos em que parecia que o papai tinha sido a única pessoa que ela amou na vida.

Não existe nenhuma coincidência na história de amor deles.

Pra alguém tão ligada no destino e nos planos de Deus, mamãe sempre soube como se meter na vida dos outros e fazer alguma coisa acontecer. Papai se juntou aos Panteras Negras em 1977, aos dezenove anos, meio atrasado pro movimento, mas ainda em lua de mel com a revolução, falando a palavra "camarada" em todas as frases, vestindo preto até num calor de trinta e dois graus. O que ele mais fazia era vender o jornal do partido e ajudar com os arquivos, mas toda vez que ele tinha a chance de entrar em ação, papai ia com tudo.

Rolou uma briga na rua Sétima no lado leste de Oakland. Ele estava indo pro trabalho junto com uns amigos, de boinas e com rifles nos ombros. Com couro da cabeça aos pés. Papai sempre dizia que tinha sido um ataque, os gambé chegaram e começaram a cercar eles. Não demorou muito e papai já estava algemado no camburão da viatura, acusado de resistir à prisão.

Ele contou que foi o Willie, amigo dele, quem começou, escreveu uma carta sobre papai e o caso dele e lançou no país inteiro em todos os jornais dos Panteras Negras. Todas as cidades ficaram com as ruas tomadas, mãos fechadas, punhos erguidos. Meu pai nunca disse isso, mas acho que ele tinha orgulho de ter sido preso; de ter sido mencionado e visitado pelo braço direito da Elaine Brown na cadeia.

Naquele verão, mamãe estava morando em Boston com a prima dela, Loretta. A prima contou que tinha alguma coisa pra fazer na Califórnia e mamãe, com treze anos, foi junto. Quando chegaram em Oakland, mamãe viu o rosto do papai colado em placas e em lambe-lambes pela cidade inteira. Disse que ele tinha um quê dos rios da Louisiana: cheio e brejeiro, a pele quente de pântano. Pré-adolescente e magrela do jeito que era, disse que aquele homem um dia seria seu, que ia fazer com que ele mostrasse pra ela pra onde é que correm as águas de Oakland.

O Departamento de Polícia de Oakland decidiu não prestar queixa assim que o *New York Times* publicou a história, e papai foi solto duas semanas depois. Alguns dos Panteras fizeram uma festa nas ruas pra comemorar a liberdade dele, e teve até churrasco no parque do leste de Oakland. Foi o último dia de mamãe na cidade e ela implorou pra que a prima a levasse.

Mamãe chegou no papai e disse: "Oi, eu sou a Cheyenne, prazer em te conhecer".

Papai nem ligou, mas mamãe ficou na dele o dia inteiro. Ficava contemplando o jeito que ele abria os braços enquanto ria.

O jeito que ele abria bem a boca pra cantar. O jeito que ele dançava jazz com uma mulher bem gata que tinha o dobro da idade dela.

Mamãe não se importava em esperar. Voltou pra Louisiana, cresceu, trabalhou por quase dez anos num hospital atendendo ligações e economizou dinheiro o suficiente para se mudar pra Oakland. Então foi atrás dele, doze anos depois do primeiro encontro no parque. Por acaso, mamãe o encontrou trabalhando de bartender num barzinho da avenida MacArthur em 1989, quando o centro da cidade estava repleto de craqueiro, prédios abandonados e policiais que ainda arrumavam confusão com o papai, um treinamento para sua segunda detenção.

Mamãe sabia que tinha o tipo de beleza que parecia ter saído de um quadro. O cabelo dela estava preso num moicano falso, como se estrelasse num clipe de Whitney Houston; além de ser elegantemente alta, dava largos passos por onde andava. Mamãe vestiu pantalonas vermelhas para ir se apaixonar pelo papai e continuou usando elas até as costuras rasgarem. Dessa vez, quando mamãe desfilou em direção ao papai, ele ficou tão hipnotizado que quase deixou cair uma garrafa de uísque. Não pela aparência, mas pelo jeito dela de existir. Era como se mamãe tivesse vindo de uma semente, braços como galhos retorcidos, frutos e seios e tudo mais, difícil de resistir. Papai queria passar os braços pelo tronco dela, e mamãe sabia que isso aconteceria.

Um amor orquestrado é quase mais precioso do que um improvisado; é mais difícil desistir de algo que você levou tanto tempo para construir.

Mamãe se casou com papai e eles se mudaram para Regal-Hi na época em que Marcus nasceu. Quando ela olhava pra ele, via cartazes com o rosto de um menino iluminado. Ela nunca percebeu que papai virava fumaça no inverno e que ele preferia guardar uma mixaria do que uma foto da família. Eu só enxergava papai com a música dele: dançando na cozinha. Ele estava em San Quentin entre os meus seis e nove anos, quando a gente foi pra San Quentin, e eu quase nem lembro de sua ausência. Marcus não sentia o mesmo. Aliás, depois que nosso pai saiu da prisão, Marcus fazia birra toda vez que papai tentava tocar nele. Mamãe dizia pra ele: "Cê tem sorte do seu pai ter ficado aqui enquanto você não tinha um pentelho nessa sua cara".

E ela tava certa: nós éramos sortudos pelo fato de muita gente saber quem era papai, até o dia em que, de repente, não éramos mais tão sortudos assim, e o tronco da mamãe caiu.

"Sério que você vai me dar o número do tio Ty?", pergunto.

Mamãe tosse de novo do outro lado da linha. "Claro que vou. Só que antes eu quero que minhas crianças venham aqui me ver." Ela diz isso e chega a doer o meu estômago: mamãe transforma tudo em um acordo.

"Mamãe, a gente não vai tentar te tirar daí de novo e nem nada do tipo. Não poderia fazer isso nem se eu quisesse. Você tá numa casa de recuperação agora, devia ficar feliz com isso. E você sabe que Marcus não vai pra lugar nenhum pra te ver." Meus dentes começam a ranger e não sei por que ela sempre faz isso, me deixa aos cacos quando mais preciso do carinho e do cuidado dela.

"Você tem que falar com ele, Kiara, mas falar de verdade. Tô ligada que você nem tá tentando tanto assim e tá tudo bem, meu bem, só preciso que vocês venham. Em uma hora te dou qualquer que seja a merda desse seu tio. O horário de visita é no sábado de manhã. Certeza que verei meus filhos aqui. Vocês vão estar aqui."

E mamãe repete, segue dizendo todas as coisas que vamos fazer juntas. Não falo mais nada porque a voz dela está aqui, respirando em mim. Sento no chão de ladrilhos, fecho os olhos, me escoro na parede, deixo minha mãe falando no telefone, deixo o calor dela me derreter inteira. Em algum momento ela desliga, em algum momento as lâmpadas do banheiro se apagam, e em algum momento eu caio no sono. Feito cachoeira, a voz de mamãe escoa, assim como a noite cai.

A viagem até mamãe é barulhenta. As janelas estão emperradas e o ônibus é um amontoado de barulho, sujeira e corpos sem destino. Eu nem sabia que existia um ônibus direto pra Stockton, mas procurei e subi no primeiro do dia, que parte de Oakland, passa por Dublin e chega no lugar onde mamãe está internada. Quando subi no ônibus, soube logo de cara que ficaria horas esperando pra sair dali. Meu lugar é na janela, mas uma mulher com três sacos de lixo cheios de roupas decidiu sentar do meu lado, e juro que aquilo cheirava ao esgoto do leste de Oakland.

Ontem fui procurar Marcus no estúdio e o encontrei no lugar de sempre, rimando alguma coisa sem sentido. Implorei pra ele visitar mamãe comigo, mas ele recusou várias vezes, ignorando todas as minhas lágrimas, disse que já tinha tentado trabalhar no bar por mim, e que agora precisava de espaço pra gravar o disco.

Pouco tempo depois de eu sair de lá, recebi uma ligação da Alê me perguntando se eu queria dividir uma máquina da lavanderia com ela. Já fazia um tempinho que eu não via Alê, mas depois de tudo o que rolou com o Marcus, não conseguia me imaginar sentada no apartamento esperando a noite chegar, por isso respondi que sim. Mas quando cheguei em casa pra encher uma fronha com as minhas roupas sujas, as únicas que eu achei eram do Marcus. Então peguei as roupas dele e fui para a lavanderia me encontrar com a Alê e, quando as joguei no cesto dela, ela me olhou como se uma faca ensanguentada tivesse caído ali no meio.

"Que foi?"

"Nem são suas essas roupas."

Em vez de rir da minha cara, dar um grito ou chegar nas meninas que estavam sentadas nas cadeiras da lavanderia para fofocar: *Olha aquela mina, ela nem lava as próprias roupas*, Alê me abraçou. Veio até mim e me envolveu na camiseta úmida dela, cheia de suor.

Ficamos ali, sentadas, olhando as máquinas se encherem de água, que vai ficando cada vez mais escura e, depois, começam a centrifugar. Alê tentou me perguntar o que tinha acontecido, por que eu estava sumida, no que deu o nosso aluguel, mas fiquei com os olhos fixos na espuma grudada no vidro da máquina. Ela deixou quieto e ficou me encarando até dar o tempo da máquina concluir o ciclo.

Desço do ônibus em Stockton, onde parece que o deserto se encontrou ao norte da Califórnia, me fazendo lembrar do dia em que estive em Marin County, quando reencontrei meu pai. A poeira do vento entra no meu olho e torço para que a minha mãe tenha muita compaixão para deixar pra lá a ausência de Marcus.

O dia em que papai foi solto de San Quentin, mamãe pegou emprestado o Honda empoeirado do tio Ty, e fomos juntos, eu, ela e Marcus, buscá-lo em Marin. Marcus não queria ir. Mamãe ameaçou meu irmão com tudo o que podia até que ela disse que não o deixaria mais ver o tio Ty, aí ele disse que iria. Sentamos no banco de trás enquanto a mamãe andava pra lá e pra cá no estacionamento, os prédios todos iguais, industriais e com cor de creme. Vi as mãozinhas de doze anos de Marcus caçar restos de bolacha entre os bancos, encontrando farelos, restos de maconha e um lápis quebrado.

Papai saiu por aquelas portas com os braços abertos, mãos erguidas pro céu, com os dentes tão brancos que cheguei a pensar que ele usava fitas de clareamento dentro da cadeia, mas ele dizia que era Deus ajudando a deixá-los limpos pra ficar apresentável pros seus amores. O rosto dele era tão pouco familiar que nem sequer percebi que era mesmo papai até Marcus bufar do meu lado e mamãe começar a correr pelo estacionamento. Ela se jogou nele, que cambaleou, mas acabou se segurando na cintura dela. Mamãe agarrou o cabelo curto com alguns fios grisalhos dele, e dava pra ver de longe que ela tava tremendo.

Um tempo depois, eles vieram até nós de mãos dadas. Mamãe gesticulou pra que a gente saísse do carro, mas Marcus segurou minha mão e me mandou ficar. Quando os dois entraram no carro, mamãe olhou pra trás, arregalou os olhos e disse: "Agora diz oi pro pai de vocês".

Forcei um "oi" e Marcus continuou em silêncio ao meu lado, enquanto segurava com mais força a minha mão pra que eu não escapasse.

"Prontos pra voltar pra casa?" A voz da mamãe era um banho de alívio, o sorriso dela era tão largo que mostrava todos os dentes.

Papai fez que não com a cabeça. "Ah, não, meu bem, ainda não posso voltar. Vamos pro lago, que tal? O que vocês acham, crianças?" Ele olhou pra gente no banco de trás e, apesar de eu não reconhecer esse homem desconhecido como meu pai, seu semblante aberto, mostrando até a gengiva, me fez ter vontade de ser a filha dele.

"Eba! Sim, mamãe, vamos pro lago!", concordei.

Marcus fez que não com a cabeça, mas quando papai perguntou se ele ligava da gente partir pra uma aventura, ele disse "Eu vou pra onde a Ki for", e até hoje acho que ele nunca mais disse algo que fez eu me sentir tão especial quanto aquele dia.

Mamãe dirigiu para Oakland e estacionou numa rua perto da Grand Avenue. Caminhando até o parque, ouvíamos os barulhos da avenida. Papai pôs o braço nos ombros dela a caminho da pérgula; de mãos dadas, eu e meu irmão íamos atrás, tambores ressoando com a nossa chegada.

Deveríamos ter previsto que o papai, ao ouvir a roda de tambores, iria pra lá voando. Ele chegou cumprimentando um dos percursionistas com tapinhas nas costas e os dois bateram um papo até que o homem entregou o tambor para o papai, que se juntou ao grupo como se tivesse nascido ali no meio.

Meu pai sempre soube como engatar numa música, ele só batucava e seu corpo acompanhava, se movendo de um lado pro outro. Aquele homem que tinha acabado de ser solto se mexia como se não tivesse visto as coisas que viu dentro da cadeia. Mamãe se fingia de morta, gingava de leve, e dava pra ver que ela esperava que algo de ruim acontecesse a qualquer momento. Achava que papai fosse ter um colapso. Mas ele não teve. Continuou tocando o tambor e sorrindo pra gente. Em algum momento, ele devolveu o tambor, foi até mamãe e cochichou alguma coisa que a fez soltar a voz, e a melodia veio como se tivesse acabado de sair de trás das grades. Papai se afastou dela e começou a bater palma, olhando em volta como quem diz *Meu, essa é minha mulher, olha como ela canta.*

Depois papai olhou pra mim e foi até onde Marcus e eu estávamos observando tudo de mãos dadas.

"E aí, minha menininha sabe dançar?" Ele se agachou e estendeu a mão pra mim. Peguei, mas Marcus puxou meu outro braço com tudo, me fazendo recuar. Olhei pra ele, que balançou a cabeça, e soltei a mão do papai.

Ele se voltou para Marcus. "Ouvi dizer que você tem um talento próprio, filho. Que tal mostrar pra gente essas suas rimas?"

Num primeiro momento, Marcus ficou só encarando. Papai virou pra roda de tambores: "Vocês estão prontos pra ouvir umas rimas?". Todos foram diminuindo a cantoria, mais pessoas que estavam na rua foram se juntando debaixo da pérgula, movendo os corpos e se juntando à música.

Marcus nunca tinha encontrado alguém disposto a ouvir as rimas que ele fazia, e eu via o sorrisinho surgindo contra a vontade dele. Soltei sua mão e ele deu uns passos à frente e começou a soltar os versos que eu já tinha ouvido um milhão de vezes enquanto ele decorava no banheiro, achando que todo mundo em casa estava dormindo. Papai fez um beatbox pra ele e os percussionistas acompanharam com certa dificuldade o ritmo que parecia mudar a cada verso cantado. Depois, quando Marcus terminou, papai aplaudiu e deu um tapinha nas costas dele, que ficou balançando a cabeça, sem impedir que ele me colocasse em cima dos pés para dançar daquela vez. Acho que Marcus nunca perdoou papai, mas pelo menos começou a aceitá-lo depois disso. Caminhamos em volta do lago e, quando papai perguntou sobre a escola, Marcus respondeu.

Não tinha nada que papai fizesse que me faria ter ódio dele. Quando ele morreu, pensei que tivesse sido uma consequência por eu não sentir mais raiva dele, por não ter brincado com o carma como Marcus fazia, porque daí o mundo não teria matado ele para balancear o bem e o mal. Isso foi antes de eu aprender que a vida não tem que fazer sentido, que às vezes os pais desapareceii, garotinhas não sobrevivem para mais um aniversário e mães se esquecem que devem agir como mães.

Toda vez que saio de Oakland, sinto falta das árvores. Aqui em Stockton, o céu brilha cinzento. Queima meus olhos, igual queimei quando era pequena, quando Alê tentou fazer *frijoles* e derrubou a panela de feijão quente inteira na minha blusa. Minha barriga ainda tem linhas que ela traça com o dedo sempre que eu deixo. Às vezes parece que ela ainda tenta compensar minhas queimaduras e hematomas.

Chego na casa de recuperação Florescendo Esperança depois de caminhar por uns quatro ou cinco minutos. O nome do lugar só deixa sua fachada mais irônica: na frente, as flores do canteiro estão morrendo e o prédio parece que foi construído três séculos atrás e que, desde então, não passou por nenhuma reforma. Juro que o telhado tá quase caindo e que aquela varanda podia muito bem ser chamada de cemitério, pois estava coberta de uma sujeira que sabe Deus de onde veio e, mesmo assim, conforme eu me aproximo, avisto uma aglomeração de gente lá na frente que não se cabe de tanta felicidade. Vai ver que qualquer coisa é melhor do que ficar numa cela.

Se você pesquisar Florescendo Esperança, vai aparecer que se trata de uma "instituição de apoio à reabilitação de pessoas compromissadas", mas é só uma casa de recuperação obrigatória onde os seguranças vestem jeans e todo mundo tem seu próprio guarda-roupa e tornozeleira. Acho que mamãe tem sorte de estar aqui, principalmente considerando o que ela fez, mas eu ainda não consigo me livrar da sensação de morte que esse lugar trás, uma prisão sem grades.

Quando chego perto o bastante para que eles percebam que eu quero entrar, três pessoas param de conversar e ficam me olhando.

O homem, com uma barba que dá pra esconder um cachimbo, tira o cigarro da boca e diz: "Você é visita?".

Faço que sim, abaixando a cabeça pra passar num negócio cheio de mato, com folhas e galhos pra todo lado, onde um dia já foi uma entrada toda bonita e florida. Vários passos me levam até os três que estão ali de pé. Tem uma mulher baixinha, com cabelo vermelho e cheia de piercings no lábio superior, que sorri de leve pra mim. A outra tem mãos tão grandes que com certeza ela deve conseguir segurar com uma só a bola de basquete do Trevor ou o filho de Shauna. Elas não ornam com o resto do corpo, que não é pequeno, mas também não é grande o suficiente para justificar o tamanho daquelas mãos. Seu cabelo está penteado no estilo bantu knotse e no meio de cada coquinho tem uma flor enfiada.

Em seguida, a ruiva fala: "Pode entrar, a sala de visita fica do lado esquerdo".

Agradeço e minha garganta fecha: bloqueada com todo esse ar e com os rastros da voz da minha mãe e com o quão triste são as coisas sem Marcus.

A porta range do jeito que eu esperava. As casas expõem todos os seus segredos através da porta. A da Dee está cheia de arranhões. A minha fechadura nem funciona.

Imediatamente sou rodeada por sons. Não como no busão. Dessa vez, o som é uma harmonia de gritos, choros e risadas misturadas; tantas vozes que não dá pra discernir uma palavra, mas sei que na sala tem gente feliz. Quando penso na mamãe, penso em tudo, menos em felicidade.

A sala é um caos em sua forma mais pura: corpos em cima de corpos. Corpos um do lado do outro no sofá e nas cadeiras. Corpos abraçados. Corpos bebericando café. Corpos chorando, sorrindo, se agarrando. Não vejo a mamãe, mas ouço a voz dela. "Ah, que isso, Miranda." A voz de mamãe é explosiva, mas sua risada é tranquila, quase robótica.

Vou até lá, atravessando um tumulto de gente cujos vários membros do corpo entram na minha visão, mas nenhum rosto. Os lábios deles se confundem com o nariz, são apenas corpos. Corpos em cima de corpos. E a minha mãe.

Mamãe se senta num sofá verde num canto ao fundo, apoia os pés descalços numa mesinha de centro, rindo enquanto balança a cabeça de um jeito que não sai som, é só a mandíbula aberta e mexendo de leve. Observo: a mulher de onde eu saí.

O corpo dela está enorme, mamãe está cheinha agora, sendo que antigamente ela era puro osso. Miranda, a mulher sentada ao lado dela, é uma anã perto da mamãe, com tranças cinza e lábios carnudos. Mamãe está com a cabeça deitada no braço do sofá, toda encolhida, até que me vê. Se espanta, fica de queixo caído. Daí levanta as sobrancelhas. Então deixa escapar um grito que mais parece um murmúrio e se levanta.

"Kiara", ela grita do outro lado da sala. A voz dela se perde no meio da barulheira do lugar. Me aproximo de minha mãe e, então, ela me pega e me abraça bem forte. Para alguém com uma voz tão familiar, os braços dela não poderiam parecer menos um lar, pela maneira com que a sua carne me amortece. Não consigo me lembrar da mamãe já ter me passado esse tipo de segurança antes, como uma barreira contra o som.

Quando nos soltamos, mamãe me arrasta pro sofá e me joga naquele verde em que estava sentada, bem entre ela e Miranda, que parece se afundar no meio das almofadas. Mamãe continua segurando minha mão e cutucando meus dedos com os dela, tocando em cada uma das minhas unhas. Só consigo olhar para ela, fixo meus olhos naquele rosto que venho tentando lembrar há tantos anos. Tem algo estranho ali, como se a pele dela tivesse um tom de roxo sob a superfície, como se estivesse reluzindo.

Mamãe nem para pra me olhar. Ela tem coisas pra falar, sempre tem coisas pra falar. "Tô tão feliz de ver o rostinho da minha filha toda crescida. Cê tá com quantos anos? Dezenove? Vinte? Tá tão grande. Sabe que eu era igualzinha você nessa idade, bonita e tudo o mais. O tempo voa mesmo, filha, bem que sua vó dizia. Cadê o meu Marcus? Você disse pra ele o que eu te falei, não disse?"

Não sei como ela continua falando, como ela tem fôlego pra isso.

Pesco várias vezes e tento me lembrar de tudo o que ela me perguntou. "Tenho dezessete, faço dezoito daqui uns meses. E, sim, falei pra ele, mas não dá pra eu controlar meu irmão, então acho que ele não vem. Ó, eu vim até aqui porque preciso do número do tio Ty, e sei que você queria ver o Marcus também, mas não deu, só tem eu aqui. Beleza?" Continuo olhando fixamente pra ela, pras bochechas, pro seu rosto arroxeado.

O sorriso da mamãe nem treme e ela continua falando como se eu não tivesse dito nada. "Eu vou sair daqui logo, logo. Vou pra casa daqui uns meses. Um ano, estourando. E vou estar limpa."

Mamãe em casa. Ela morando de novo no apartamento. Isso nunca passou pela minha cabeça.

Miranda abre a boca pela primeira vez. "Verdade, a Chey tem sorte, o agente da condicional adora ela."

"Que bom, mamãe. Agora, preciso mesmo do número do tio Ty…"

"Você sabia que seu tio sempre foi meio a fim de mim? Seu pai não queria enxergar, mas tenho certeza que aquele cara queria ficar comigo."

Balanço a cabeça, perturbada não sei se pelo calor ou pelo barulho ou pela voz da minha mãe que penetra cada parte do meu corpo. "Não, você não tá prestando atenção, mamãe, eu…"

"Ah, não me diga que não tô prestando atenção, filha. Tudo o que eu sempre fiz foi prestar atenção em você. Nem vem, você nem tem o direito de reclamar, minha querida. A gente conversou sobre isso quando eu cheguei aqui. Mamãe errou enquanto tentava te sustentar, botar comida nessa boquinha. Mas isso não quer dizer que não sou mais sua mãe." Mamãe estica o dedão e o bate no meu lábio inferior.

Tento falar mais uma vez, mas ela já está de pé, me puxando para passar com ela no meio da multidão. Enquanto vai me empurrando pra fora da sala, meus pés formigam dentro dos sapatos e eu percebo que talvez esteja com um pouco de medo dela. Ela nunca me botou medo quando eu era criança. Era uma figura sagrada e, mesmo que estivesse prestes a bater na gente, sabia que, depois, ela faria carinho onde tinha ficado vermelho.

Vamos até um corredor, subimos umas escadas e entramos num quarto que deve ser o dela, porque há pôsteres do Prince pendurados na parede, e se tem uma coisa que nunca mudaria na mamãe seria o amor dela pelo Prince. Ela cantava aos domingos, durante a nossa caminhada até a igreja, e mesmo ela acelerando a letra e desafinando, deixando as músicas irreconhecíveis, eu não queria que mamãe parasse, queria cultuar mais a sua voz.

"Senta aí na cama." Mamãe solta a minha mão e eu tropeço na cama de solteiro, com o pé ainda formigando. Tem outras três camas, uma em cada canto, e cada parte do cômodo é decorada com quadros, fotos e pôsteres. Parece um quarto de criança, mas dá pra ver que mamãe tem orgulho dele. Ela está na penteadeira, vasculhando as gavetas, até finalmente pegar uma escova e um borrifador cheio de alguma coisa que não é água.

"Lembra da poção mágica da mamãe?"

Eu não lembrava. Só me lembro agora, quase na mesma hora em que ela pergunta, vem a lembrança de estar sentada no chão, com o couro cabeludo todo machucado, e mamãe dizendo que ia colocar um feitiço na minha cabeça pra me deixar bonita. Ou talvez eu não me lembre de nada disso, pois mamãe está contando essas histórias e a memória é só aquilo que a gente crê que é nosso, e acho que quero que essa história, que é minha e dela, seja real, então é.

Fico esperando que ela sente do meu lado na cama e peça para escovar meu cabelo, mas, ao contrário, é mamãe quem senta no chão bem na minha frente e me entrega a escova e o borrifador.

"Meu cabelo tá cheio de nó, achei que você pudesse me ajudar enquanto a gente conversa." Mamãe abaixa a cabeça, então consigo ver seu pescoço. Encontro uns cinco tons diferentes entre marrom, preto e roxo, e fico sem saber se ela levou uma surra ou virou uma galáxia.

Borrifando o líquido em seu cabelo, sou pega pela mistura de cheiros de lavanda e manteiga de karité. Quando éramos pequenos, mamãe tomava banho com a gente e nos ensaboava com o sabão que ela mesma dizia ter feito, só que nunca vimos ela fazendo. O cheiro do sabão parecia uma mistura de sapatos novos com mato.

Aí, quando saíamos do banho, ela esfregava pelo corpo todo a manteiga de karité que comprava numa loja de coisas da África Ocidental do fim da rua, depois colocava a gente no colo, pelada, com as coxas macias, um conforto maravilhoso mesmo em cima de seus ossos, e também esfregava a manteiga nos nossos corpinhos; ficávamos tão macios, com pele de bebê. Às vezes, dançávamos as músicas do Prince ou mamãe nos deixava ouvir os CDs antigos do papai, e colávamos um no outro, pele com pele. Tudo isso acabou depois que papai voltou pra casa, e penso eu que Marcus nunca deixou mamãe se aproximar dele de novo, pois a culpava pelo retorno do papai, pela morte dele, pelo tio Ty e pelo que ela fez. Eu também a culpava, pelo menos por algumas coisas, mas também precisava dela. Ela era a única que sabia como era ver papai sumindo da nossa vida, e eu não tinha um tio Ty para sair comigo. A voz da mamãe cantarolando era a única coisa que eu tinha.

"Agora, que tal contar pra mamãe o que tá rolando?" Sua voz é tão suave que me faz lembrar de todas as canções de ninar que ela cantava.

Dou uma fungada. "Estão aumentando tanto o aluguel que eu não sabia mais o que fazer, então tô indo pras ruas e, sei lá, tô com muito medo."

Ela estende a mão e faz carinho no meu joelho com os dedos. "E agora você quer ajuda da mamãe."

Sinto o quanto tudo isso a enche de esperança, ela tá que nem besta, se achando importante.

"Acho que com o número do tio Ty e tudo mais, você pode me ajudar." Minha voz está tão fraca que é engolida pelo barulho da respiração dela. O cabelo da mamãe é o mesmo de sempre e, ao vê-la esfregando a loção em cada cacho, fico sem entender como ela pode ter feito o que fez e ainda continuar tendo o mesmo cabelo, a mesma voz. "Por que você fez isso?"

"Isso o quê, minha filha?"

"Fodeu com a nossa família toda."

Sem pestanejar, mamãe diz: "Não adianta perder o sono por algo que a gente não pode mudar. Foi o que eu disse, sobrevivência".

Passo a escova no cabelo dela, sabendo que vai machucar. Mamãe não dá um piu.

"A gente tá tentando sobreviver todo dia desde então e eu não fui presa."

"Me avise quando isso mudar. Sobreviver tem suas consequências, só porque você é muito nova pra saber isso não significa ainda que eu tenha que me desculpar por dizer a verdade. Passei anos da minha vida pedindo desculpas todos os dias, rezando pra que alguma divindade me perdoasse. Não tenho mais energia pra isso."

Mamãe levanta as mãos e eu fico olhando pra elas atrás do cabelo, que é menos crespo do que o meu e o do Marcus, e as rugas das mãos dela estão pálidas, com um tom de lavanda, cor que não deveria estar ali.

Olhando para as mãos da mamãe, lembro da época em que a Alê tinha catorze anos e eu treze, e ela decidiu que iria aprender a ler mãos. Ela usava as minhas para praticar, tentando me distrair da morte iminente do meu pai. Ela apontava para a linha vertical que saía do meu pulso e dizia: "Tá vendo essa divisão bem aqui? Significa que você tem dois *caminos de la vida*, tipo, dois jeitos de alguma merda acontecer". Daí ela consultava o guia de quiromancia da biblioteca no colo. "E você vai ter que fazer uma escolha algum dia."

A linha da mamãe não se divide como a minha. Ela vira pra esquerda, em direção ao dedão, como se tivesse se desviado pra cima.

"Eu vou voltar pra casa. Entendeu?" Ela contorce a mão pra trás para me dar um tapinha, pra me convencer. "A gente vai voltar ao normal."

Escovo mais rápido, movo as cerdas pra cima e pra baixo de cada mecha, cacho por cacho.

"Mamãe, de verdade, eu só quero que você me dê o número do tio Ty. Por favor."

Ela se irrita. "Você tá sempre querendo. Querer não é poder."

Penso no jeito que Trevor corre atrás da bola, seus pés gingando pela quadra. Como isso sempre termina. Como a bola sempre cai.

"Tá bom, mamãe", digo. O cabelo dela, que geralmente pula em cachos do couro cabeludo, está achatado, lambido. "Você vai me dar ou não o número do tio Ty? Porque não vou ficar aqui sentada esperando. Querer não é poder, né?"

Parece que o que eu digo pra ela entra por um ouvido e sai pelo outro. "Eu já te contei da vez que seu pai me deu as flores que eu mais gostava?" O enxame da voz dela está se aproximando de mim, como se tivesse veneno escorrendo da sua boca, e ela parece estar bem longe de olhar pra minha cara e falar o que eu preciso ouvir.

Não sei como ela consegue falar sobre o papai sem ser sobre a única coisa que interessa neste momento, tipo o fato de que no dia em que papai morreu, Soraya já estava um pouco crescida dentro dela. Uma surpresa para os quarenta e poucos anos da mamãe. A última coisa que sobrou do papai e ela arruinou.

"Mamãe", digo. Ela continua falando.

"Enfim, eram as melhores flores. Tô pensando em pegar umas pra pôr no apartamento assim que eu sair desse lugar. Por falar nisso, precisava que você fizesse um negócio pra mim, filha. O agente da condicional precisa de algumas cartas de recomendação pra minha soltura. Acho que eu posso ser útil em casa, te ajudando nas coisas."

Fecho os olhos porque sabia que isso ia acontecer em algum momento, que a máscara dela ia cair, e cá estamos, mamãe entre meus joelhos me pedindo pra que eu conserte ela, sendo que fui eu que cheguei aqui toda quebrada. Cá estamos, mamãe me pedindo para que eu me desdobre toda, enquanto ela fica sentadinha, plena.

Não aguento mais.

Tento de novo, agora mais alto. "Mãe." Ela não para de falar. Eu me esgoelo. "Mãe!" Ela para no meio de uma frase. "Eu sabia que vir aqui não era uma boa ideia, mas você vai mesmo me pedir pra te tirar desse lugar sendo que você nem consegue falar o nome da Soraya? Você não muda nunca."

Mamãe engole em seco, encolhe os lábios. "Faz tempo que isso aconteceu."

O cheiro da mistura dela me deixa tonta, tá tudo girando, mas eu sigo falando. "Fez três anos na semana passada."

"Não."

"Ela era minha irmã, mãe. Sei o dia em que ela morreu, 16 de fevereiro de 2012. Fez três anos na última segunda."

Mamãe mexe a cabeça. "Não."

"Sim."

Ela contesta, mexe a cabeça ainda mais rápido, os fios do cabelo mexendo junto.

Balanço a cabeça. "Eu e o Marcus voltamos da escola e a porta de casa tava aberta. Na mesma casa onde o papai te trouxe flores." Mamãe fica me encarando e eu olho bem pra ela, pras suas pupilas dilatadas, pois não tem outra cor ali. "A gente entrou e o berço dela tava vazio, daí a gente pensou que você não tava em casa, que você tivesse ido pra loja, mas daí fomos no banheiro e você tava lá, na banheira, olhando pro teto, cheia de sangue. E a gente ficou com muito medo, mãe."

Agora sou eu que estou tremendo, tendo um terremoto no corpo.

"E ficamos perguntando onde que a Soraya tava, mas você não respondia, então saímos de lá e começamos a procurar, lembramos que a porta tinha ficado aberta, daí eu saí e desci as escadas e não encontrei de cara, mas depois ouvi o Marcus gritando da varanda, aí eu olhei pra água e ela tava lá. Boiando.

"Mergulhei pra pegar ela, segurei no colo, mas ela não acordava e o corpo dela tava gelado e ela era tão pequena, mamãe. Ela era muito pequenininha.

"Eu continuei chamando, 'Soraya', e Marcus desceu e viu a cabeça dela caída pro lado, começou a se contorcer no chão e ligou para a polícia e, quando eles apareceram, eu ainda estava com ela nos braços, olhando nos olhos dela, que pareciam de vidro, vazios de espírito, e quando eles chegaram com aqueles coturnos, nem correram com ela pro hospital. Eles cobriram ela com aquele pano e eu continuei chamando ela pelo nome porque eles tinham que saber o nome dela* mas eles não tavam nem aí pra isso e perguntaram onde você tava e Marcus contou pra eles que você tava na banheira e daí eles foram lá e te acharam e te pegaram, porque os seus pulsos estavam sangrando e você disse pra eles que achava que tinha trancado a porta mas você sabia que a tranca tava quebrada e você viu o pano e gritou, mas foi você que fez aquilo. E você nem olhava pra nossa cara, não dava nem um piu, e a gente tava lá, sozinho. Marcus tinha acabado de fazer dezoito anos e eles deixaram a gente ficar, mas a gente não sabia nadica de nada e você tinha ido embora, mãe."

Parecia que ao mesmo tempo ela tinha escorregado de uma vez e aos poucos, até de repente se esparramar no tapete, com o cabelo pingando.

Depois disso, tio Ty pagou a fiança dela e achamos que conseguiríamos sair daquela, mas mamãe nem foi pra casa. Começou a sair pra dar rolê, até que foi pega de novo. Mesmo assim, fomos no julgamento dela. Mesmo assim, testemunhamos a favor dela, pra que ela pegasse pena por negligência e viesse parar aqui, no centro de recuperação, por uns anos, em vez de ficar presa pelo resto da vida.

---

* Alusão direta ao movimento Say Her Name, reivindicado pelo ativismo das mulheres negras dos Estados Unidos, que busca denunciar as violências, sobretudo as policiais, contra a comunidade negra. (N. T.)

Meus dentes estão rangendo e levo um tempo pra poder falar mais devagar, de um jeito que ela consiga acompanhar, ouvir de verdade.

Ponho os pés no chão, me abaixo e fico de frente pra ela, bem perto do seu ouvido. "A gente tá sobrevivendo. Sem você. Daí, agora, te peço uma coisa — só uma coisinha, mãe — e você tá pouco se fodendo pra lembrar do dia em que matou ela? Se fosse eu que tivesse morrido, você nem ia ligar, né? E o Marcus? É por isso que você não tá ajudando?"

Curvo os lábios de desgosto, cada palavra dita faz um corte profundo. "Quer saber, mamãe? Você vai sentar aqui e vai falar o nome dela. Você vai dizer: 'Na segunda fez três anos que eu matei Soraya'. Você vai dizer isso e aí eu te dou a merda da carta, levanto daqui e volto pra casa, porque só Deus sabe que você não vai me ajudar. Por acaso você tem mesmo o número do tio Ty?"

Ela continua na mesma posição, balança a cabeça, todo aquele cabelo e aquela cor, e resmunga. Se ergue, me encara. Os olhos dela estão transbordando e, juro, caem lágrimas da cor de violeta.

"Ela morreu três anos atrás." A voz da mamãe não é a mesma, se transformou num rugido gutural.

Fico agachada, perto dela. "Não. 'Na segunda fez três anos que eu matei Soraya.'"

O rosto da mamãe se quebra em cacos, todo molhado, com os olhos grandes e marejados. "Na segunda fez três anos que eu matei ela."

"O nome dela, mãe. Fala o nome dela. O nome dela significa muito mais do que qualquer outra coisa." Minhas lágrimas caem ao mesmo tempo, minha voz mudou de um trovão para uma espada.

Ela balança rapidamente a cabeça e abre a boca. "Na segunda fez três anos que eu matei Soraya."

Ao final da frase, mamãe solta um soluço que vem direto das entranhas e eu não recuo mesmo assim. Levanto, sem me preocupar com ela caída aos prantos no chão e, na hora que fecho a porta, ouço sua voz meio abafada cantando "Pink Cashmere", seguida de mais choro.

Desfilando, correndo, trotando. Existem vários jeitos de caminhar pelas ruas, mas nenhuma delas é capaz de blindar a gente. Me despedi da minha mãe com a sensação de estar entre a rua e a sarjeta; Trevor batendo na minha porta em pleno domingo de manhã pra dizer que o Vern apareceu mais uma vez, falando que ia colocar eles pra fora se não pagassem nos próximos três dias. Eu sei que a minha vez não tá tão longe. Dei cada centavo que tinha pro Vernon depois que fui atrás do Davon e de outros caras, mas não chega nem perto da grana do aluguel da Dee ou do meu, e passa longe da grana que eles estão pedindo depois de fazerem a venda. Foi o Trevor me encarando hoje de manhã que fez isto. Ele me tirou do buraco que a mamãe cavou pra mim.

Tenho um corpo e uma família que precisam de mim, então aceitei que faria de tudo para deixar a gente bem, que iria voltar pra escuridão das ruas. Estou cansada, ando me arrastando. Nada muito legal na Internacional: não tem música, não tem Tony, só eu e uma barriga cheia de tequila.

Vou me arrastando, pulando e tentando aquecer as mãos numa noite que só traz vento e, do nada, meu salto se descola da sola do sapato que roubei do Exército de Salvação e eu caio com a cara na calçada. Dói. Tem caco de vidro na ferida. O sangue se espalha. O sangue coagula. Ouço uma voz.

"Deixa eu te ajudar, gatinha." Ele se agacha e me ajuda a levantar.

Os olhos dele são cinza em volta, como se ele tivesse envelhecido apenas nas íris, e suas mãos, bem macias, tiram o caco de vidro do meu rosto e joga fora. Ele não pergunta se eu tô bem, mas não espero isso dele. Não espero nada de ninguém. Ele me pede o sapato que ainda está inteiro, entrego, então ele quebra o salto e o joga na rua, na mesma hora um carro passa correndo, estraçalhando-o. Sou uma mulher dez centímetros mais baixa. Ele é tão alto.

O homem me devolve o sapato e eu o calço de novo. Ele fica acima de mim, com a boca mostrando os dentes de um metal meio amarelado, mas que não chegam a ser ouro.

"Valeu", falo pra ele, o corte no meu rosto começa a coçar como normalmente acontece quando um corte está cicatrizando.

Ele balança a cabeça. "Agora que eu te ajudei, posso ficar um tempinho contigo?" Fala como se estivesse perguntando, como se não estivesse segurando uma das minhas mãos desde aquela hora. Olho pra baixo e percebo que tem um pouco de sangue meu no dedo dele.

"Pode ser." É o que minha boca diz. É o que minha respiração diz.

Ele não fala o nome dele e, por algum motivo, não penso em perguntar. Só sigo ele, deixo que me guie como se faz com uma criança num lugar estranho. Ele espera chegarmos na Trigésima Quarta, mais perto da Foothill do que da Internacional, e me encosta num prédio. Tá muito frio e eu achei que ele fosse me levar pro carro, mas tem dias que o corpo fica sem refúgio para o selvagem que abriga nele, e cá estamos, cá está ele, na rua. Ele me empurra contra o muro. Não me beija, e parte de mim fica aliviada por não ter que sentir o gosto de metal da boca dele, mas a outra parte prefere acreditar que esse desconhecido estava preocupado com o meu machucado.

Tento escapar, falando pra ele que não é assim, que preciso da grana adiantada, que precisa ser numa casa ou num carro. Ele me empurra de volta, continua, desfivela o cinto, percorre as mãos por debaixo da minha saia e me aperta. Segura meus braços na lateral do corpo e, com um empurrão, a parte de trás da minha cabeça bate num tijolo. Chego a sentir cada parte quebrada do muro assim como sinto meu crânio quebrado. Fico me contorcendo de dor, reclamo que minha cabeça está doendo. Ele continua me empurrando. Ele continua gemendo. Meu corpo diz o que eu não consigo falar. Ele é tão alto. Meus pés estão cheios de bolhas. Meu rosto arde, sinto uma dor aguda no crânio. Ele empurra. Empurra. Ele é todo de metal.

Sirenes.

Não é que o carro me assusta, mas o som é bem alto. Aquele barulho que faz um eco-num-cômodo-vazio e, se desse pra chamar uma rua de vazia, seria essa. A Igreja de Santa Catarina fica à minha esquerda: a estátua da santa testemunha o carro, o homem, o metal.

A porta do banco de trás da viatura se abre, e um homem desce primeiro. É como se todos os filmes de terror ganhassem vida. A gente, a rua, muitas fraturas de dar medo e minha respiração ainda bem fraquinha. É como se fosse o pior pesadelo do meu pai.

"Pra trás." O policial põe a mão na arma e eu tenho sorte que o cara de metal acredita que ele vai disparar, pois recua, me deixa desencostar a cabeça do muro quebrado. Ao redor tudo ainda está girando.

O policial aborda o homem de metal como se ele mesmo fosse uma arma e, com um movimento rápido, prende as mãos dele nas costas com o próprio punho e cospe em seu ouvido.

"Não quero te ver por aqui de novo, ouviu?"

O cabelo do policial é escuro e grosso. Não tem nada demais nele, só um uniforme e um manequim.

O homem de metal cospe o *grill*, faz que sim com a cabeça uma vez. O policial o empurra, ele tropeça e sai correndo pra um lugar iluminado. Fico vendo, lembrando dele consertando meu sapato, lembrando do quanto eu sou pequena.

Agora só tem eu e o policial. Não é engraçado ficar com medo de ter sido salva? O policial se aproxima, ainda com a mão na arma.

"O que você tá fazendo aqui? Tá muito tarde."

Penso em responder, mas sinto uma piscina de sangue atrás da minha cabeça e sei que meu cabelo vai amanhecer cheio de crosta ensanguentada, e não existe resposta quando não existe pergunta.

"Você sabe que prostituição é uma contravenção." Ele dá um sorrisinho maldoso, lambe os lábios. "A gente vai ter que te levar, pelo seu próprio bem."

O manequim diz coisas e santa Catarina deve estar respondendo, porque eu mesma não estou; fico em silêncio, estou de luto faz dois dias e ainda não consegui esquecer.

O policial puxa meu braço, põe o dedo nas lesões que o homem de metal fez no meu corpo. A estátua de Catarina acena pra mim sem uma das unhas enquanto o policial me arrasta até o banco de trás e entra em seguida. Outro agente está sentado no banco da frente e o policial diz algo sobre deixar as ruas seguras antes de rir, e o motorista bate os dedos em algo que eu não consigo ver e canta uma música country bem baixinho, pra ele mesmo. O policial está em cima de mim, o policial cutuca a minha carne e é bem como falaram que aconteceria e já estou tão acostumada que nem fico triste. Essa é só mais uma noite.

Tantos jeitos de caminhar pelas ruas e eu sou apenas uma menina com uma pele.

Quartos de motel têm gosto de giz. O ar saturado de décadas de suor e sêmen, fumaça saindo da janela onde um homem fuma cigarro, todos nós em volta da mesa, a mão deles em cada coxa minha. Quando eles trouxeram o baralho, os homens colocaram seus distintivos na mesa, como se fossem placas com o nome deles gravado, marcando território. Eles acabaram de jogar pôquer e o vencedor de cada rodada ganhou um lugar ao meu lado. Agora, eles estão jogando 21 e os dedos do policial 220 estão subindo no meu shorts; o policial 81 deixa a mão mais perto do meu joelho do que da minha coxa, tentando não olhar pra mim.

Nunca quis tanto voltar atrás numa decisão como quero agora. Dizer "não" quando o policial do beco pediu meu número, quando ele pediu meu número para passar pra uns amigos dele, quando esses amigos me chamaram pra entrar no carro, quando entrei. Semana passada, eles me pediram pra ser o brinquedinho deles nesta festa. Disseram que precisavam de mim, que eu seria recompensada por essa sessão de relaxamento pós-trabalho com dez policiais de Oakland e que eu não tinha escapatória; e eu queria ter dito qualquer coisa, menos "ok".

Mas também, que escolha eu tinha? Os policiais disseram que não iam me machucar, que me pagariam e, pelo menos na metade das vezes, eles pagaram. As pistolas e os *tasers* deles tinham mais presença naquele quarto do que o corpo deles e, mesmo quando eu tentava dizer não, eles só davam risada. Eles adoram o fato de eu ser novinha, de não ter ideia do que tô fazendo, e eu continuo falando pra mim mesma que isso é por pouco tempo, que eles vão parar quando eu quiser. Tirando o fato de que eu sei que eles se preocupam mais com os distintivos do que comigo, que eu não sou nada além de uma recompensa do jogo.

Os policiais pegaram uma suíte no muquifo que todo mundo chama de Hotel das Puta, perto da rodovia. A mesa fica de um lado do quarto, a cama king fica do outro. Já vai dar meia-noite e eles estão todos bêbados, com os olhos caídos, sem conseguir focar o olhar em nada. Eu sei que vai rolar logo, logo.

A diferença entre os gambé e os caras da rua é que a polícia gosta de tornar isso um jogo. Eles ficam esperando para me comer enquanto me contemplam, babando; tentam achar um jeito de me deixar assustada o bastante para que eu seja engolida pelo medo e seja só um corpo que vale a pena ser dominado, com mãos atrás da cabeça e nojo de chupar. Muitos deles são assim e alguns são iguais ao 81, com a barba bem aparada e um sorriso tímido, ou iguais ao 612, que está na minha frente, com cachos vermelhos e os olhos fixos na mesa. Mas isso não significa que eles não pensam em ficar por cima e meter um ou dois dedos na minha boca. Só que é um trabalho seguro, e fez mais por mim nessa última semana do que o meu emprego na Bottle Caps fez no ano passado. Consegui metade da grana que devia ao Vernon, aí ele não tem como despejar a gente.

É a vez do 220 e ele tem um valete de espadas e uma carta virada na frente dele. Ele aperta minha coxa e dá um tapa na mesa.

"Me dá uma carta."

O dealer vira uma carta na frente dele: um seis de copas. Ele está a três pontos de me ganhar e a seis pontos de perder tudo. O jogo já está rolando há algumas rodadas e tem pelo menos uns três mil dólares na pilha. Três deles já desistiram e estão olhando o 220 tremer, se preparando para virar a última carta.

Ele chega perto de mim e fala baixinho no meu ouvido: "Será que você é meu amuleto da sorte, gatinha?". O 220 vira e um três de ouros aparece na mesa, levanta os braços e grita "É meu, seus filho da puta", e puxa a grana.

Os outros caras xingam e enfiam a mão no bolso assim que o 220 se levanta, pega a minha mão e me puxa de onde estava sentada.

"Fiquem de boas que eu vou pegar meu prêmio." O cabelo dele está solto, balançando enquanto ele acena pra cada um, pra aqueles que esqueceram as derrotas e os gritos e que agora estão com o olhar fixo me vendo ir até a cama com ele, que tira a minha roupa de modo que sinto os calos na ponta de seus dedos tocando a minha pele nua.

Ele me empurra no colchão, coloca as mãos no cinto e penso que ele vai tirar as calças, até que ele pega no coldre e tira o revólver. O metal preto está tão polido que consigo até ver as impressões digitais nele. Ele desce o zíper da calça mas não se despe, sobe na cama e paira sobre mim. O 220 olha pros caras atrás dele e sorri, depois se volta pra mim, colocando o cano da arma na minha têmpora.

"Tá gostando?" A voz dele é um rugido.

Sinto lágrimas querendo sair dos meus olhos e quero que ele saia de cima de mim. Procuro algo dentro de mim que ainda acredita em Deus e fico rezando pra isso acabar logo. Ele está em cima de mim, com o pênis dentro de mim, com as mãos duras, e me ameaça com o cano gelado da arma em cima do meu olho, então só consigo sentir, ouvir os grunhidos dele e as risadinhas dos outros policiais. Rezo pra que acabe logo, juro que vou parar com isso e voltar a ser uma fodida implorando pro Marcus arranjar um emprego. Qualquer coisa pra essa arma voltar pro coldre.

Acho que o que ele mais gosta é saber que os outros estão assistindo. Policiais que nem o 81 e o 612 num primeiro momento viraram a cara, mas chegou um ponto em que todos estavam olhando, esperando pra ver o que mais o 220 ia fazer. Pior do que ver os caras assistindo é quando eles ficam entediados e começam a puxar assunto sobre o próximo jogo do campeonato ou sobre qual das esposas não para de encher o saco com a louça. O 220 ainda tá apontando a arma pra minha cabeça enquanto mete, e nenhum deles parece ter percebido, só estão lá ouvindo meu corpo perder as forças a poucos metros de distância.

Eles se revezam e o sexo parece cada vez mais um soco insistente no meu estômago. Os policiais acham que são invencíveis. Me querem só para mostrar para eles mesmos que podem me dominar, que não sofreriam as consequências de terem apontado uma arma na minha cabeça, de terem me pegado na rua. Querem que eu me sinta pequena pra que eles se sintam grandes e estão conseguindo.

Depois da vez de todo mundo, eles nem me deixam parar pra respirar. Um deles joga as minhas roupas em cima de mim enquanto um outro tira dinheiro do bolso. Nem consigo ver se me pagaram direito antes de me empurrarem pra fora do motel pra que eu vá embora sozinha pra casa, andando, me sentindo mais nua do que quando tava deitada naquela cama. É aí que eu conto as notas e percebo que eles não me pagaram nem perto do que o 220 ganhou na noite, e eu não posso fazer nada. Mesmo que eu tentasse brigar com eles, esses caras não são do tipo que se preocupariam com isso. Eles são do tipo que carregam e apontam armas com um sorriso escancarado, são do tipo que encontram uma garota num beco e resolvem fazer dela uma propriedade.

Os policiais continuam me ligando, me chamando para sair com eles pra cima e pra baixo, e tem uma dor na boca do meu estômago, uma repulsa que me faz sentir o gosto da bile, mas faço movimentos circulares com o dedão no meu abdômen, bebo algo para tirar o gosto e reúno forças para dizer "sim". Isso me fez lembrar da nossa decisão anual sobre pagar ou não os impostos, de como eu sento com qualquer recibo de pagamento que Marcus ou eu recebemos e fico olhando pra todos aqueles números e o meu mais puro desejo de meter o pé só aumenta e tenho que engolir essa vontade e tomar uma decisão, porque, se eu pagar esses impostos, daí posso dizer adeus pro aluguel em dia, pro sapato novo e pra grana do busão. Mesmo sabendo que a Receita Federal pode vir atrás de mim, eu prefiro ficar com medo de uns documentos não assinados do que de não conseguir sobreviver pagando imposto todo mês. Então na maior parte das vezes eu não pago os impostos, e na maior parte das vezes, quando os policiais me ligam, eu aceito o convite deles, apesar do nojo, da vergonha e da vontade inevitável de sair correndo.

As festas sempre acontecem à noite, uma porta giratória de distintivos e homens que se revezam e, então, me entregam envelopes cheios de propina. Geralmente tem outras meninas ou mulheres, ficamos em quartos diferentes, então não dá pra conversarmos. Tem dias que eles nem me pagam, dizem que estão me protegendo de um próximo ataque. Eles me contam sobre as operações, sobre poder tirar proveito das fardas, como se isso fosse pagar o café da manhã, o aluguel do Trevor e o meu. Como se isso fosse fazer eu me sentir menos como uma sujeira presa debaixo da unha, aquela que você nem sabe como vai tirar.

Consegui pagar pro Vernon o suficiente para que a Dee também não fosse despejada, pedi pro Trevor entregar o envelope com o dinheiro na próxima vez que ele bater na porta, mas abril está chegando e cada vez mais eles estão querendo trocar algum tipo de proteção pelo meu corpo, falando que eu não preciso do dinheiro quando, na verdade, é a única coisa que eu preciso.

Esse é meu trampo, meu teto, as roupas do Trevor. Todas as minhas noites são assim agora, uma roda de homens, o meu próprio clã, e eu não me preocupo mais se vou ter ou não grana pra pagar pela água quente. Fico mais preocupada com os hematomas, com as armas e com o que Marcus pensa disso. Parei de falar a mim mesma que é só sexo, só pele com pele, porque é muito mais do que isso: tem sexo e, além disso, tem terror, medo e o branco dos olhos deles.

Assim que paguei o aluguel de maio, comprei uma bola nova pro Trevor, daquelas bem chiques, toda preta. Quando ele pulou até o sapato soltar do pé fiquei um pouco esperançosa, ele parecia tão feliz que poderia mergulhar o corpo todo na piscina de merda. O sorriso do Trevor torna mais fácil acreditar que vale a pena sempre que ouço a sirene e uma parte nova do meu corpo dá um nó; quando uma corda inteira dá voltas nas minhas costelas, como se meus ossos fossem quebrar a qualquer momento. Nesses últimos dias, o único jeito de passar uma noite com aqueles caras é tomando uns drinques pra tentar me afundar numa tontura, daí não fico sabendo o que eles estão fazendo, daí meu corpo não fica sabendo do que precisa sentir medo. Não sei se isso funciona, mas sei que quando acordo no outro dia, eu ainda estou viva e Trevor ainda está me esperando para levá-lo até o ponto de ônibus e, a essa altura do campeonato, isso é o suficiente.

Tony continua me pedindo desculpas por ter ficado bolado e tentando me convencer a não fazer o que estou fazendo, como se eu tivesse outra escolha. O dia do velório seria um lembrete das manchas de sangue no banco de trás do carro de todos eles, de quando ficam agressivos demais, e eu não consigo ficar do lado da Alê na funerária sabendo que estou prestes a nunca mais sair de lá. Alê não pode me fazer lembrar da época em que as estátuas não se mexiam, dos dias em que eu era uma menina que só usava as roupas dos homens, e não eram eles que me usavam.

Nos dias em que nenhum dos caras fardados me liga, nas folgas em que começo a pensar que estou livre, comendo algo que não me deixa enjoada, passo a planejar uma forma de viver sem polícia ou sexo, penso em talvez voltar a trabalhar na Bottle Caps e implorar pra Ruth me dar algumas horas de trabalho.

Hoje é um desses dias. Na verdade, é o sétimo dia que eles não ligam e eu não tenho mais dinheiro sobrando. Minhas entranhas já começam a se revirar de novo e sei que tenho que dar um jeito de ganhar mais dinheiro, com ou sem os gambé. Passo na La Casa a caminho da Bottle Caps. Ainda não é a hora do almoço e o lugar está cheio de gente. Vejo Alê anotando um pedido e, quando me olha de volta, arregala os olhos. Boto as mãos no bolso da jaqueta velha de veludo do papai, a única que o tio Ty não levou, e vou até ela.

Ela termina de anotar o pedido e meio que me abraça. "Oi", ela sussurra no meu ouvido, e é algo tão bobo, mas sinto uma onda morna me percorrer.

"Oi." Não vejo a Alê desde que o primeiro policial me encontrou e não sei como ficar de frente pra ela sem sentir vergonha de mim, como se ela fosse capaz de enxergar as marcas das mãos deles no meu corpo.

"Que cê tá fazendo aqui? Faz mó tempão que não aparece."

Eu concordo com a cabeça.

"Tô indo na Bottle Caps e pensei em te chamar pra ir comigo."

Ela abaixa a cabeça, sorri e volta a olhar pra mim. "Ah, tudo bem." Ela passa o olho pelo restaurante e faz um sinal pra uma de suas tias pra avisar que tá saindo. "Vou pegar meu skate", diz ela, dando um leve aperto no meu braço.

Uns minutos depois Alê desce as escadas correndo, com a testa brilhante e suada. "Vamos", diz, indo atrás de mim.

Alê põe o braço em volta dos meus ombros e me puxa, joga o skate pra cima e suspira. "Não é lindo?", ela grita pro alto, eu dou uma olhada ao redor para processar tudo. A obra ainda margeia o beco, é madeira em cima de madeira em cima de madeira, e juro que a cidade parece estar girando à nossa volta, o horizonte surgindo como um retrato glorioso de casas e carros que não precisavam ser grandes desse jeito. O braço dela ao meu redor, esse jeitinho que a gente ginga juntas, me dá vontade de pular, de jogar as pernas pro alto.

Oakland não funciona numa grade. Somos levados pelo vento nesta cidade. As ruas estão nos empurrando pra cada vez mais perto do mar, pra onde o sal se mistura com a rua e bicicletas viram caminhões que gemem e passam a cada semáforo. Depois, eles nos empurram de volta para os prédios, onde gritos percorrem as calçadas e, aqui, com a Alê, não me preocupo em descobrir o que ou para quem estão falando. Só deixo o barulho dispersar, como pedaços de asfalto na pista. Encontro meus muros favoritos, com novos espirais pintados ao fundo, demarcados pela assinatura de cada artista.

"Tava com saudades de você", diz Alê.

"Sim, eu também tô. Correria."

Ela me olha e sinto sua preocupação aumentando, mas ela não força a barra. Ela não é disso.

"Enquanto você tiver trampando, vou ficar dando rolê de skate", avisa Alê, segurando o skate do outro lado do corpo, mas ainda me abraçando à medida que nos aproximamos da esquina da MacArthur com a Octogésima Oitava, bem perto da Castlemont High. Bottle Caps está pintada de um laranja bem vivo, igual a um colete salva-vidas ou ao sol quando aparece em sonho.

Alê me solta e dá um tchauzinho, indo pra pista de skate do outro lado da rua, onde as crianças da Castlemont costumam ir. Alê se formou na Castlemont. Isso fez com que a gente viesse parar no extremo-leste sendo que estudávamos na escola de Skyline. Marcus me levou para a pista de skate algumas vezes enquanto tava no colégio e, assim que vi a Alê, subindo e descendo as rampas e, depois, cumprimentando meu irmão com um tapinha nas costas, quis muito conhecer essa menina, conhecer de verdade.

Na minha época de ensino médio, a gente colava na Bottle Caps depois da escola, comprava um pack de refrigerante e uns salgadinhos e juntava a galera em frente à loja. Trazíamos um som e botávamos uma música pra tocar, e Ruth nem ligava, porque a gente nunca fez nada de errado. Só estávamos vivendo. Às vezes, Ruth até dava uns descontos e, uma vez, no dia em que a irmã mais nova da Lacy caiu e quebrou o queixo no concreto, Ruth fechou a Bottle Caps pra levá-la no hospital, para que a mãe dela não tivesse que arcar com as despesas da ambulância.

Abro a porta da Bottle Caps e dou de cara com aquele trim--trim-trim familiar que toda adega tem na entrada. Vou direto pro balcão, onde um homem tá assistindo numa televisãozinha pendurada na parede. Está passando um desenho, acho que é *South Park*, e o homem ri tanto que os dreads dele chegam a balançar.

"Oi", digo, chamando atenção dele.

Ele parece irritado de ter de tirar os olhos da tela. "Vai comprar alguma coisa?"

"Tô procurando a Ruth." No momento em que digo o nome dela, sinto que tem algo estranho. Ele abre a boca, mas não sai nenhum som.

"Hum", ele começa. "Ela não tá mais aqui."

"Como assim?"

"A Ruth morreu na semana passada."

Não que eu não tenha imaginado que essa má notícia viria assim que o semblante dele caiu, mas ouvir sempre soa diferente, como se cavasse em alguma parte do corpo para sepultá-la. "Ela morreu do quê?", pergunto.

"E que diferença isso faz?"

Ele aumenta o volume da TV, mas eu continuo lá parada.

"Vai comprar alguma coisa ou não?" Ele quer mesmo que eu dê o fora dali, mas a única coisa que consigo pensar é *Como é que vou pagar a porra das contas?* Talvez seja uma bosta ficar pensando nisso justo agora, que a mulher que me deu um emprego estável quando eu não tinha mais nada de repente se foi, mas é a verdade.

"Eu trabalhava aqui", digo a ele, que levanta uma sobrancelha como se não acreditasse no que eu digo, ou como se não estivesse nem aí. "A Ruth me dava um turno de trabalho quando eu tava precisando."

"Bom, a Ruth não é mais a dona daqui. E a gente não tá podendo contratar mais ninguém. Foi mal." Ele aumenta tanto o volume que imagino que não daria pra me ouvir nem se ele tentasse. Dou um tapinha no balcão e saio, voltando para a luz do dia.

Sinto que sou atolada de lembranças, como se cada célula do meu corpo estivesse ligada e não conseguisse parar quieta. Trevor brincando com aquela bola. Nossa piscina. Sentados no balcão, jogando cereais na cara um do outro de manhã. A respiração. Tudo isso é tão temporário que parece que estou chegando perto da Terra do Nunca do futuro, num lugar onde nem existo nesse corpo. Sem a Bottle Caps, sem os gambé, sem o Marcus, quais opções que eu tenho? Caminho até a pista de skate, mas meu corpo nem parece estar indo pra onde eu quero. Meus pés vacilam, andam em zigue-zague seguindo o barulho dos carros passando pelo asfalto.

Quando consigo chegar lá, Alê está no ar, descendo pra rampa, repetindo a manobra; com a mão controlando a frente do skate enquanto o tronco dela torce antes de ela descer. Fico sentada na beira da rampa, com os pés pendurados, e ela desliza na parte de trás do skate assim que me vê, cai de costas e vai derrapando. Ela solta um gemido lá embaixo e se levanta, sacode os braços e volta pra rampa, subindo na minha direção.

Quando Alê entrou no ensino médio e eu estava no oitavo ano, ela começou a namorar uma menina violentamente loira, com um tipo de loiro que não combinava com a pele ou o rosto dela e que só a fazia parecer glamurosa, de um jeito tão artificial que eu nem entendia. Eu e ela sentávamos juntas na beirada da rampa pra ficar vendo a Alê, e me lembro de fixar os olhos, deixar meu olhar tão compenetrado e poderoso que Alê saberia que eu prestava atenção nela de um jeito que sua namorada jamais seria capaz. Depois de uns meses, a loira sumiu e, quando perguntei por que elas tinham terminado, Alê deu de ombros.

Alê larga o skate no chão e senta do meu lado com os pés pra fora, balançando.

"Você me deu um susto", ela diz. "O que rolou? Por que não tá trabalhando?"

"A Ruth morreu", digo. Não parece legal complicar isso com outras palavras. Imagino a foto da Ruth impressa no papelão na recepção de alguma funerária, com o corpo coberto de pó, mas gelado. O cheiro do queijo que ninguém quer comer.

Alê olha para os skatistas e depois pra mim. "Que merda."

"Pois é."

"Você tá bem?"

"Não."

"Ruth sabia que você amava ela."

Alê me puxa, mas balanço a cabeça e me afasto do abraço lateral. Queria poder dizer pra ela o quanto tudo isso é foda, o fato de eu estar aqui sentada pensando em dinheiro enquanto essa mulher está morta, enquanto Alê só quer me dar um abraço.

Ficamos sentadas assim, sem encostar uma na outra, por um tempinho. Vendo uns skatistas fazendo flip e caindo, massageando os ombros e fazendo de novo.

Estamos de frente pra rua, dá pra ver o pessoal passando, mas é difícil enxergar bem os rostos daquela distância. É por isso que, quando a vejo, tento me convencer de que não é ela. Que é outra pessoa caminhando com aquele azul todo, brilhando que nem ela, com o cabelo enfeitado pela cor da parte mais quente do fogo. Mas, quando ela vai chegando mais perto, o rosto se materializa e eu sei que é ela. Camila caminha na minha direção, me vê, levanta a mão, grita o meu único nome que ela conhece. Kia. A rampa fica entre a gente, e Camila caminha nela com saltos enormes até chegar perto da Alê e de mim.

"E aí, gata, não vai levantar pra me dar um abraço?" Para ajudar a me levantar, Camila estende as mãos, que eu seguro, mas ela nem se esforça pra me puxar, só fica imóvel, então eu acabo ficando de pé sozinha. Ela me abraça de um jeito frouxo, tomando cuidado para não borrar a sombra do olho na minha bochecha, e me solta. Ela põe a mão no meu rosto, com as unhas afiadíssimas, e me examina como se estivesse procurando cicatrizes. "Como você tá?"

Fica difícil responder com as mãos dela no meu rosto, mesmo assim eu tento, mas minhas palavras são engolidas. Estou muito ciente de que a Alê está sentada nos ouvindo, bem atrás de mim. "Bem, cê sabe."

"Nada disso, nem vem pensando que eu sou trouxa." Camila estala a língua. "Conta a verdade, o que tá rolando por trás desse rostinho lindo?"

Uma parte de mim fica se perguntando se Camila ficou sabendo dos policiais, se ela também já tinha estado numa daquelas festas, mas parece que é um segredo que eu não posso contar, então dou uma resposta muito próxima da verdade pra dar satisfação e ao mesmo tempo não revelar muita coisa pra Alê. "Não tô conseguindo muito trabalho esses dias, só isso."

"Já te falei, querida, você precisa de um daddy. Presta atenção, eu falei de você pro cara que me banca e ele ficou interessado. O nome dele é Demond. Ele vai dar uma festa no próximo final de semana e quer te conhecer, deixar tudo certinho, daí você não precisa ficar aqui se preocupando à toa. E aí?"

"Não sei…"

"Ah, vamo, Kia, só vem. Próximo sábado à noite, na Trigésima Oitava, 120."

"Eu…"

Camila tira a mão do meu rosto e dá um tchauzinho com as unhas. "Não tô ouvindo. Te vejo no sábado." E, assim, Camila dá a volta pela rampa como se fosse a dona do pedaço, volta pra rua e some aos poucos, transformando-se em algo azul que poderia ser ela ou poderia ser fogo ou algo parecido com isso.

Continuo parada, encarando o vazio que a Camila deixou, e sei que Alê está rangendo os dentes, com as mandíbulas travadas. Consigo quase sentir algo fervendo dentro dela: todas as perguntas, o olhar dela nas minhas costas. Talvez, se eu ficasse parada por mais um tempo, eu fosse abduzida e ela esquecesse da minha existência, esquecesse que estive na La Casa hoje. Talvez ela se esquecesse como foi ter caído daquele skate assim que me viu, como foi ter derrapado de costas, como doeria amanhã de manhã.

Fecho os olhos e mesmo assim não desapareço. Alguns minutos depois, ela fala.

"Eu devia imaginar que cê tava metida em alguma merda." Aquilo sai do fundo da garganta dela, como se estivesse se segurando pra não falar mais.

Viro e olho pra ela.

"Você ia me contar?", pergunta, mexendo a mandíbula de um lado pro outro, como se assim ela fosse soltar toda a dor que tem dentro dela.

"Não sei", digo, e não sei mesmo. Contar pra ela seria dizer, tipo, essa é a minha vida agora, como se eu tivesse um compromisso com as ruas. Deixar que as ruas tomem conta da gente é como planejar o próprio velório. Queria as luzes do poste, o dinheiro pela manhã, não os becos. Não as sirenes. Mas, cá estamos. As ruas sempre acham a gente na luz do dia, quando menos se espera. Criaturas noturnas se aproximam de mim enquanto o sol ainda brilha.

"Só não entendo, Ki. Você sabe o que rolou com a Clara, então por que tá sendo tão burra?" Ela balança a cabeça, olha pra dois meninos que ainda estão tentando fazer alguma manobra no parapeito do outro lado da rampa. "Por que você tá fazendo isso?"

"Não tive outra opção", digo.

"Ah, tá." O balanço da sua cabeça aumenta até virar um pêndulo e ela se levanta, pega o skate, o corpo todo tremendo. Ela para na minha frente e diz "Ah, tá" de novo, com os tremores pelo corpo, antes de colocar o skate no chão, subir, pegar impulso várias e várias vezes até estar no meio do quarteirão, e eu lá de pé numa rampa de skate sem ter pra onde ir.

Comecei a caminhar de volta pra casa depois que um grupo de skatistas apareceu na pista gritando comigo. Andar sozinha pela cidade é diferente ao meio-dia. Dá a sensação de que eu tenho que ficar olhando pros lados a toda hora e que tenho que aprender a caminhar mais com as pernas do que com os quadris. Pego um ônibus depois de andar por alguns quarteirões e desço bem no Regal-Hi, que não fica com uma cor bacana a essa hora do dia, branca demais, a ponto de me fazer pensar se não era coisa da minha cabeça isso de aqui ter sido azul esse tempo todo.

É só eu pisar no apartamento que meu celular começa a tocar. Tiro-o do bolso o mais rápido possível, achando que é a Alê. Mas a tela do celular mostra SHAUNA e eu atendo, apesar de cada célula do meu corpo dizer pra eu não fazer isso.

"Kiara." A voz dela parece exausta, e eu não consigo dizer se é a fadiga típica de mãe de primeira viagem ou se tem alguma outra coisa junto.

"Oi?"

"Não sei em que merda eles estão metidos, mas semana passada apareceram com equipamentos novos e agora o Cole tá falando de algum tipo de corre e de como eles estão prestes a fazer acontecer e eu não sei do que se trata, mana, mas não quero viver essa vida não."

"Do que você tá falando?"

"Não sei o que tá rolando, mas eles estão envolvidos com alguma merda que acho que não vai ser fácil de sair. Cê precisa me ajudar." Shauna sobe o tom da voz.

Dou um suspiro. Eu sei o que rola quando se é pego na rua, mas sei lá como é que sai de uma dessas, como é que a gente pode ajudar, principalmente se for o Marcus. "Olha, não sei o que fazer numa situação dessas." Digo que preciso ir, que tem alguém batendo na porta, o que não é verdade, e desligo enquanto ela ainda tá falando; o apartamento todo fica em silêncio.

A gente tá sempre tentando segurar as pontas pra homens sobre os quais não temos controle. Eu tô cansada disso. Cansada de ter que ficar por aí pensando nessa gente toda, nesse monte de coisa pra me manter viva, pra manter eles vivos. Não tenho mais fôlego pra nada disso. Talvez a Camila esteja certa, talvez seja hora de desencanar, de deixar que eles assumam o controle, que cuidem de mim. Mas eu não consigo parar de pensar na ligação da Shauna, se o Marcus tá bem, se quem sabe ele não tá com dinheiro pra ajudar a gente. Uma parte de mim ainda sente raiva por ele não ter ido comigo visitar a mamãe, mas com a Alê sem falar comigo, preciso dele.

São duas da tarde. Apesar de ser começo de primavera, o calor já chegou, um dia inesperadamente quente no meio do frio. Ainda na parte da tarde, a porta do apartamento se abre e Marcus entra, olha pra mim com um sorriso enorme estampado no rosto, a minha impressão digital contorcida no pescoço dele. Marcus vem até mim, me pega pela cintura e me levanta, dando um giro.

Quando desço, estou tonta, nem lembro da última vez que ele me girou desse jeito, como se eu fosse a irmãzinha dele e ainda fôssemos crianças.

"O que que você quer?" Dou risada e bato no peito dele. Parece que ele tá chapado.

Aqueles olhos me encaram e também sorriem, se iluminam.

"Do que você tá falando? Só tô com saudade da minha maninha." Parece que ele vai me levantar de novo. "Quero te mostrar uma coisa."

Em questão de segundos, Marcus segura a minha mão, pega uma mochila e o skate dele do armário, e me leva pra fora. Marcus aperta meu pulso um pouco forte, e parece até que estou alucinando. Parece que ele esqueceu a bosta toda que se acumulou na nossa relação nesses últimos meses. E acho que, como ele não para em casa, talvez não tenha visto a treta toda que eu tenho enfrentado pra encher o envelope do aluguel todo mês, e nem tenha percebido como o cheiro de cloro e de bosta virou parte do ar do ambiente, o aroma natural do apartamento. Fico me perguntando se ele sabe por onde eu andei, o que tenho feito.

Tiro do gancho, que fica perto da piscina, a minha bicicleta scraper, que eu e Marcus customizamos com fita adesiva e restos de sucata. A gente sai todo orgulhoso com ela pelo lado leste inteiro de Oakland, as rodas com luzes neon brilhando mais que o céu. Subo na bicicleta e vou seguindo meu irmão na pista. Marcus nos leva a ruas que eu nunca passei na vida, o que é engraçado, porque juro que já andei por cada canto dessa cidade. Vai ver que eu nunca olhei direito. Vai ver que eu estava muito ocupada observando.

Grito pra ele: "Pra onde é que você tá me levando, Marcus?".

"Não esquenta, a gente já tá quase chegando."

Vai ver que esse é o jeito dele de me contar que está ganhando uma grana, mesmo que a Shauna esteja certa e ele errado por fazer algo que não deveria. Grana é grana mesmo que seja suja. Consigo ouvir os carros na via agora, ainda estamos na leste, então a rodovia 880 deve estar aqui perto, mas ainda não dá pra ver. Às vezes a gente consegue ouvir e sentir coisas que nunca vão aparecer na nossa frente. É assim que a voz da mamãe tá na minha cabeça: uma coisa invisível.

Debaixo de um viaduto, Marcus para abruptamente. É tão inesperado que eu quase perco o controle dos pedais e trombo nele. Derrapo, freio, pulo da bicicleta. Ali é muito escuro e está totalmente vazio, tirando as duas barracas, uma cidade-miniatura. É pra lá que a gente vai se o Marcus não der logo um jeito: dormir em barracas, as calças caindo porque nenhum zíper segura. Nem mesmo o ego dele poderia proteger meu corpo das noites mais frias aqui nas barracas, e não daria pra gente se esconder durante a temporada de incêndios, quando a fumaça chegasse aqui.

"O que a gente tá fazendo aqui?", pergunto pra ele, encostando minha bicicleta no muro.

Marcus não responde, mas tira a mochila das costas, agacha e abre o zíper dela. Lá dentro tem um monte de latinha de spray, daquelas bem caras que pegávamos na Home Depot na época que a gente se achava foda demais. Ele começa a enfileirar as latas no chão: um arco-íris.

"Onde que cê arrumou isso?"

"Não esquenta. Ó, tô te dando um presentinho e até vou ser seu assistente. O muro inteiro é seu. Pode meter o louco. Você me fala o que quer que eu desenhe e eu faço. Esse momento é seu, Ki." Marcus fica me encarando com um sorrisinho, ainda agachado.

Fico me perguntando se devo me opor, se devo questionar meu irmão, mas devolvo o sorriso, pego a latinha verde primeiro e peço pra ele começar pela amarela. Faço o traçado pra ele me acompanhar. Marcus nunca faz nada do que eu peço, mas hoje ele está seguindo as minhas linhas. Hoje ele é meu irmão.

Enquanto picho, fecho os olhos. Tanto o Marcus como a Alê riem quando faço isso. Eles acham que pra pintar precisa estar olhando, mas a visão é só uma distração do que de fato é necessário para traduzir uma imagem em arte. Deixo rolar, solto a inspiração, e eu não preciso ver sendo que meu corpo é pura imaginação.

Eu picho tags desde os treze anos. Naquela época, eu nem chamaria assim, porque eu só tinha umas canetinhas e um sonho: gravar o meu nome em cada quarteirão. Aí a Alê me deu uma latinha de spray azul no meu aniversário de catorze anos e eu fiquei um mês inteiro pichando igual louca, até que um dia eu chacoalhei a lata e ela estava vazia. Virou uma tradição: uma cor nova pra cada aniversário feito.

Foi Marcus que me levou para passear de bicicleta e me disse que não tem diferença nenhuma entre grafite e pichação, que a arte é o jeito que a gente se expressa no mundo, por isso não tem como nos apagar. Ele fala que a música é isso pra ele.

Desde os meus quinze anos, nos primeiros meses em que éramos só nós dois, a gente ia de bicicleta comprar comida mais barata, a enfiávamos nas mochilas e voltávamos pro apartamento. Eu era sempre a que cozinhava, quando trazíamos algo que valia a pena cozinhar. Marcus ficava no sofá comendo os doces dele.

Um dia, quase um mês depois de ficar aos cuidados do Marcus, ele decidiu que teríamos que inovar se quiséssemos ganhar o suficiente para comprar o tipo de comida que a Farmer Joe vendia, e não de qualquer lojinha barata. Ele decidiu que a gente venderia nossa arte. Ele ainda não conhecia o Cole, por isso não tinha como gravar as músicas que fazia, o que significava que eu é que daria o pontapé inicial, pintando papelão com tinta que custava um dólar por tubo reutilizado, vendida por uma instituição de caridade. Esse foi o único motivo pra gente ter perdido tempo indo pra Temescal, uma região que ostenta seu próprio sorvete de pistache como se não tivessem invadido um pedaço de terra e chamado isso de empreendedorismo.

Passei a sair da escola e ir direto pra casa, e sempre encontrava Marcus sentado no nosso cantinho do carpete com meu papelão e tinta de segunda mão esparramada na frente dele, pronto pra me entregar um pincel. Me dar as cores foi a melhor coisa que o Marcus poderia ter feito por mim. Às vezes, chegava a cogitar que eu podia ser mais do que a irmã dele, podia ser um tipo de artista que vive da própria arte.

A gente começou a sair com as minhas pinturas nos fins de semana, vendendo por vinte conto cada. Marcus disse que essa era a média, mas ninguém queria comprar. Foram muitos finais de semana debaixo de sol, abaixando cada vez mais o preço pra no final umas velhas ficarem com dó da gente e comprarem cada pintura por cinco paus. Pedi perdão pro Marcus e ele continuou dizendo que tava tudo bem, mesmo eu sabendo que não estava. Ele passou algumas noites na Lacy e voltou com um sorriso nervoso. Eu não pintava desde aquela época, só uma tag pichada num ponto de ônibus ou retratos da Alê com minha tinta de aniversário.

Levo o spray verde até o muro, longe o bastante da parede pra que eu veja a tinta no ar um milissegundo antes de entrar em contato com o cimento. É como se o oceano fosse industrializado, como se fosse possível controlar uma onda. Segurando a latinha, o metal começa a esquentar nessa onda de calor do início da primavera, e nunca me senti tão pertencente a algum lugar quanto agora.

Desenho um sonho recorrente que tenho: aquele em que

cstou no campo, onde tudo está maduro e é como se cada célula de cada pedaço de planta ganhasse vida. Peço pro Marcus fazer as flores: amarelas, pétala sobre pétala, até não ser mais possível separar uma da outra.

Começo a desenhar a menina em cima da grama — dentro da grama, na verdade. Chacoalho e seguro minha lata na frente do muro, daí mudo de ideia. Troco a latinha pra outra mão, chego mais perto do muro, e traço os contornos da menina que sou e não sou ao mesmo tempo. Ela é mais nova e está com a boca bem aberta, escancarada.

Também peço pro Marcus fazer um vestido amarelo pra menina. Quero que pareça que ela está derretendo nas flores. Não tenho roupas vibrantes assim, mas meus sonhos me avisam que é com essa cor que serei enterrada, de boca aberta. Minhas mãos estão sujas de tinta verde, marrom, amarela e, agora, acrescento o azul, distanciando a lata da parede. Não sou alta o suficiente pra alcançar a parte que preciso, mas Marcus me levanta pelas pernas e eu fico maior do que ele, fazendo o céu num muro do viaduto.

Atrás da gente, uma das barracas se abre. Marcus me põe no chão assim que ouve o barulho e vemos duas jovens saindo de suas cabanas. Fico com as mãos pra cima, pintadas como sangue.

"O que vocês tão fazendo aqui?", pergunta uma delas, e eu percebo que o pano enrolado em seu corpo é um sling, não um lenço qualquer. Uma criancinha choraminga baixo.

"Não tamo fazendo nada de errado. A gente tá só grafitando", grita Marcus, mostrando as mãos sujas de tinta. Estamos sempre mostrando nossas mãos pros outros para provar que somos seres humanos.

A outra mulher cerra os olhos e não sei se é por nossa causa ou por causa do sol que está muito forte. "Acaba isso aí e não volta mais aqui, fica acordando meu filho e o caralho."

Marcus e eu murmuramos desculpas e voltamos pro muro. Agora a pintura parece uma coisa meio zoada, já que a gente invadiu um espaço que não é nosso.

"Vamo logo acabar isso", diz Marcus, baixinho.

Ele me levanta de novo e eu preencho o muro até virar tudo céu. Marcus me põe de volta no chão e eu vejo a mãe nos olhando sentada na tenda. Ela sorri, meio cansada, mas sorri enquanto fecha a tenda e desaparece.

"Ei, Ki, cê liga se eu colocar mais uma coisa?" Marcus chama a minha atenção de volta pro muro. Ele está parado, olhando pro grafite.

Concordo e ele pega uma latinha de spray preta e levanta o braço até o céu. Desenha uma única nota musical. Depois, mais pra baixo, acrescenta mais uma nota. E outra. Marcus faz uma progressão musical em direção à boca da menina até aparecer uma clave de sol pendurada nos lábios. Parece que está quase escorrendo pela garganta dela e o muro é a única coisa que a mantém no lugar.

"E aí?" Marcus vira pra mim, com as sobrancelhas levantadas, o rosto congelado, e não consigo tirar da cabeça que ele se parece um pouco com o papai.

Aprovo. "Ficou bonito", digo, e essa é a coisa mais sincera que falo pra ele desde que mamãe se foi.

Marcus e eu ficamos juntos olhando pro muro.

Acho que hoje é o dia que eu tanto esperei. O dia em que o Marcus decide que vai se ajeitar e aprender a encarar um pouco essa vida de novo. O dia em que ele vai deitar a cabeça no meu colo e me deixar fazer carinho nele. Talvez ele até segure minha mão ou me pergunte por que tenho hematomas no peito. Tem dias que sinto que estou presa entre mãe e filha. Tem dias que sinto que não estou em lugar nenhum.

Tenho algo pra dizer a ele. Prometi pra mim mesma que faria isso e não lembro de muitas coisas que a mamãe ensinou pra gente, mas ela sempre dizia pra mantermos nossa palavra. E nem era só ela que dizia isso. A cidade toda sabe que a única coisa que não se pode fazer aqui é quebrar uma promessa. É tipo pegar o último pedaço de frango sem antes oferecer pros mais velhos. Talvez sejam os hábitos importados do sul. Talvez seja uma regra de etiqueta de Oakland. Talvez só estejamos aprendendo com nossos erros.

Se o Marcus pudesse estar comigo, do meu lado — de verdade, e não só no discurso —, eu conseguiria sair dessa merda toda com todo mundo intacto o suficiente para amar direito. Abro a boca, mas o calor desce pela minha garganta até eu não ter mais vontade de falar. Engulo.

"Mars."

"Faz tempo que você não me chama assim."

Minha voz sai fraca o suficiente para ser chamada de sussurro. "Você não esteve por perto pra que eu pudesse te chamar disso ou de qualquer outra coisa."

Ele solta um suspiro e vira a cabeça pra olhar para mim. "Nem você."

Encaro meu irmão, vejo que ele me encara de volta, sendo que normalmente ele desvia o olhar. Viro pro muro. Por alguns instantes ele não diz nada e nem eu.

"Onde que você tava, Ki?"

Esperei tanto pra que ele me perguntasse. Perguntasse o que eu preciso. Dissesse que ele está pronto pra me ajudar.

"Na rua." Respondo. O céu no muro está todo pintado de azul e cheio de notas musicais, e parece que o azul é infinito, como se o céu estivesse descendo com a música, chegando cada vez mais perto da terra. "Não sabia mais pra onde ir."

De canto de olho, vejo que o Marcus está balançando a cabeça. "Daí você teve a ideia de sair por aí transando com um monte de cara aleatório que nem uma puta? O Tony me contou, mas eu não quis acreditar. Porra, Kiara."

"Você não tem nenhum direito de me julgar. Eu entrei nessa por *você*, porque você tá vivendo no seu mundinho dos sonhos, porra. Você me pediu um mês pra terminar o álbum e eu te dei. Na real, eu te dei quase nove meses pra você ficar fazendo porra nenhuma, mas é tempo demais, Marcus, e a gente continua no mesmo lugar."

Marcus me olha de um jeito mordaz. "Daí você sairia dessa dando por aí?"

"Fiz o que eu tinha de fazer enquanto você ficava deitado com a bunda pra cima. Não seria obrigada a fazer essas coisas se você me ajudasse e parasse de se fazer de otário", digo.

"Você disse que era de boas se eu corresse atrás dos meus sonhos." Não sei como, mas a voz dele tá ficando cada vez mais alta. "Você acha que eu não tentei? Eu te protejo desde antes da mamãe ter fodido tudo. Cacete, eu sou o único que de fato tá preocupado contigo, e mesmo assim você consegue me culpar por querer algo que seja meu?"

"Não culpo. Mas agora a gente não tá vivendo no mundo do tio Ty e não adianta nada fingir que estamos. Daqui a pouco, nem eu e nem você vamos ter um lugar pra dormir e, pelo menos, eu tô tentando fazer alguma coisa."

"Foi por isso que pensei em dar um rolê contigo hoje pra gente, tipo, dar uma equilibrada." A testa dele se enche de rugas enquanto olha pra mim. Ele acha mesmo que umas tintas dão conta de apagar tudo isso. Meus olhos ficam embaçados e me dou conta de que estou chorando — bem devagar e sutilmente, mas estou.

"Grafite não paga nosso aluguel, Marcus. Não sei o que você quer que eu faça, quer que eu diga que te perdoo? Não faz diferença se te perdoo ou não se nem temos o que comer."

"O que você quer que eu faça? Eu já tentei num trampo. Duas vezes."

Suspiro, tentando limpar a vista embaçada. "Fui ver a mamãe. Ela não tem o número do tio Ty, mas ele sempre gostou mais de você." Ele fica desconfortável, com o corpo tenso. "Me ajuda, Mars. Eu não dou a mínima pro que você vai fazer, mas eu preciso mesmo que você tente alguma coisa. Encontre o Ty ou outro emprego ou qualquer outra coisa. Por favor."

"Nem fodendo." Marcus dá uma bicuda no chão com o tênis desamarrado. "Você sabe que ele tá pouco se fodendo pra gente."

"É o melhor plano que eu tenho."

Quando Marcus fez treze anos, depois que o papai voltou pra casa, ele começou a matar aula pra sair com o tio Ty. Isso foi antes do tio Ty sair da cidade, antes de assinar com uma gravadora grande e antes de comprar um Maserati. Ele era só o irmãozinho do nosso pai, o bebezão da família, nossa única conexão com algo maior.

O tio Ty é o tipo de pessoa que a gente quer por perto, ele tem um magnetismo. Nem precisa abrir a boca. É como se víssemos os pensamentos dele saindo pelos poros, a intensidade de cada convicção, o jeito que ele olha firme, olho no olho. Quando crianças, a gente achava que o tio Ty era mágico e mamãe achou melhor não falarmos muito com ele. Quando fiz nove anos, ele parou de nos visitar no Natal. Marcus chorou muito no primeiro Natal sem ele, rolou no chão do apartamento enquanto apertava o estômago, como se a ausência causasse dor física. Talvez causasse mesmo.

Não sabíamos que o Marcus estava faltando para ficar com o tio Ty até chegar a notificação de evasão escolar pelo correio.

Eles passaram quase o semestre inteiro juntos, saindo quase todo dia. Quando o nosso tio deixou a cidade depois da prisão da mamãe, Marcus saiu pelo apartamento quebrando qualquer porcaria que lembrasse o Ty.

Depois que ouviu uma música do tio Ty no clube ano passado e acabou descobrindo sobre a fama dele, Marcus chegou em casa bêbado, chorando, fez carinho na minha cabeça e ficou contando sobre o que eles faziam quando saíam juntos. Em vez de levar o Marcus na pista de skate, o tio Ty se encontrava com um monte de caras grandões com correntes ainda maiores no pescoço, ficavam chapados, falavam besteira e escutavam as músicas dele. Marcus ficava sentado num canto, inalando a fumaça e esperando que o tio Ty o levasse de volta pra pista. Disse que, às vezes, quando eles iam nessas mansões, uns playboys ofereciam charutos e o tio Ty dizia pro meu irmão experimentar um. Marcus inalava em vez de soltar a fumaça do charuto e acabava vomitando no banheiro. Mesmo o tio Ty só dando desgosto, Marcus amava o nosso tio mais do que qualquer outra coisa. Na verdade, ele idolatrava o tio.

Marcus balança a cabeça. "Se vira."

"Sério? Você não pode fazer nem isso por mim?"

Marcus me olha com o mesmo medo que me olhou no dia em que o papai tentou me tirar pra dançar na roda dos batuques. Ele balança a cabeça. "Foi mal."

Pego minha bicicleta e só penso em ir pra algum lugar que não seja tão azul.

Tomo a decisão antes de colocá-la em palavras, olhando para Marcus que ainda balança a cabeça. "Papai ficaria muito decepcionado com isso aí que você se transformou. Fica à vontade pra seguir seus sonhos, Marcus, mas não vou te dar uma cama quando você chegar em casa sem nada depois de ter bancado o garotão. Quer se virar sozinho? Então vai viver em outro lugar.

Se quiser morar comigo, é bom você dar um jeito nessa merda e me ajudar."

Subo na bicicleta, com o assento ainda quente, e começo a pedalar com cada vez mais força, até que as minhas pernas não suportam e eu fico puro pó e suor. Sei que rompi algo entre a gente, rasguei no meio o pacto que era o nosso apartamento, dizendo isso logo depois de algo tão sagrado. Talvez o muro eternize este dia, leve a gente de volta pro passado, de volta um pro outro.

O sol de Oakland vai sumindo com seu sutil zumbido. Alê não atende o celular desde o dia da pista de skate e eu fico com muito medo de perguntar se ela ainda me ama como antes. A cada dia que não a vejo, tenho a impressão cada vez maior de que nos tornamos irreconhecíveis uma pra outra. Aposto que agora ela tá com tatuagens novas. É possível que até o cheiro dela esteja diferente.

Marcus foi embora. Faz oficialmente uma semana desde o lance do muro e ontem ele veio aqui e pegou as roupas que lavei pra ele. Ele deve estar morando com algum amigo, e eu me sinto a última sobrevivente da nossa família, a única que sobrou neste apartamento.

Não consigo parar de pensar naquela festa da balada que a Camila me convidou. Provavelmente nem vai ser uma balada, mas as luzes piscando me dão vontade de ir, só pra ver se o brilho todo me deixaria tonta ou, quem sabe, se essa vida de fato é pra mim. Talvez eu possa segurar a mão da Camila a noite toda, ganhar uma grana que dê pro Trevor não ter mais nenhuma preocupação na vida, abrir mão do conforto por algo fixo e estável.

Encontro Trevor no ponto de ônibus quase todos os dias depois da escola, vamos pra quadra e fazemos um monte de apostas. Depois que ganhamos daquela menina do porto, ela contou pra todos os amigos da escola que tinha aparecido alguém melhor, um molequinho e a babá grandinha dele. Achei que ela tava falando bobagem, mas acontece que eles são novos e gastam todo o dinheiro com apostas que a gente sabe que vai ganhar. Foi o suficiente para ajudar a cobrir o aluguel de março, junto com a grana dos policiais.

Algumas vezes, quando Dee chega e começa a rir que nem doida, eu e Trevor ficamos treinando até tarde da noite. Ele bate na minha porta e a gente pega a bola e fica dando dribles em volta da piscina. Tem vezes que fico imaginando ele batendo na porta de casa quando não estou lá, à espera de alguém que não vai atender.

Vai ficando cada vez mais escuro e a festa começa assim que o sol desaparece. Me arrumo, boto o único vestido que tenho, que mais se parece com uma camisola do que com qualquer outra coisa. Foi um presente de um dos policiais, e me lembra que vivi um século inteiro em alguns meses. O tempo se move em muitas direções.

No banheiro, paro de frente pro espelho. Minha pele é cheia de tons de marrom. Meu cabelo está um pouco vermelho desde a época que tentei tingir de ruivo. Passo um rímel aguado e um delineador que não sei muito bem como usa. Tem vezes que fico parecendo uma versão crescida de mim mesma: mais angular. Meu rosto está mais fino do que antes e meus ombros deixam a nudez do vestido mais nítida por causa do brilho das minhas saboneteiras. Não sou tão magrela, mas meus ombros fazem parecer que sou. O resto do meu corpo é uma almofada macia, que mantém meus órgãos isolados e seguros.

Agora já são dez da noite e eu calço meu salto novo. Esse é prata e tem dois centímetros a menos do que aquele que o cara de metal jogou no meio da rua. Não levo blusa porque sei que não importa o quão fria seja a casa, o barraco, o depósito ou sei lá onde essa festa vai acontecer; um friozinho não pode ser pior do que ser obrigada a passar calor.

Quando Camila me deu o endereço, acho que nem passou pela cabeça dela que eu moro sozinha aqui, que não tenho carro e nem cartão de transporte, já que o que eu e a Alê roubamos está sem crédito. Antes de sair, mapeei o caminho pra chegar no lugar, mas, estando na High Street, aquela caminhada de três quilômetros vira uma maratona que meus pés não dão conta.

Quando não se tem escolha, só nos resta andar. As solas dos meus pés doem de um jeito que sei que vão não só amanhecer com bolhas, mas também cheios de hematomas roxos que parecem mais com o pescoço da minha mãe do que com o meu corpo.

Penso em cada passo e repito pra mim mesma: calcanhar, dedos, calcanhar, dedos. Fica mais fácil. As buzinas vindo de idiotas dentro de carros acompanham cada passo meu, mas nem ligo até um deles encostar. Abaixa o vidro. Fico tensa, mas daí percebo que é uma mulher. Os alto-falantes do carro tocam Kehlani e os cílios dela estão enfeitados com glitter azul.

"Quer uma carona?", ela pergunta.

Faço que sim, depois olho pro banco de trás. Tá um circo todo lá dentro, só tem um espaço vazio no meio. Elas abrem a porta de trás pra mim e a menina que tá na janela vai um pouquinho pro lado. É claro que elas estão indo pra uma festa, com vestidos com só um pouco mais de pano do que o meu.

Fecho a porta.

"Pra onde você tá indo?", pergunta a motorista, virando-se pra mim.

Passo o endereço pra ela e a menina do meu lado se inclina pra motorista. "Isso aí não é a casa do Demond?", ela tenta cochichar, mas sai tão alto que o carro inteiro consegue ouvir, mesmo com os graves do som.

A motorista acena discretamente e depois fala pra mim: "Eu sou a Sam. Você sabe pra que tipo de casa tá indo, né?".

"Sei tudo o que preciso saber", respondo. "Eu sou a Kia."

Tirando a música, passamos o resto do caminho em silêncio. Quando me deixam na frente da casa, Sam vira pra trás e toca meu joelho.

"Se o Demond tentar te dar alguma coisa, não aceite." Ela pisca os cílios azuis, se volta pro volante e a porta se abre. A menina do meu lado me empurra um pouco e eu caio na calçada, ficando de pé apesar de os saltos me darem a sensação de que estou com pernas de pau. A casa me lembra aquelas de desenho animado quando tem festa: parece que ela fica subindo e descendo, luzes piscam nas janelas, um pessoal nos degraus da frente. O resto da rua está escuro, dá num beco sem saída, e se não fosse pelo fervo rolando lá dentro, diria que algumas crianças moram naquela casa com cerquinha de madeira e tudo mais.

Vejo o carro do circo indo embora.

"E aí, você é uma das meninas do Demond?" Um dos caras que está fumando um charuto nos degraus da frente me chama.

"Não, tô só acompanhando a Camila", respondo, caminhando em direção a eles.

O medo não serve pra nada, a não ser pra pintar o nosso pescoço de vermelho e avisar todo mundo o quão fácil é cortar a gente no meio.

O homem acena com a cabeça e o amigo dele chega perto, tragando o cigarro. "Camila." Ele fala o nome dela, dando uma risadinha. "Ela tá nessa vida faz tanto tempo, certeza que ela guarda uns bons truques." Não sei com quem ele tá falando, porque fica olhando pro céu como se tivesse esperando uma resposta.

O homem do lado dele está sem camisa e olha bem nos meus olhos. "Pois é, custou uma puta grana também."

O cara do céu diz pra ele: "Você não ficou com ela?".

"Nenhum cara que ficou com a Camila sobreviveu pra contar história. Quem tem essa grana toda, também anda com um alvo colado nas costas." Ele volta a olhar pra mim. "Acho que você é uma das novinhas da Camila. Ela sabe escolher."

Os olhos dele percorrem cada parte do meu corpo e me sinto nua igual quando saio do chuveiro, antes da minha pele absorver a manteiga de karité.

"Se vocês me dão licença, preciso ir pra outro lugar", digo a eles, abrindo caminho entre os corpos e subindo os degraus em direção à porta da frente e do trap tocando alto. O cara sem camisa grita pra mim: "Menina, eu vou te achar depois". E eu sei que vim exatamente pra isso, mas mesmo assim sinto pontadas na minha coluna, como um alerta.

Lá dentro, o calor da sala vem do teto e, aqui, o corpo a corpo é diferente: eles se esfregam e, em vez de alegria, rola muito desejo, sendo que mamãe diz que querer não é poder. Mas a gente tá sempre querendo algo; muitos de nós substituem o que de fato queremos pelo carnal, o que funciona até que você acorda e vê que o espelho virou um borrão do tempo rodando na garganta.

Passo pelo primeiro cômodo, depois pelo segundo. Tem alguém dançando em cima da bancada da cozinha e em todo canto da casa tem gente seminua. Vou em direção à mesa e ao cheiro de vodca derramada. Procuro uma garrafa mais limpa, encontro a de tequila e despejo num copo plástico. Dou um gole e, assim que o copo toca meus lábios, sinto um gosto doce que não deveria acompanhar bebidas fortes, mas estou cansada demais pra me preocupar com a procedência dessa daqui. Bebo mais do que deveria, esperando que seja o bastante para durar no meu corpo mesmo depois de passar metade da festa dançando e suada, esperando que rapidinho dê um baratinho pra paranoia sumir logo.

Assim que meu peito começa a esquentar, volto a prestar atenção no caos. A sala tem muitos olhos, olho pra eles e desvio em seguida, recebo piscadelas e encaradas que retribuo apenas com um olhar frio. Estou à procura dela, sei que deve ser uma das mais altas daqui, com qualquer que seja o salto brilhante que tá calçando.

Ela está no pátio, com os braços pra cima, mexendo o corpo ao som de alguma música que provavelmente não existe neste universo. Camila chama mais atenção do que as notas musicais do que tá tocando. Me enfio na multidão pra chegar nela, passo por um cara baixinho que parece ser o guardinha na porta do pátio. Camila me vê e para de deslizar a mão pelo pescoço e pelos ombros, levanta as duas mãos e me chama.

"*Mi hija!*"

E eu super me sinto filha dela.

Camila me abraça e hoje ela está toda vestida de laranja, da cabeça aos pés. Não sabia que dava pra vestir laranja sem ficar parecendo o vestido barato que a Alê usou na festa de debutante, mas Camila está uma diva. Ela está de shorts e tomara que caia, os dois brilham num laranja-escuro. É como se tivesse suco escorrendo até os pés dela, que estão adornados com botas neon que ficam mais escuras e mais saturadas à medida que sobem pelas coxas.

"Como você tá? Pegou alguma coisa pra beber?"

Faço que sim e Camila vira pra falar com o semicírculo de pessoas em volta dela: "Essa aqui é a Kia, uma das minhas novinhas. Ninguém mexe com ela se não tiver dinheiro pra bancar. Minhas meninas são caras".

A maioria acena e murmura um oizinho, mas os olhos de todos permanecem fixos nela. Eles nem estão olhando pra bunda ou pro peito dela. O rosto da Camila é o suficiente para deixar qualquer um em frenesi: queixo com covinhas que destacam todas as outras curvas do rosto, com ângulos que formam ondas suaves em cada canto. Os olhos dela são de um castanho infinito, e Camila está com cílios que parecem acessórios por si só.

"Já conheceu o Demond?", pergunta ela.

Faço que não com a cabeça. Camila diz que preciso aprender a conversar um pouquinho mais e eu dou risada.

Ela avisa todo mundo que já volta e me leva até lá dentro, atravessa a cozinha em direção a uma porta fechada que abre como se estivesse em casa.

É só entrar na sala que sinto a fumaça. Eles estão fumando lá dentro e eu juro que não tem ar pra respirar. A cama king é o foco principal do cômodo e tem umas dez pessoas sentadas e deitadas nela. São meninas, tirando o homem do meio, que está de óculos escuros e tem uns desenhos finos na cabeça. Ele é magro, só que mais alto do que qualquer outro cara que já conheci na vida real. O pé dele chega até o final da cama. Não sei pra onde ele está olhando por trás desses óculos escuros, mas sinto que estou sendo observada.

Camila me leva até o canto da sala, onde tem um sofá que eu nem reparei por causa da fumaça, e a gente senta entre duas meninas.

"Demond, essa é minha garota, Kia. Era dela que eu tava falando."

Demond desce os óculos escuros até a ponta do nariz e, finalmente, consigo ver os olhos dele, mesmo com a neblina da fumaça. Parece que a gordura saturou seu globo ocular, deixando liso e escorregadio. Os olhos dele são pretos, mas têm outra cor no fundo, um brilho prata, cor de faca. Ele gira o piercing do nariz por um tempo e depois dá uma tossida.

"Ela tem algo de especial." A voz dele é um grunhido que penetra, ecoa por todo o cômodo.

Camila circula figuras com o dedo nas costas da minha mão, com as pernas cruzadas, se inclinando pra cima do Demond. "E ela tá sem um daddy."

Me remexo no sofá, o couro gruda nas minhas coxas, fico desconfortável, e não sei o que Camila pensa que tá fazendo, me botando à venda desse jeito.

"Eu tô bem sozinha", digo, e todas as cabeças presentes no cômodo se voltam pra mim, me encarando; todas as meninas com os olhos em chamas.

Demond se senta, empurra uma das meninas pra longe dele e põe os pés no chão. Ele junta as mãos e me encara. Não estamos nem a dois metros de distância um do outro, mas a nuvem de fumaça ainda está bem pesada.

"Meu bem, eu posso te colocar num nível totalmente novo." O bafo dele é uma mistura de menta com maconha, que chega até mim junto com a sua voz rouca.

Camila vira pra mim, cochicha no meu ouvido: "Só escuta ele. Não precisa tomar uma decisão hoje. Dê uns dez minutinhos pra ele e depois vem me encontrar".

A coluna dela se desenrola e ela fica de pé, tirando as unhas laranja e brilhantes da minha mão, e vai embora. Vejo Camila desaparecendo no meio da fumaça e passando pela porta, e agora só tem eu, Demond e o grupinho de meninas.

Demond pega a mão que Camila soltou e a puxa pra ele. Ele abre cada um dos meus dedos e fica olhando pra palma, como se a estivesse lendo.

"Você é novinha." Não é uma pergunta. "Não ligo que vocês sejam novas, mas dá pra ver que você vai dar trabalho, né?" Os ossos dos seus dedos me cutucam.

"Só não curto ser mandada", respondo com voz grossa para mascarar o frio que migrou pra minha barriga.

Ele ri da minha cara e, em questão de segundos, as meninas soltam um coro de gargalhadas. Assim que ele para, elas param também.

Tiro a minha mão dele, coloco de volta no sofá. "Não quero ser sua putinha, ficar rindo de qualquer merda sem graça que você fala." O único jeito de sair daqui é falar tão alto quanto ele. Tento soltar uma voz gutural. Pensei que fosse querer isso antes de chegar aqui, mas agora, olhando pra ele, sei que não vai me proteger, não vai fazer as coisas ficarem mais fáceis, mesmo que eu ganhasse mais dinheiro. Estaria abrindo mão de algo que chega perto da liberdade, de uma vida fora do mundo das noitadas.

"Você é mesmo uma das meninas da Camila." Ele me imita, jogando o corpo pra trás. "Faz quantas noites que você está nas ruas? Cinco? Seis?" Eu não respondo, mas ele vê o meu cansaço, a fadiga que tem dentro de mim, e continua falando. "Minhas meninas só saem duas, talvez três noites por semana, e tiram mais de dois mil cada. Lexi pode te falar mais a respeito, né, Lexi?"

Ele está falando com a menina que está bem do meu lado. Até agora, não tinha percebido a presença dela no meio da fumaça mas, assim que olho pra ela, sinto vontade de sumir.

Lexi é baixinha, tem menos de um metro e meio, e não deve ter mais de quinze anos. O cabelo dela parece muito com o meu quando eu era criança e mamãe cuidava dele, com cachinhos bem fechados emoldurando o rosto arredondado. Dá pra ver que ela tentou se maquiar, dar contornos de mulher a si mesma, mas ainda assim ela parece uma criança. As mãos dela seguram com força uma bolsinha e ela fica mexendo na alça.

"Oi", ela diz pra mim, e não sei se ela tá tentando cochichar, mas a voz dela sai muito baixa. Está prestes a falar algo quando a porta da sala se abre e um homem entra.

"Ei, Demond, tem uns caras lá fora tentando pegar suas coisas." É o mesmo homem baixinho e gordo que tava de guarda na porta do pátio.

Demond se levanta e é ainda mais alto do que eu esperava, quase bate a cabeça no teto. "Puta que pariu, cara." Ele dá dois passos largos e sai do cômodo batendo a porta.

Agora só sobrou eu e as meninas. Fico observando enquanto elas olham ao redor, como se tivessem tentando descobrir onde estão, como se não tivessem tido tempo pra respirar e dar uma olhada em volta. Percebo que nenhuma delas se mexeu desde que entrei na sala. Algumas ficam de pé e começam a andar por ali, pegando fotos das estantes ou cochichando umas com as outras.

"Foi um dos meninos do Demond que te pegou também? Essa é a sua primeira parada?" A voz de Lexi sai um pouco mais alta agora, mas ainda parece estar debaixo d'água, o som flutuando.

Olho pra ela de novo, a fumaça sumindo, e não saquei até ver o jeito que ela mexe a alça da bolsa e pisca ansiosa enquanto olha ao redor da sala.

"Não sou uma das meninas dele. Ninguém me pegou."

Quando eu falo isso, algo desmorona no seu rosto, e a esperança que existia ali, e que eu nem tinha percebido, desaparece.

Eu resisto, pensando na Alê e na Clara. "Você tem celular? Eu posso tentar te ajudar, te dar um lugar pra ficar, e você pode ligar pra alguém vir te buscar..." Vasculho na minha bolsa pra pegar o celular, mas Lexi estica a mão rechonchuda pra me parar.

"Ninguém tá me procurando." E ela sorri de um jeito brutal e vazio que não combina com seu rosto, e continua mexendo na alça da bolsa, mas não olha mais pra mim.

A sala deixa de ter um cheiro de mofo e começa a ficar sufocante, e a única coisa que preciso é meter marcha, encontrar a Camila. Fico de pé e, mais uma vez, todos os olhos na sala se voltam pra mim enquanto caminho até a porta, deixando uma fresta para que elas possam respirar de novo.

Depois que encontrei a Camila, o cara sem camisa que tava nos degraus da frente veio me procurar e me levou pro galpão nos fundos da casa do Demond. Quando perguntou o preço, dei a maior cifra que já pedi a um homem e ele nem hesitou, só tirou as notas do bolso e desceu o zíper da calça. Quando perguntei do que ele queria ser chamado, ele respondeu que não precisava chamar de nada, que não gostava de ficar de conversinha.

Depois que o cara sem camisa acabou, o amigo dele — o que ficava olhando pro céu — entrou no galpão, pediu a vez dele. Nem perguntei como ele queria ser chamado porque na minha cabeça ele era só o cara que ficava olhando pro céu e, quando a gente dá um nome desses, toda a fantasia em cima disso se perde.

Ponho o vestido de volta, sozinha no galpão, e calço meus saltos. Meus pés incharam ao longo da noite e preciso forçar pra que eles caibam no sapato. Saio do galpão e a primeira imagem com que me deparo é a da Camila com seu look laranja se balançando toda — agora, no ritmo da música —, mas, mesmo daquele jeito, ela está bem mais elegante do que eu já estive na vida.

Subo as escadas até o pátio e, na hora que Camila me vê, me puxa pra dançar. Tinha tomado mais umas doses, então deixo que o zunido formigue meu peito, que me traga para o abandono de Camila, e a gente entra na vibe da música. A batida no meu peito, a barriga de um lado pro outro, quadris requebrando, o corpo dela grudado no meu.

Num primeiro momento, acho que o zunido tá vindo do meu peito, outra brisa de tequila ou sei lá o quê. Mas o beat é muito linear, muito compacto para ser produzido pelo meu corpo ou pela dança. Vasculho minha bolsa, me afastando da Camila para ficar no canto do pátio e atender meu celular. Eu nem chego a dizer nada antes de a voz do outro lado falar. Sei de quem se trata sem que ele se apresente. Não esqueço a voz deles.

"Acabei de receber uma ligação dizendo que você está numa festa. Tem dois dos nossos disfarçados aí dentro, vamos acabar com isso e fazer uma ronda completa daqui uma hora, talvez. Estou estacionado na esquina. Saia em cinco minutos."

Ele desliga sem receber uma resposta. Não sei o nome dele, mas sei o número do distintivo: 612. É assim que eu o chamo, como ele me pediu que eu o chamasse.

Nenhum deles nunca me ligou desse jeito e, de repente, olho todos os corpos da casa, tentando descobrir quem é o infiltrado. Coloco meu celular na bolsa e viro pra Camila, que ainda está rebolando, subindo e descendo. Os olhos dela estão fechados e todos ao seu redor estão em transe só de observá-la. Finalmente tá caindo a ficha do que o 612 disse, cutuco o ombro dela, mas ela não abre os olhos. Tento de novo, balanço de leve, até que ela enfim abre os olhos. Chego perto do ouvido dela e digo: "Você precisa dar o fora daqui, é uma emboscada".

"Do que que cê tá falando, Kia?" Ela ri, joga as mãos pro alto. "Relaxa."

Tento falar mais uma vez, mas creio que o beat tenha subido pra cabeça, porque ela não se mexe, só abre a boca e ri de um jeito tão melódico que até parece música.

Em algum momento, desisto e largo ela lá: dançando no pátio. Olhando para trás, noto que as pessoas ao redor não estão olhando pra ela, estão vigiando-a, e, de uma hora pra outra, algo em relação à imagem que eu tinha da Camila soa muito falso. Ela é uma mulher que está se enganando por achar que tem controle sobre tudo, mas, e se tentasse sair daqui comigo? Os caras a encontrariam e trariam ela de volta, assim como qualquer outra menina no quarto do Demond. Trancafiadas.

Ando pela casa e juro que agora, quase duas da manhã, está ainda mais lotada e barulhenta. Agora, os olhos são pura luxúria, como se a noite tivesse os engolido e botado pra fora só o tesão. Depois de passar pela porta e descer as escadas, ouço alguém gritando, mas não consigo ouvir nada com aquele barulho todo e com o alívio de finalmente respirar ar puro.

Procuro uma sirene, luzes piscando, um carro. Do outro lado da rua, um Prius azul-escuro abaixa o vidro e lá está ele, do jeitinho que eu me lembro: cabelo ruivo e sardas nas bochechas. Atravesso a rua e a porta do passageiro se abre pra mim. Entro.

"Esse carro é seu?"

Ele ri, sem uniforme, sem distintivo, só de jeans. "Você sabe que temos uma vida fora da delegacia, né?"

Tento rir com ele, mas não sai som nenhum, tipo quando a mamãe abria a boca e mexia a mandíbula, sem sintonia nenhuma.

Ele se afasta da casa e eu dou uma última olhada, penso na Lexi com a alça da bolsinha, na Camila fazendo círculos com o corpo.

"Pra onde a gente tá indo?", pergunto pro 612 olhando pela janela. Ele é um daqueles que é difícil de ficar encarando, porque parte de mim não queria que ele fosse quem é; queria que ele estivesse em casa, sabe-se lá onde é que fica, lendo um livro pra um filho ruivo, não aqui comigo, no meio da rua. O jeito que ele dirige me deixa nervosa, como se ele não conseguisse segurar o volante direito, com leveza; como se estivesse prestes a quebrá-lo.

Ele dá uma tossida. "Tá tarde, vou te levar pra minha casa."

Antes eu tinha uns sonhos em que mamãe me esquecia na mercearia. Toda vez que a gente ia fazer compra, ela precisava descobrir quanto tinha no nosso vale-refeição, ia pra um canto e ligava pro atendimento ao cliente, porque, é claro, tinha perdido o último recibo. Eu perambulava pela loja, às vezes com o Marcus, às vezes sozinha. Pegava tudo o que eu queria: caixas e mais caixas de sucrilhos caros e pizzas que as famílias da TV jogavam no forno e depois comiam em mesas de madeira na sala de jantar. Em seguida, eu andava por alguns corredores e largava as caixas nos lugares errados, esperando que ainda estivessem lá quando eu voltasse algumas semanas depois. Nunca estavam.

Nos sonhos, estou sentada no meio de um corredor, olhando pros lados, esperando que as prateleiras se transformem e revelem minha mãe. Acho que não dá pra se sentir mais encurralada do que estar num lugar cheio de comida que não posso comer, esperando pra ir pra casa e sem saber se alguém vai lembrar que algum dia a gente existiu.

Sinto agora esse tipo de confinamento, sentada no carro, vendo as unhas do 612 cutucarem lentamente o volante. Fico me perguntando quanto tempo vai levar pro Marcus esquecer de mim, se só vai lembrar de mim quando se olhar no espelho e ver minha impressão digital.

Quando não se tem muita coisa, uma impressão digital é tudo.

Não acho que o 612 vai me matar ou algo do tipo. Na verdade, em comparação aos outros caras, ele até que é gentil, sua de nervoso de um jeito que deixa tudo pegajoso. Ele não dá medo, dá pena.

Ninguém nunca me levou em casa. Os caras da rua jamais me levariam, não são ricos o suficiente para ter lugares dignos, então me arrastam pros seus carros ou quartos de motel. Nem os gambé, que têm esposas em casa e gostam de me deixar longe delas; preferem me levar em grupo. E nem o namorado que eu tive aos catorze anos enquanto tentava viver minha infância: tênis limpos e treinos de basquete. Nem mesmo a Alê me levava pra casa dela. Saio do meu apartamento, vou pro estúdio do Cole, volto pra casa, saio pras ruas; o esquema é esse. Não penso muito sobre o quanto o mundo é maior do que isso, sobre como todos eles vão pra casa, se cobrem com lençóis e sonham um pouquinho.

"Não repara, tá vazio, só tá um pouco sujo."

Sinalizo que tá tudo bem, volto a olhar pela janela e sorrio. Ele está preocupado com a sujeira do quarto dele. Nós dois, dentro de um carro, às duas da madruga, e ele não quer que eu repare no apartamento imundo.

Esperava que a viagem fosse ser mais longa, mas não demora nem dez minutos pra ele estacionar numa garagem. Pensei que ele fosse me levar pra algum apartamento pequeno, maior do que o meu, mas que fosse perfeito pra que curtisse a própria solidão. Um lugar que coubesse ele e o distintivo. Em vez disso, uma casa nos encara: cinza e recém-pintada, com um balanço na varanda. Acho que nunca passou pela minha cabeça querer sentar no balanço de uma varanda antes, mas esse praticamente convida a gente pra isso, e tenho que me livrar da vontade de só ficar balançando ali igual eu ficava no parque com a Alê.

Ele procura as chaves no escuro, apesar de a rua inteira estar iluminada pelos postes. Privilégios de morar em bairro de rico, acho. Não sabia que os gambé ganhavam tanto até o 612, o 220 e o 48 tirarem a carteira do bolso. Mas esse casarão cinza supera tudo.

O 612 abre a porta e me deixa entrar primeiro, como se fosse um cavalheiro. Pra um lugar tão grande quase não tem móveis. Ele me leva até o corredor e cada cômodo tem uma cadeira, às vezes uma mesinha de centro, mas nada maior do que aquela cadeira de balanço de *Boa noite, lua*, em que o Marcus lia pra mim quando ele tinha seis anos e ainda precisava pensar quais eram as letras, enquanto esperávamos nossos pais chegarem do trabalho.

"Quer água ou alguma outra coisa?" O 612 fica parado na porta do que deve ser a cozinha, alongando o pescoço de um jeito ansioso até estalar.

"Tem algo mais forte? Tipo uísque?" Sei que as pessoas falam pra não misturar bebida, mas gosto do jeito que elas se juntam no meu estômago e, se eu sobreviver ao que quer que role daqui a pouco, preciso de algo pra ficar tonta, algo que me dê a chance de amanhã não lembrar o que aconteceu.

Ele faz que sim, se vira e vai pra cozinha. Fico no corredor, sem saber direito se consigo dar mais um passo. A única coisa que eu quero é tirar esses saltos do pé e dormir. Pisco várias vezes para tentar me lembrar que estou aqui a trabalho, que esse cara tem o cabelo ruivo e um apetite que só vai perder nas próximas horas, e olhe lá. Ele volta uns minutos depois bebericando um pouco de água, me dá um copo com um líquido âmbar e me leva até outro corredor, que dá num quarto com uma cama. A cama tem um edredom que parece com o que o papai tentou costurar quando ficou doente, mas desistiu no meio do caminho.

"Posso sentar?", pergunto ao 612, desesperada para tirar esses plásticos dos pés.

Ele solta "Claro, por favor", e eu sento na beirada da cama. As luzes ainda estão apagadas e eu rezo em silêncio pra que ele não ouse apertar o interruptor. Não quero ver as bochechas dele ficando vermelhas.

Sem os sapatos, subo mais na cama. Meu vestido está grudento e fico meio feliz quando o 612 começa a tirar minha roupa. Descanso as costas no edredom e ele pinica mais do que eu esperava, tem um fedor horroroso. Quando o policial fica por cima, dá pra ver que ele tá se esforçando pra não jogar todo o peso dele em mim. Ponho minhas mãos nos ombros dele e puxo um pouco, então me aperta com mais força. Não que eu queira todo o peso dele em cima de mim ou algo do tipo, eu só não gosto da sensação dele tentando se segurar. Pior do que um homem descontrolado só um prestes a perder o controle.

O 612 geme como se nunca tivesse trepado na vida. O corpo inteiro se liberta, ele contorce a cabeça ao mesmo tempo que fecha os olhos: um leão no meio de um rugido. Eu agarro o tecido da fronha, me concentro no barulho das molas do colchão. Eu nem durmo numa cama em casa, nunca ouvi o ruído da estrutura de madeira e do colchão balançando ao mesmo tempo.

Ele goza rápido, assim como das outras vezes, e imediatamente estende o braço até a mesinha de cabeceira para acender o abajur. Queria que ele não tivesse feito isso. O rosto dele está ainda mais vermelho e eu cubro meus peitos com os braços, como se isso mudasse alguma coisa. Me mexo pra pegar meu vestido do chão, mas o 612 pega antes que eu consiga erguê-lo.

"Essa merda tá nojenta. Toma." Ele joga pra mim a camisa que estava vestindo, com manchas de suor e tudo mais, como se mudasse alguma coisa. Visto e ela nem chega a cobrir a parte de cima das minhas coxas, além de ficar larga no meu peito.

"Você vai me pagar?" Pergunto, agachando para calçar o salto, já com medo da caminhada pra casa.

Do outro lado do quarto, ele ri enquanto veste uma camisa cinza, nova e limpa, assim como a casa dele.

"Eu já te paguei. Não te avisei da emboscada?" Ele se vira para dar uma olhada na gaveta, balançando a cabeça.

Congelo. "Eu não te pedi pra fazer isso. Preciso da minha grana."

Estou ciente da farda em cima da cadeira no canto do quarto, com revólver e tudo. Sei que devia ter pedido o dinheiro antes do sexo, mas também sei que não teria feito diferença.

Ele olha pra mim, levanta as sobrancelhas. Só fica me encarando. Como se um fantasma fosse sair da minha boca a qualquer momento. Talvez eu seja maravilhosa, ou vai ver que ele deve estar pensando em como vai explicar minha prisão ou minha morte, ou como vai dizer por que aquela menina bonita nunca mais apareceu.

Então ele sorri, e suas bochechas ficam ainda mais vermelhas. "E que tal você ficar essa noite e eu te pagar de manhã? Umas horinhas a mais, um canto pra você descansar sua cabecinha. Tá bom pra você?"

A ideia de deitar naquela cama, com o cheiro do mofo entre as dobras do edredom e o resquício de perfume de alguém, me dá vontade de pôr meus saltos e andar mais oito quilômetros. Mas não vou jogar fora o tempo que gastei mergulhada no suor desse cara e ir embora sem receber nada.

"Beleza", falo pro 612.

Dessa vez, quando ele sobe na cama, deita do meu lado, puxa o edredom e cobre a gente. Fico apoiada sobre um dos meus braços até o 612 me puxar para eu ficar no mesmo nível dele. Eu fico. Ele passa o braço por cima do meu corpo e me puxa, me pressionando contra ele. Em questão de minutos, ele cai no sono, ronca no meu ouvido com um hálito de menta, como de costume. Não sei como dorme com tanta facilidade, como se nunca tivesse tido pesadelos.

Fico olhando pro teto até o sol nascer glorioso, num tom laranja meio cedo-demais-para-acordar, que me faz lembrar da Camila antes de a casa cair, como eu sabia que aconteceria. Não durmo, mas algo na parte de trás dos meus olhos se fecha, sobe em si mesmo e surge como um recém-nascido.

Trevor está de pé no balcão do meu apartamento, se esticando pra abrir e fechar o armário da cozinha. Ele faz isso algumas vezes, como se algo fosse aparecer do nada.

"Você não tem óleo mesmo?", ele pergunta.

Fico segurando a única vasilha grande que tenho, movimentando todos os músculos do braço, mexendo o chocolate com força.

Minha mão direita começa a doer, então passo pra esquerda. "Achei que ia vir junto. Que merda, por que eu tenho que fazer tudo? Compro a mistura em caixa justamente por isso."

Hoje é meu aniversário.

Antigamente, eu e o Marcus pegávamos um ônibus até San Leandro e íamos pra confeitaria dos amigos de infância do papai para comprar um bolo enorme e chique com flores comestíveis em cima. Mas esse ano não estamos nos falando e eu não tenho dinheiro guardado debaixo do colchão pra gastar com bolo florido. Depois de passar uma noite inteira suando embaixo do braço quente do 612, finalmente vi ele acordando, virando pra mim e gritando que eu devia dar o fora da casa dele. Pedi de novo o meu dinheiro e ele disse que já tinha me pagado me deixando dormir na cama dele.

Nas duas últimas semanas fiquei pelas ruas e não vi mais a Camila. Tem alguma coisa estranha, até na forma que os clientes me encaram, como um aviso pra eu voltar pra casa. Estou sobrevivendo com a grana do cara sem camisa, com a do que ficava olhando pro céu e com qualquer economia que escondi atrás do espelho do banheiro.

Semana passada, Trevor perguntou se podia dormir no meu apartamento e, desde então, não voltou mais na Dee. Trouxemos todas as roupas dele pra cá e agora não fico mais tão preocupada com o pagamento do aluguel dele, a não ser que o Vernon despeje a Dee, aí não vai dar mais pra ver o Trevor. Gosto dele perto de mim, dormindo na minha cama, principalmente depois que o Marcus foi embora.

Trevor disse que me ajudaria a fazer um bolo depois que contei que eu não ia ganhar bolo de aniversário, nem presente, nem nada. Falou que todo mundo tem que ter um bolo de aniversário. Não lembro de ter visto a Dee fazendo um no dele, mas não ficaria surpresa se ela surgisse à meia-noite do aniversário dele com um bolo de chocolate de três andares e nem sequer lembrasse quem foi que o fez. A Dee é assim, aparece do nada, e pode simplesmente abrir a boca e fazer todo mundo rir, tudo ficar mais leve.

Peço pro Trevor olhar no outro armário e ele desce, abre a portinha e murmura alguma piada sobre eu não saber fazer faxina, depois tira uma garrafa de xarope de bordo do fundo da prateleira.

"Acho que vamos fazer um bolo de panqueca." Trevor traz a garrafa pra mim no balcão e juro que ele cresceu mais um centímetro desde o mês passado, já que tá quase da minha altura e consegue enxergar a vasilha sem ficar na ponta dos pés.

"Quanto que você vai pôr?", pergunto.

Ele abre a garrafa. "Tudo. Tem que ficar bem doce, Ki."

A garrafa está na metade e estou ciente que o gosto vai ser como se tivesse explodido xarope na nossa cozinha inteira. Mesmo assim, deixo que ele despeje tudo.

Trevor termina de mexer e pega a vasilha, despeja a massa numa fôrma de bolo que a gente pegou do armário da Dee. A fôrma tem formato de coração e eu aposto que ela comprou no dia dos namorados e se esqueceu, pois está enferrujada e sem marcas de uso. Trevor abre o forno e eu coloco o bolo lá.

"Quanto tempo vai demorar?"

"Na caixa tá dizendo que demora vinte minutos. Vai pegar sua bola pra gente treinar drible ou alguma outra coisa."

Trevor corre até o colchão e começa a jogar cobertores e roupas pro lado, procurando a bola. Ele volta e joga pra mim. Saímos, ficamos disputando a bola no corredor das portas até ela cair na área da piscina. Desço as escadas atrás do Trevor e pode até ser que minhas pernas sejam maiores que as dele, mas o menino sabe se transformar numa flecha.

Vou diminuindo o passo quando parece que ele vai ganhar de mim.

"Agora o primeiro pedaço de bolo é meu, né?", grita ele.

Tento ficar séria, mas acabo abrindo um sorriso. "Melhor você voltar antes que o bolo queime."

Hoje é meu aniversário de dezoito anos, aquele que eu estava esperando. Estou concentrada em mim, no Trevor, no nosso bolo e nas reprises da *Vila Sésamo* na tv. Trevor sobe as escadas com a bola e eu ouço a porta do apartamento bater antes mesmo de eu chegar no andar. Talvez a vida adulta deixe a gente mais lerdo. Parece que sim.

Trevor já enrolou a mão num pano e está colocando dentro do forno para pegar a fôrma. Ele coloca no balcão e o cheiro é um tiro avassalador de sacarina.

"Não tá com um cheirinho bom?" Trevor apoia a cabeça na mão ao lado do bolo e suspira, os olhos esbugalhados, com água na boca.

Dou risada. "Tá com cheiro da garrafa inteira que você despejou. Agora tem que esfriar, melhor fazermos outra coisa. O que você quer fazer?"

Pego ele pela barriga e o coloco no chão de novo.

"A gente pode nadar?", ele pergunta.

"Já te falei que não entro naquela piscina de merda."

Trevor para na porta, vira pra olhar pra mim. O rosto dele embala os olhos como se fossem frágeis e estivessem prestes a sair rolando.

"Por favorzinho."

Trevor pega uma das minhas mãos e entrelaça os dedos nela, aperta bem de leve.

"Eu nem sei como põe o pé na água", digo.

O rosto dele se abre inteiro, as bochechas sobem. "Eu te ensino." Eu nunca disse que sim, mas o Trevor sabe que a minha habilidade de dizer "não" pra ele está diminuindo, então me arrasta pra fora de casa, descendo as escadas. Tento me afastar, mas aquele tanto de basquete deixou os braços dele mais fortes, capazes de me vencer numa luta.

À beira da piscina, digo a ele que não tenho maiô.

"Ninguém nada de maiô." E, antes que eu consiga argumentar, ele vai tirando a camiseta e a bermuda e fica só de cueca, parecendo uma mistura de criança magrela e jogador musculoso.

As coisas que eu faço por esse moleque.

Tiro a camiseta, depois a calça jeans, ficando só de top de academia e calcinha.

"É melhor você só pular, fica um pouco mais fácil." Trevor se estica pra pegar na minha mão mais uma vez e ficamos juntos na beira da piscina. "Conta até três."

Não conto, mas Trevor faz isso pra gente. No três, pulamos, e sinto que fui jogada direto no oceano. A única coisa que eu consigo pensar é *tem merda nessa piscina*. Apesar disso, não tomo banho faz uns dias, então a água dá um alívio. Pulamos na parte rasa, consigo ver meus pés no fundo da piscina e continuo parada, passando a mão nos olhos. Trevor já está boiando, sorrindo tanto que acho que suas bochechas vão sair do rosto e começar a dançar.

"E agora?", pergunto, cuspindo água.

"Mexe os braços assim, como se você fosse um sapo." Trevor nada até lá embaixo, com mãos em concha, se esparrama, pra trás e pra frente, como um anjo de neve ao contrário.

Alguns minutos depois, ele se vira e vem nadando até mim.

"Como é que você espera que eu consiga fazer isso?"

Ele se esforça pra alcançar meu braço e me puxa até o fundo.

"Vai, começa a se mexer, eu te seguro."

Trevor pega uma das minhas mãos, continua me segurando, e eu tento mexer meu braço do mesmo jeito que ele, coordenado e parecendo um sapo. Ele não me ouve, é claro, batendo as asas na água sem prestar atenção.

"Não precisa ter medo da água. Ela não vai te machucar." Trevor continua segurando a minha mão.

Deixo minha cabeça submergir na água e depois subo para respirar. Não é tão ruim respirar dentro da piscina. Gosto do som da minha respiração quando estou lá embaixo, saem bolinhas que flutuam até o nada. Se aqui fosse a costa do mar, certeza que todas as criaturas marinhas ouviriam meus barulhos viajando pelas moléculas. Dentro da água nada acaba.

Logo depois, meu braço passa a se movimentar meio que parecido com o do Trevor, tirando as batidas desnecessárias na água e meus pés que não têm sincronia nenhuma. O braço livre está voando enquanto meus pés rodopiam em semicírculos violentos. Trevor solta minha outra mão e eu boio, pelo menos por um tempinho.

Entro em pânico e o ritmo dos meus braços se transforma em qualquer movimento que me impede de me afogar. Começo a nadar até alcançar a borda da piscina e depois dou um giro. Meus pés tocam a beirada e eu tomo impulso, deslizo pela água, como se estivesse voando. Começo a mexer os braços de novo, subindo para respirar e tentando tirar a água dos meus cílios antes de voltar a mergulhar. Não dá pra ver muita coisa. Tirando um par de sapatos. Volto à superfície. Uma bolsa azul-escura. Afundo na água. Os olhos de Trevor ficam indo e vindo.

Meus pés encostam no fundo da piscina e eu vejo uniformes que não deveriam ser tão familiares. Trevor fica parado, com a água na cintura, olhando pra própria barriga como se estivesse esperando o sangue esguichar de uma ferida invisível.

Nunca tinha ficado tão perto de uma policial mulher em toda minha vida, mas é ela quem está agachada na beira da piscina. É ela que fica me olhando como se fosse melhor eu vestir uma roupa. Por mais que eu queira afundar na água de novo, sei que tenho que vestir o Trevor, deixá-lo são e salvo, antes que comecem a perguntar onde é que tá a mãe dele. A gente não tem condição de lidar com o Serviço de Proteção à Criança também.

"Vamo, Trev. Vai lá e pega umas roupas e toalhas limpas." Ele me olha, depois pra policial que nos encara, depois de volta para mim. Dá pra ver as pequenas convulsões em seu peito. Faço um sinal pra ele, levanto minhas pálpebras como se estivesse de boas.

Trevor coloca as duas mãos na beira da piscina e sai da água com a cueca encharcada caindo. Ele a segura com as duas mãos e sobe correndo pelas escadas, voltando pro apartamento.

"Você tem um minuto", diz a policial, de pé, indo até o colega que está atrás dela. O cabelo dela está amarrado num coque tão firme que imagino que esteja com dor de cabeça.

Trevor volta um tempinho depois com uma pilha de toalhas e uma camiseta. Ele já trocou de cueca e vestiu uma bermuda. Saio da piscina e pego a toalha que Trevor estende pra mim. Com pressa, me seco o suficiente para conseguir vestir minha calça jeans e a camiseta. Trevor está com uma camiseta com estampa de montanha e parece um escoteiro. Os policiais ficam parados, desconfortáveis, tentando não olhar pra gente.

Levanto, pego na mão do Trevor. Ele não tem me deixado segurá-la ultimamente, mas eu não estou pedindo. Se estivermos presos pela pele, eles vão ter que rasgar nossas células no meio pra nos separar.

"Vocês precisam de algo?", pergunto.

Ainda estou pingando, com a cabeça abaixada. Os policiais chegam perto e agora não vejo nada além dos lábios deles. Tem algo no jeito que eles apertam os lábios, no jeito que os lábios deles são rachados, que me faz pensar que esse povo sabe como falar seco, dar más notícias com uma linha fina esculpida na boca. O homem tem lábios com contornos vermelhos, e não sei se parecem ensanguentados ou como se tivesse passado batom pela manhã.

É visível que a mulher está no comando aqui, com a barriga projetada; pra trás, tudo é secundário, gira em torno de seu umbigo. "Estamos procurando uma tal de Kia Holt. Suponho que seja você, senhorita."

Eu sei que um *deles* mandou essa mulher aqui, porque ela dá o nome que eu falei pra Camila, o nome que falei pra todo mundo que já me viu na rua. Devem ter me descoberto. Talvez seja hoje o dia em que eles me pegam, cadastram minha impressão digital nos computadores e deixam o Trevor largado no mundo. "Talvez. Você tá precisando de algo?"

É a vez do homem agora, depois que a policial inclina a cabeça. Ela nem olha pra ele, só faz esse sinal que devem ter combinado antes, pois ele abre a boca logo em seguida. "Estamos passando por uma investigação interna e precisamos falar com você. Sou o detetive Harrison e esta é a detetive Jones."

Esfrego a mão no rosto pra tirar a água que ainda está escorrendo do meu cabelo. "Trevor, por que você não sobe e começa a comer aquele bolo? Já, já eu subo." Aperto a mão dele enquanto olho pra ele. Seu rosto mapeia o medo como uma rota para um ataque de pânico, mas não tenho tempo para tranquilizá-lo enquanto eles ainda estão aqui, me encarando de frente na piscina de merda. Solto a mão do Trevor e dou um empurrãozinho no ombro dele em direção à escada, vejo ele subir e espero a porta bater.

A mulher, detetive Jones, torce os lábios, encostando-os no nariz, e eles se enrugam. "Na verdade, achamos que seria melhor que você fosse com a gente pra delegacia. Vamos precisar gravar um depoimento e que você preencha uns papéis, seria melhor fazer isso tudo de uma vez. Você não acha que ficaria mais fácil?" Ela tenta fazer uma voz mais grave do que a que tem. Sei disso porque o tom chia ao final de cada frase e ela aperta os olhos, se esforçando muito pra se manter agradável. Aposto que ela é a policial boazinha naquela encenação deles. E aposto que ela não curte muito isso.

Eu deveria saber que isso acabaria assim. A delegacia. Em seguida, virão as algemas. "Quanto tempo vai demorar isso?" Cruzo os braços pra disfarçar o meu sutiã aparecendo na camiseta úmida colada no corpo.

O detetive Harrison faz cara de policial durão, franze o nariz e inclina o queixo. "Você vai chegar em casa antes de escurecer, com certeza. A não ser que queira tornar as coisas mais difíceis pra si mesma, aí pode ser que demore um pouco mais."

Não sei o que ele quer dizer, mas fica claro que eles não vão me contar, então faço que sim com a cabeça e calço meu tênis. Jones faz um gesto com o braço para que eu siga Harrison pra fora. Fico atrás dele e na frente dela, tipo um sanduíche, tentando ver Trevor pela última vez no andar do prédio. Ele não tá lá.

Morei aqui a minha vida toda e nunca estive na delegacia de Oakland. O prédio é maior do que qualquer outro na região, situado entre a Jack London Square, a Chinatown e a Antiga Oakland. Ele paira no centro da cidade como uma câmera escondida visível pra todo mundo. Todos os carros da polícia saem de lá e circulam pela área.

Mesmo assim, nunca prestei atenção no prédio. Esperava nunca ter qualquer motivo pra passar por essas portas. Por dentro, tudo parece metálico, mesmo não sendo. Até as janelas parecem que foram feitas de metal, de um tipo fino que simula vidro. Sinto vontade de dar uma batidinha pra ver se também traz a sensação do metal: frio e impenetrável.

Me fizeram ir no camburão a caminho daqui, e já passei mais tempo do que gostaria no camburão de uma viatura, mas, agora, me sinto muito mais uma criminosa do que uma vítima ou uma mulher. Jones passou o tempo todo meio de lado no banco do passageiro, me olhando pelas barras de metal que nos separavam. Não tinha saída.

Meus sapatos passam rangendo pela portaria por uniformes e mais uniformes, seguindo Harrison até o elevador. Sempre subo as escadas, porque não dá pra garantir que as portas vão abrir de novo quando se entra num elevador, e minhas pernas são mais confiáveis do que qualquer máquina que exista. Mas Harrison entra primeiro, estende o braço pra segurar a porta e espera eu e Jones entrarmos. Assim que as portas se fecham e ele aperta o botão, tenho a sensação de que meus olhos vão saltar pra fora.

"Eu não fiz nada."

Não tinha falado nada desde que entramos no carro, e os dois parecem surpresos por eu ter aberto a boca, ficam olhando fixos pra ela.

"A gente conversa sobre isso no escritório." O detetive Harrison está tentando não olhar pra mim. Provavelmente faz parte do papel dele de policial durão.

Jones olha bem nos meus olhos, mas acho que ela nem tá me vendo. Tenho certeza de que seus olhos embaçaram e eu virei só um borrão ou aquele tipo de imagem que não tem traços definidos. Menina com a boca aberta.

Fecho as mãos só para sentir as unhas entrando na palma, para lembrar que ainda tenho garras. "Vocês vão me prender?"

"Se fôssemos te prender, já teríamos feito isso." Jones já está cansada de mim.

Saímos do elevador e entramos em um corredor igual qualquer outro de qualquer prédio comercial, tirando que lá tem câmeras de segurança enfileiradas no teto e é muito silencioso. Os telefones tocam, mas não se ouve vozes. Harrison conduz a gente pelo corredor, passando por muitas portas, até chegar numa com DEPOIMENTO escrito na frente em letras garrafais.

Esse lugar parece com qualquer sala de interrogatório de *CSI* ou de *Law & Order*. Depois que o papai foi solto, tinha vezes que ele contava que os policiais o levavam pra salas como essa, tentavam matá-lo, quebrar seus ossos, contava também sobre os Panteras Negras, que, lá nos anos 1970, levaram armas pras ruas.

Jones me pede, com gentileza, para que eu me sente e, em algum lugar da minha coluna, sinto um choque subindo pelo corpo, passando pela pele, que me dá vontade de dar um soco nela. Não entro numa treta desde a época da escola, mas se tivesse a chance de ver os lábios dela ensanguentados, eu entraria.

Sento numa cadeira de um lado da mesa de metal e Harrison senta de frente pra mim.

Jones vira as costas e vai até a escrivaninha, pega copos de uma pilha e os enche de água. Ela traz·dois pra mesa e coloca na nossa frente. Quando vai entregar o meu, a mão dela fica tensa, e eu dou um sorrisinho ao notar o quanto ela fica constrangida por ter que me servir. Harrison umedece os lábios, toma um gole de água e fica claro que é ele quem vai fazer as perguntas.

Jones empurra um bloco de notas em direção ao Harrison e ele pega uma caneta do bolso. "Pode me dizer seu nome, idade e ocupação?"

Meus olhos correm pela sala, registrando rapidamente cada canto. Pensei que eles fossem ligar um gravador ou algo do tipo, mas estou sendo monitorada pelas câmeras desde que entrei neste prédio e a sala de "depoimento" não é uma exceção. Meus joelhos começam a tremer. Ignoro a vontade de virar essa mesa e fugir daqui.

Harrison sobe o tom. "Responda à pergunta."

"Meu nome é Kia." Faço uma pausa, tentando pensar em como responder as perguntas dele. Nada é de verdade nesta confusão toda. "Acabei de fazer dezoito, mas acho que vocês sabem disso."

A caneta de Harrison rabisca a página e para. Ele olha para mim pela primeira vez e seus olhos são simples e acolhedores. Parece estar curioso, me estudando.

"E ocupação?"

"Desempregada." É isso, pelo menos segundo os padrões federais.

Harrison joga o corpo pra frente e seu peitoral praticamente toca o copo de água, quase o derrubando. "Desempregada?"

"Não tô declarando impostos ou tô?"

Ele volta o corpo pra trás, pega a água. Vejo que a perna dele começou a balançar e acho que parte dele está se divertindo com a briga que eu tô comprando.

Jones não está muito feliz, pega a cadeira da escrivaninha e a arrasta até nós. "Olha, a gente sabe o que você faz, e eu acho mesmo que seria melhor se você contasse a história inteira."

Eu me inclino pra frente, me aproximando ao máximo da cara deles. Observar o tio Ty ao longo dos anos me ensinou muito como que se quebra alguém só com o olhar. Não é preciso estar no controle pra fazer eles se sentirem impotentes. Olho pra ele, olho pra ela, mantenho a boca curvada e simpática, não deixo transparecer de jeito nenhum os calafrios que meu cabelo molhado e aquelas janelas de metal me dão, exceto minhas mãos, que estão escondidas debaixo da mesa, deixando marcas de unhas por toda a minha pele.

"E que história seria essa?"

Jones e Harrison trocam olhares pela primeira vez. Os lábios dele se abrem. Os dela parecem ainda mais comprimidos. Ele desvia primeiro, deixa a língua rolar do jeito que pensei que faria. De fato, ele não é muito bom com essa coisa de fazer o policial durão.

"Temos relatos de um possível incidente envolvendo você e algumas pessoas da nossa equipe." Vejo a língua dele se movendo pra cima e pra baixo enquanto fala, brincando de pega-pega com o céu da boca.

Chego mais perto, então meu rosto eclipsa a visão dele. "Incidente?"

"Envolvendo possível exploração sexual."

A cadeira de Jones range e quebra o clima tenso entre nós.

Daí tudo faz sentido. Eles trouxeram a policial pra manter as aparências quando forem pegar o depoimento da menina que depois será arquivado em algum boletim.

Jones agora está andando de um lado pro outro, procurando uma janela numa sala sem janelas. Ela se vira pra mim e sua boca fica se contorcendo pra todos os lados, feroz. "Tudo o que a gente precisa é que você conte como é que vende seu corpo pros homens. Talvez, um dia, um homem tenha se encontrado contigo, você disse que era um pouco mais velha do que de fato é, fez sexo e, mais tarde, ele descobriu a sua profissão e a sua idade. Talvez ele nem soubesse, porque você mentiu pra ele, como sempre faz, não é mesmo?"

"Não sei do que você tá falando, mas isso tudo é bobagem." Enfio a unha no pulso tão forte que chega a sangrar.

Ela continua falando, a voz voltando ao ritmo natural. Ela fala de um jeito ritmado, que penetra cada parte do meu corpo, e quase tenho a sensação de que ela não vai parar nunca mais. O rosto do Harrison virou uma pedra, e não sei nem se ele está escutando, mas é ela quem ocupa toda a sala.

"Me conta." Ela para um pouco pra respirar.

Não sei o que é pior: falar o que ela quer ouvir, mesmo sabendo que se trata de um crime, e que eles poderiam me prender se quisessem; ou negar tudo, o que deixaria eles ainda mais irritados, botando a perder algo que nem sei o que é.

Meu lábio superior agora está tremendo, como se não soubesse mais como falar. "Não vou contar merda nenhuma."

Começa mais uma vez, a avalanche da voz dela, histórias e mais histórias e as palavras entram em erupção na minha cabeça segundos depois como se estivessem lá há décadas; logo meu copo está vazio, Harrison sai da sala, a boca da Jones se abre e continua se contorcendo, e já faz horas que fui engolida por esse prédio de metal.

Dessa vez ela decide sentar na beirada da mesa e eu tiro minhas mãos dali debaixo pra colocar em cima do metal frio. Elas estão cobertas de sangue e de marcas crescentes nos lugares onde minhas unhas me lembraram que eu continuava respirando.

"Ouvi dizer que tem um bolo na sua casa. Você deve tá com fome." Jones mexe a língua tão rápido que quase não consigo acompanhar. "Me conta que eu te libero."

Não consigo mais sentir minha boca. Ela fica dormente, e o que resta de mim, talvez do meu corpo, se secou, e talvez eu ainda esteja nadando e tenha me afogado naquela piscina de merda. A única coisa de que tenho certeza é que o cheiro dessa mulher sufocou cada cantinho desta sala e que eu quero dar o fora daqui. Então eu falo. Não escuto nada, mas falo o que ela diz, repito, deixo fluir como dizem que acontece com a verdade. A verdade é como água. Parece que a verdade é muito diferente quando se está preso num metal.

Fico surpresa quando Jones abre a porta para mim e Harrison está do lado de fora da sala; quando ela sai e ele me leva de volta pro elevador. Descemos na recepção e uma mulher de terno roxo está esperando. Ela fica me encarando por mais tempo do que deveria e depois olha pro Harrison. Ele resmunga um "olá" e passa por ela. Sigo Harrison e ela continua de olho na gente por todo o caminho até sairmos do prédio.

Na curta caminhada da saída até a viatura que nos espera, ouço o som de megafones, tambores e cantos. Alguns quarteirões abaixo, centenas, senão milhares de pessoas marchando até o prédio, as vozes compondo um coro pesado, um jogral com o nome de Freddie Gray no meio, e vejo o Harrison abaixar a cabeça quando chegamos no carro. Entro no camburão e olho pela janela. Me pergunto se algum dia eles vão cantar também sobre as mulheres, não só sobre as que foram assassinadas, mas sobre a brutalidade específica de ter um cano de arma apontado pra cabeça. Mulheres sem o baby hair feito, com cabelos embaraçados e olhos caídos e ninguém filmando pra provar que aconteceu, só uma boca e algumas cicatrizes.

Harrison dá partida e fico me perguntando se ele está pensando a mesma coisa que eu, que talvez eles não precisassem ter me forçado uma confissão, porque quem, de fato, se importa? Mas ele deve estar mais preocupado em ficar longe dos manifestantes, pensando que eles todos o odeiam e que isso é errado, e sobre os sacrifícios que ele faz para proteger o povo dessa cidade. É possível que ele esteja pensando que a vida de um ou de mil é um preço que ele está disposto a pagar. Que acabar com a vida de uma menina triste de cabelo cheio de frizz trançado há três meses é um preço que ele pagaria com alegria por esse carro, essa arma, esse poder.

Não me lembro muito do resto da carona pra casa, tirando que Harrison não olhava pra mim, e acho que deve ter ligado as sirenes, porque corremos como se fosse uma perseguição de carro. Ele me deixou na frente do Regal-Hi, que parecia maior do que hoje de manhã. Não me deu tchau, mas olhou para mim, mordeu o lábio, e eu senti que aquilo ainda não tinha acabado.

Abro a porta do apartamento esperando ver Trevor no sofá, jogando bola ou zanzando de um lado pro outro, mas ele tá deitado no colchão, roncando igual um motor. Meu bolo está no balcão. Intacto.

O nome de contato dele só o identifica pelo número do distintivo, 190, e eu atendo contra a minha vontade; tirando o Trevor, ele é a primeira pessoa com quem converso desde o dia do meu aniversário.

"Uma outra menina furou com a gente e precisamos de você hoje à noite. Presente de aniversário pra um colega", diz ele. A voz soa fria pelo telefone.

"Não posso", respondo, pensando na Jones e no Harrison. Quero sair fora dessa confusão.

"Você não tem a opção de recusar essa noite. A gente precisa de uma garota, ele gosta das novinhas e não dá tempo de achar outra." Faz uma pausa. "Eu não queria ter que fazer isso, mas você pode ser presa se não chegar aqui às nove. Eu vou te pagar, dou quinhentos adiantado."

Me pergunto se ele de fato se sente mal, se realmente não era intenção dele me ameaçar, ou se tudo não passa de um showzinho como tudo que eles fazem: os uniformes, os sorrisinhos, a ceninha de policial bonzinho/policial durão. Começo a achar que policial bom não existe, que a farda apaga a pessoa que existe dentro dela.

Estou prestes a me entregar, deixar que eles me prendam só pela possibilidade de nunca mais ter que sentir eles dentro de mim, mas aí vem a imagem da boca do Trevor suja de bolo de xarope velho. Não posso abandonar ele, e a gente precisa dessa grana. Que diferença faz uma noite a mais?

"Ok", digo.

Ele solta um suspiro e sua voz soa um pouco mais como a que eu me lembrava: suave. "Vou te mandar o endereço."

Ele desliga a ligação e eu fico lembrando de todos os momentos em que eu poderia ter evitado chegar a esse ponto, depois vou no banheiro e me arrumo, deixando o minha individualidade no apartamento com o Trevor, desimpedida.

Quando chego na porta da casa, que tá mais pra mansão, recebo as boas-vindas de homens com roupas desabotoadas, sem fardas, mas com o distintivo bem preso no bolso da calça. Todo mundo têm um distintivo diferente: Richmond para Berkeley para San Francisco para Oakland. Reconheço um monte deles dos encontros pontuais ao longo dos meses.

O 190 me paga e me leva pra dentro, segura a minha mão e geral começa a aplaudir loucamente e, mamados de cerveja, eles berram de um jeito que me lembra quando Marcus e Cole pensam que fizeram uma música digna de platina. A mão dele é mais gelada que a minha, mas é da mesma cor, e fica parecendo até que a nossa pele foi costurada uma à outra. Da última vez que vi o 190 foi no Hotel das Puta; pelo que me lembro, ele adora jogar conversa fora. Naquele dia, me levou até o estacionamento e me colocou no banco de trás do carro dele, me acariciou um pouco, mas o que ele queria mesmo era contar tudo o que estava preso na garganta. Contou que o pai não tava feliz por ele ter entrado na polícia; que criou o próprio pai como se fosse seu filho, não o contrário. Deixou as rachaduras do seu corpo transbordarem, como uma infiltração. Desde que estejam pagando, homens não ligam de chorar, já que sabem que não precisam me ver de novo se não quiserem.

Mas, enfim, nem me surpreende que ele esteja gelado. A casa claramente tem ar-condicionado, paredes cheias de pinturas que tenho certeza que ninguém sabe o nome. Acho que o preço é mais importante do que a arte, porque eu poderia pintar algo melhor que isso no escuro e ninguém penduraria na parede.

"Rapazes, essa aqui é a srta. Kia Holt." O 190 levanta o braço que está segurando a minha mão como se tivéssemos acabado de ganhar um campeonato. Meu braço erguido faz com que minha saia suba ainda mais e ninguém olha pro meu rosto, só pras minhas coxas.

Todos eles me cumprimentam ao mesmo tempo, sentados em sofás de couro, assistindo a um jogo de beisebol, bebendo cerveja e me secando. Tem outros caras lá em cima — consigo ouvir eles uivando —, e outros que entram e saem da sala, voltando com pratos de comidas e bebidas que eles mandam pra dentro sem mastigar. O 190 me leva pra sala onde ficam os sofás e dois homens dão espaço pra gente, me deixando sentar. Cruzo as pernas e os olhares voltam.

Do nosso lado tá o policial que dirigiu o carro pela primeira vez, naquele beco da Trigésima Quarta. Ele dá uma risadinha. "Não vai ficar monopolizando ela a noite inteira, Thompson."

O 190 tosse, tira o braço de cima de mim e levanta. "Vou pegar uma cervejinha. Quer alguma coisa?", ele me pergunta.

Faço que não com a cabeça. Quero uma bebida mais do que qualquer outra coisa, mas ainda tenho receio de que eles me droguem, me deitem no meio da sala e façam a festinha deles.

"Ela não fala?", um oficial de Richmond pergunta pro 190.

O 190 olha com deboche pra ele e diz: "Aparentemente não com idiotas", e sai da sala.

Acho que o 190 deve ter um coração de lua: crescente e minguante, tentando decidir se vai continuar cheio. Não entendo homens assim — tipo o Tony e o Marcus —, mas não consigo ficar sem eles. Quero encostar minha cabeça no coração minguante deles pra ver se bate. No andar de cima, eles reservaram um quarto só pra mim essa noite, uma porta giratória por onde passam homens tão ansiosos que nem conseguem desfivelar o cinto. O 190 aparece de vez em quando pra ver se eu tô bem. Ele bate na porta e eu visto minha saia de volta antes de ele entrar.

"Que tal descer e tomar um negocinho? Quer comer alguma coisa?"

Penso de novo, mas decido que não. É muito fácil batizar uma bebida, me deixar inconsciente e nem me pagarem por sabe--se lá o que que eles fariam comigo apagada. O 190 parece que quer sentar na cama, mas continua com a mão na maçaneta, e agora estou cansada demais pra abraçar ele enquanto chora.

Eu passo a mão nos fiozinhos do meu cabelo e tento arrumar o baby hair. "Só preciso tomar um ar", digo a ele.

Ele acena com a cabeça, faz um sinal com a mão pra que passe pela porta. Ele fecha assim que eu saio. Hesito no começo, depois estendo o braço e pego na mão dele. É bom tocar em alguém sem que te peçam. Ele sorri e caminha com a coluna um pouco mais ereta.

Assim que volto pro fervo, outro disparo desagradável de gritos começa. O 190 distribui alguns olhares que eles parecem nem ter reparado pois estão mais preocupados em beber. Ele me leva por alguns corredores e eu penso que essa casa é tão grande e sem fim quanto o labirinto de milho da alameda County Fair. Tem mais gente aqui do que eu pensei, ajuntadas em diferentes cômodos ou paradas nas entradas. Vejo umas mulheres com olhos iguais aos meus, provavelmente voltando pros quartos a que foram designadas, cada uma realizando um tipo de fetiche diferente. Também vejo algumas mulheres de terno e de uniforme, e me pergunto se elas sabem por que eu tô aqui, mas nenhuma delas olha diretamente pra mim, só não sei se é porque não notaram a minha presença ou se estão evitando notar.

Finalmente, o 190 abre uma porta de correr de vidro e a gente entra no maior terraço que já vi, um espaço mais aberto com lâmpadas amarelas, outros sofás e uma churrasqueira. Provavelmente mais umas vinte pessoas estão espalhadas na parte coberta. Respiro, olho pro céu. Estamos em Berkeley, e acho que pode ser que as estrelas fiquem um pouco mais visíveis no limite da cidade, porque depois de alguns minutos eu identifico a Ursa Maior.

O 190 fica comigo por alguns minutos enquanto observo o céu, depois me cutuca. "Tudo bem se eu te deixar aqui? Volte quando estiver no jeito."

Eu faço que sim.

Ele sai e é um alívio estar sozinha, o jeito como os meus braços ficam soltos; este terraço não é mais estranho pra mim, porque o céu é meu amigo desde que me entendo por gente. Está aberto. Acho que as coisas lá de cima só dão conforto quando está escuro o suficiente para que dê pra imaginar algo além.

Quase todos os dias eu digo que não acredito em nada, mas aquilo que faz a noite dar cor a tudo o que tem no mundo até me dá vontade de acreditar. Não numa vida após a morte, no céu ou em qualquer outra bobagem. Isso só serve pras pessoas se sentirem melhor com a morte e, pra começar, eu não tenho medo nenhum de morrer. Só acho que o alinhamento das estrelas devia guiar pra um outro mundo.

Não precisa ser um mundo melhor, porque com certeza isso não existe, mas penso em algo a mais. Um certo lugar onde as pessoas andam de um jeito meio diferente. Onde talvez se comuniquem com cantoria. Onde talvez todos tenham o mesmo rosto ou talvez nem tenham rosto. Quando tenho tempo pra olhar pro céu, imagino que posso ter a sorte de ver alguma coisa. Mas a Terra sempre acaba me chamando.

Não gosto quando as pessoas me tocam sem eu estar esperando, e a mulher que tá atrás de mim faz isso e mais um pouco: ela pega minha mão e me puxa sem falar nada. O céu se dissolve no rosto dela e eu ergo a outra mão pra dar um tapa nela. Se eu não a tivesse reconhecido, eu teria metido a mão.

O rosto da mulher de terno roxo está marcado na minha mente do mesmo jeito que a minha impressão digital está estampada pra sempre no pescoço do Marcus. Não vai sumir nunca mais. Agora, bem na minha frente, ela está de jeans e blazer e parece mais nova do que aquela vez no elevador da polícia. Não sei se é só porque não consigo enxergar direito no escuro ou algo do tipo, mas ela parece ter a mesma idade da minha mãe, uns cinquenta anos.

Ela não se maquiou hoje, diferente daquela vez na delegacia, e preciso me esforçar muito pra olhar pros seus olhos e não pro monte de cicatrizes que ela tem na bochecha. Elas transbordam feito um mapa meteorológico de época de chuva, uma área amarronzada que é só um tom mais escuro do que a pele dela, quase se misturando entre si.

"O que que cê tá fazendo?" Tiro a mão dela do meu pulso e dou um passo pra trás.

Ela estende a mão, me implorando pra voltar. "Não volte pra luz. Só posso conversar se você sair de perto da lâmpada. Por favor." Agitada, ela está no canto do terraço, onde a lâmpada faz sombra atrás dela.

"Não sei o que você quer conversar comigo. Você sabe que já falei com seu pessoal na delegacia. Achei que isso já tivesse acabado." Dou um passo pra me aproximar dela, formamos a mesma sombra. Aproveito pra enxergar direito as cicatrizes.

"Sabe por que te chamaram pra depor?"

Eu respondo. "Queriam me interrogar sobre uma investigação."

"É sobre um suicídio."

Viro pro lado. "Não tô sabendo de suicídio nenhum."

"O suicídio não é a questão. Ele deixou uma carta. Um policial se matou e deixou uma carta e falou de você naquela carta. Falou de você e de um monte de homem dessa corporação, tantos que não consigo nem citar cada um, e quando encontraram aquela carta, abriram uma investigação interna. Meu departamento faz todas as investigações de assuntos internos e tudo o que conseguimos foi uma transcrição do seu depoimento, em que você disse algo equivalente a 'é culpa minha' e foi embora uma hora depois. O fato é que vi você saindo daquele escritório seis horas depois que as nossas câmeras te filmaram entrando lá e tô achando que você disse tudo, menos a verdade."

Um suicídio. No escuro é até complicado processar o que ela está dizendo, mas fica martelando na minha cabeça. A palavra. Como ela parece curta e simples, inocente, apesar de a imagem ser a mais sangrenta que já vi na vida. Não que mamãe tenha conseguido. Imagino um homem apertando os olhos bem forte e esperando que o mundo se feche pra ele, tudo por minha causa. Fico me perguntando como é que ele fez isso, se ele, por ser mais rico, foi mais inteligente que a mamãe e tomou umas pílulas em vez de tentar sangrar até morrer. É até difícil de acreditar que algum deles tenha se arrependido de apertar a minha nuca ou de afivelar os cintos ou de abrir a porta do carro e me jogar pra fora dizendo que eu tinha sorte por eles não terem me prendido. Difícil de acreditar que eles sangrariam por mim.

A mulher do terno roxo ainda está diante de mim me encarando, esperando que eu conte sobre aquele dia na delegacia, quando eles me prenderam naquela sala com marcas crescentes nos meus pulsos.

"Contei o que eu tinha que contar. Não tô nem aí pro que eles sabem ou não sabem. Não tô ganhando nada por contar a verdade." Cruzo os braços sobre os peitos e inclino o quadril. Quero que ela meta marcha e que leve junto a cena de sangue e suicídio.

Ela balança a cabeça. "Aí é que tá. O resto do departamento da polícia pode não ter um código moral, mas eu tenho. E acho que eles estão tirando mais vantagem de você do que pensa. Por que acha que eles esperaram você completar dezoito anos pra prestar depoimento? Agora que você não é mais menor de idade, eles vão fazer de tudo pra encobrir a sua idade, mas seria antiético e injusto e eu te respeito demais e não vou deixar isso ser arquivado e depois esquecido. Um homem morreu e escreveu sobre você nos últimos minutos de vida."

Imagino um policial sem rosto rabiscando, entrando em pânico, escrevendo letra por letra de um nome que ele pensa ser o meu. A mulher do terno roxo precisa parar logo com isso, antes que ele vire a única coisa que eu consigo ver, antes que eu queira sangrar também, só para não ter que carregar outra morte.

"Não tô sabendo de nada disso. Enfim, não ligo, esse é o meu trabalho. Eles me pagam ou me dão informações que também servem como pagamento."

"Lorota." Ela é rápida.

Dou um passo pra trás de novo, quase voltando pra luz. "Por que cê tá aqui me contando essas coisas?"

Ela olha pra baixo e depois pra mim. Seus olhos tremem e ela fala baixinho. "O único jeito de fazer justiça é isso tudo vir a público. É Kiara, né? Eles te chamam de Kia, mas seu nome é Kiara?" Não respondo. "Kiara, eu vou expor isso."

Sinto um aperto entre o pulmão e o estômago e quase fico enjoada, como se a água do mar tivesse entrado no meu peito enquanto eu não tava olhando. Chego perto dela mais uma vez e falo entre os dentes. "Se você fizer isso, vai foder com a minha vida."

"E se eu não fizer, vou foder com a sua vida do mesmo jeito e com a de qualquer outra menina que eles vão usar como brinquedo depois que acabarem com você. Nós duas sabemos que provavelmente eles têm mais um monte de meninas mais novas do que você sem ninguém saber. Essa é a chance de salvá-las." Os olhos dela ficam marejados, mas não caem lágrimas. Pode ser por pena ou por culpa, mas eles ficaram completamente molhados. "Estou te contando porque posso tirar o seu nome. Acho que seria melhor se todo mundo soubesse, daí você pode contar o seu lado da história, mas a escolha é sua."

Ela espera. O calor que sai da lâmpada fez a minha testa suar, meus dentes rangem com tanta força que podem até quebrar. Não olho pra ela. Sei que acha que tá fazendo algo bom pra mim, mas ela é só uma mulher de terninho com complexo de Deus e, com certeza, não vai me tirar dessa. Os caras dessa casa me matariam antes que eu pudesse contar qualquer coisa que acabasse com eles.

"E o que eu ganho com isso?", pergunto.

A terninho roxo dá de ombros. "Um senso de justiça? Nessa altura, não sei o que posso te oferecer, mas estou aqui pra ajudar caso você precise. Fica com o meu número", diz ela, me entregando um cartão. "Kiara, sendo muito sincera, vou ter que expor isso, quer você queira ou não. É o melhor a se fazer, então estou aqui pra te dar duas opções: você quer que o seu nome seja divulgado ou não?"

Balanço a cabeça, sem acreditar que estou sendo pressionada num canto e que estão me dizendo que tenho opção. "Não ouse dizer meu nome", digo. Vou embora, sem fazer questão de dar tchau.

Volto lá pra dentro, fugindo, passo pelo labirinto de corredores, subo pro quarto que é meu por algumas horas e começo tudo de novo. Com a cabeça no travesseiro e o rosto pressionado na fronha, deixo as lágrimas marcarem as minhas bochechas. Pelo menos não tem ninguém me olhando.

Nos últimos dias, minha testa ficou formigando, tipo aquela sensação que a gente tem quando estamos com os olhos vendados mas parece que o corpo continua sentindo tudo. Trevor e eu vamos pra quadra de basquete nos jogos de quinta à noite e eles ficam lá, escondidos. Não sei onde, mas o formigamento me diz que eles estão vendo tudo.

Perdemos o primeiro jogo e o rosto de Trevor está bem tenso. Ele fala o mínimo comigo. Quando ganhamos o segundo jogo, sua língua se solta.

Sinto minha testa dando pontadas em espirais e a cor da grama muda pra um verde bolorento. Eu examino cada canto: da rua, das quadras, até da grama, e aqueles olhos devem estar bem escondidos, porque passaram por mim e eu nem notei. Ponho a mão no ombro do Trevor para levá-lo de volta para casa.

"Não podemos ficar mais um pouco?", Trevor pergunta, e ele nem imagina que tem gente com os olhos cravados nele. "Ramona disse que estão comprando picolés."

Dou uma olhada em volta e viro pra ele, daí só preciso cochichar pra ele conseguir escutar. "Temos que voltar pra casa, Trev. Tem alguém seguindo a gente e você corre perigo ficando onde eles conseguem te ver."

Começo a empurrar ele até estarmos correndo e ele se vira pra dar um sussurro meio gritado: "Você ficou maluca? Tá parecendo a mamãe". Não tenho tempo pra ficar com o rosto da Dee na minha mente. Ela nunca tentou proteger o filho como eu.

Voltamos a correr, como sempre, só que dessa vez não é brincadeira. Tem horas no caminho que não sinto o formigamento, uma arrancada só pra gente se sentir livre. Daí volta. Me perseguindo. Durante toda a volta pra casa, Trevor resmunga e reclama, diz que eu estou estragando tudo, e eu não falo nada; mas assim que entramos pelos portões do Regal-Hi eu pego a cordinha do moletom dele e puxo, fazendo com que ele sinta minha respiração. "Moleque, não vem me comparar com a sua mãe sendo que só estou te protegendo. É melhor você subir e sentar a bunda pra ler um livro antes que eu comece a parecer mesmo a sua mãe e pegue o cinto."

Trevor sobe as escadas correndo, com aquela bunda seca dentro do shorts. Vou atrás dele, entro no apartamento, fecho a porta, abaixo todas as persianas até ficarmos na escuridão.

"Como é que eu vou ler se você tá deixando tudo escuro?", diz ele, choramingando a um metro e meio de mim mais ou menos.

"Põe a cabeça pra funcionar e acende a luz."

Demorou menos de vinte e quatro horas pra que a carta de suicídio fosse publicada em todos os jornais locais, notícias e mais notícias aparecendo nas buscas do Google. Como prometido, a mulher do terno roxo apagou a linha onde meu nome estava escrito. Mesmo assim, faz menos de dois dias e eu sou vigiada e seguida toda vez que ponho o pé pra fora de casa. Eu devia ter imaginado que os policiais saberiam que era eu, que eles não iriam me deixar em paz de uma hora pra outra. Isso vai durar até que alguém pegue eles no pulo. Meu pai sempre dizia: "Que se foda a polícia, mas não foda com eles, a não ser que tenha motivo pra isso". Acho que fodi com alguns policiais, eles me foderam de volta e, agora, a única coisa que sobrou de mim foi um zumbido paranoico.

Tenho medo de sair pra noite e não tenho muito mais dinheiro do que a minha mãe deve ter. Liguei pra Lacy, perguntei se ela podia me arranjar um trampo, mas ela disse que não dava depois do que o Marcus fez. Dee continua deixando vinte conto no balcão quase toda a semana e eu e o Trevor começamos a comprar só sucrilhos e miojo. Meu estômago parece uma esponja, abandonado no relento. Trevor caiu no sono assim que começou a ler e eu, aos poucos, vou ganhando visão noturna.

Não quero chegar muito perto das janelas, vai que eles estão lá, me vigiando, mas tô com fome. Fome do tipo que comeria todas as partes de um frango.

Fico encarando o meu celular por um tempo até, finalmente, discar o número da Alê. Ela atende e diz: "Ei".

"Ei." Sei que ela não é de falar muito, mas o silêncio de agora faz meu estômago roncar. "Que bom que você atendeu." Tento soar indiferente, mesmo não sentindo nenhuma indiferença, e minha voz embarga.

Ela tosse. "Aham. O que você quer, Kiara?"

Hesito. Talvez eu não devesse correr atrás da Alê toda vez que as coisas começam a desabar em cima de mim. Já caiu coisa demais em cima dela. "Tô com fome." Sussurro pelo telefone, meio que esperando que ela não ouça.

A risada da Alê é um jingle conhecido. A voz dela até muda. "Você tá com fome. Putz, tá bom, vem cá que eu cozinho alguma coisa pra você."

Prendo a respiração. "Não posso sair do apartamento."

"Como assim?"

"Escuta, estou sendo seguida e não posso sair e preciso que você venha aqui porque tô sem grana e tenho que dar comida pro Trev e tô com muita fome, Alê. Por favor." Falo tudo tão atropelado que nem sei se dá pra entender.

"Chego aí em uns vinte minutos." Ela desliga e fico sem coragem pra dizer "te amo" sem ela ter dito antes.

Vinte minutos rapidinho viram uma hora e agora eu enxergo com mais nitidez no escuro do que na luz. Sento perto da porta, com os joelhos no peito, olhando o Trevor do outro lado da sala, dormindo igual a uma bola, todo encolhido.

A batida na porta agita meu diafragma e eu levanto minha mão tão rápido que ela chega a bater na parede. Xingo, balanço a mão até que o choque inicial da colisão se reduza a uma dorzinha, então me levanto.

"Quem é?", pergunto, com o ouvido colado na porta.

"Alejandra, quem mais seria?" A voz dela vira um resmungo que ela provavelmente acha que não consigo ouvir. "*No seas cabeza hueca, ay.*"

Abro só uma fresta da porta pra ela conseguir entrar. Ela chega segurando uma sacola com o cheiro da comida da mãe dela e o que eu mais quero fazer é pegar de sua mão e começar a devorar, mas daí paro um segundo pra olhar pra ela. Alê é uma pintura viva de si mesma, o branco de seus olhos é a coisa mais luminosa da sala. Ela está assustada.

"Porra, cê não vai nem acender a luz para mim?" Ela caminha devagar, com os braços estendidos, como se estivesse andando numa corda bamba, e aposto que acha que não dá pra ver ela no escuro, mas pra mim está mais evidente do que nunca. Facinho de enxergar. A sacola de papel está bem apertada em sua mão, amassando. "Não consigo pegar a comida se você não acender a luz." Ela nem tá virada pra mim, tá encarando Trevor do outro lado da sala, quase dando de cara com o balcão. Acendo o abajur que está mais perto de mim e uma luz laranja bem fraquinha ilumina metade do apartamento.

Alê se empertiga e me olha. Essa deve ser a primeira vez que ela me vê de verdade, pois as linhas de seu rosto se voltam pra baixo, sua pele fica mais suave, leve, como a de um neném.

"Que bom te ver", digo, ainda de pé, ao lado do abajur. Eu acho os cantos mais seguros. São duas paredes em vez de uma.

"Sim." Alê solta um suspiro. "Você disse que tava com fome?"

Respondo que sim, ela põe a sacola no balcão e abre, deixando escapar um turbilhão de vapor e o cheiro de peixe e *carnitas* e comidas que tenho sonhado desde o dia em que o "normal" se transformou nisso tudo. Ela tira três caixas de plástico da sacola. "Passei na minha mãe como quem não quer nada, como se fosse fazer uma entrega, e ela não deu um piu." Ela deixa escapar uma risada bem baixinha.

"A La Casa nem faz entrega." Dou risada junto com ela.

Alê enfia a mão na sacola de novo e tira uma latinha de spray roxo. "Aliás, feliz aniversário."

Sorrio. "Obrigada."

"Você vem?" Ela ainda está na cozinha, com as sobrancelhas erguidas.

"Você poderia trazer aqui?" Olho pras ranhuras do abajur, lascas com pontos de luz visíveis que quebram a precisão de seu calor.

Alê solta um suspiro. "Agora você tá me assustando, Ki." Ela empilha e vem com as caixas até mim. "Senta, pelo menos."

A leveza rotineira na voz — a nota cheia de graça que ela faz ao final de cada palavra — foi embora e ela parece só cansada.

Sento no chão e a Alê faz o mesmo. Eu só quero pegar a comida pra começar a devorar, mas ela tá segurando com muita força e eu sei que não vai me deixar comer enquanto eu não contar. A menina mais quieta que eu conheço agora quer conversar. Faço um sinal com a cabeça mostrando que o Trevor tá em casa, ponho meu dedo nos lábios pra dizer que a gente precisa ficar quieta senão ele acorda. Alê concorda.

"Você vai embora de novo se eu te contar." Só me resta ficar olhando pras mãos. Todas as linhas que a Alê costumava ler estão cortadas; algumas estão sangrando, outras cicatrizando, e também tem feridas muito fundas que não vão sarar. Depois de roer as unhas, fico arranhando as mãos.

Alê deixa as caixas de lado e se aproxima de mim, com as pernas cruzadas, até os joelhos dela tocarem nos meus. Ela inclina a cabeça pra ficar bem de frente pras minhas mãos, olhando pro meu rosto. Confere se estou olhando pros olhos dela. Eu estou.

"Em primeiro lugar, eu nem deveria ter ido embora. Se você me pede pra ficar, eu fico. Diga o que você tem a dizer e eu ficarei. *Siempre*." Ela nem pisca.

Eu pigarreio. "Você ouviu falar naquela história? Do policial que se matou?"

As sobrancelhas da Alê se levantam rapidamente e ela arregala um pouco os olhos. "Ah, que merda."

Percebo que ela quer desviar o olhar, vejo que suas pálpebras tremem como se me encarar fosse a última coisa que ela quisesse fazer; e nem posso culpar ela, porque ela sempre me disse pra não fazer isso, e aposto que estou torturando ela igual a minha mãe fazia comigo. Se aparecesse umas pantufas e um funeral pra gente poder ficar chorando em paz, pelo menos isso seria um curativo.

"Não queria que isso tivesse acontecido. Eles me acharam e era isso ou ir parar na prisão, e você sabe o que a mamãe passou, eu não estava a fim de ser presa." Os olhos da Alê se fecham e eu calo a minha boca. "Desculpa", sussurro.

"Por que você tá pedindo desculpas?" Ela ainda tá de olhos fechados.

"Eu tô ligada que você não queria que eu me metesse nessa confusão toda e…"

"Então cê tá pedindo desculpa por achar que me decepcionou?" Tem algo arranhando a sua garganta e não sei direito se ela tá brava ou triste ou se acha isso a coisa mais engraçada que já ouviu na vida.

Me atrapalho. "Acho que sim."

Ela me olha e sorri com seus olhos castanhos magnéticos. "Eu só queria te proteger, Kiara." Ela dá de ombros e fico me perguntando se tá pensando na Clara. "E a única coisa que me deixa decepcionada é que a gente nunca tá no mesmo lugar ao mesmo tempo." Ela dá uma tossida, talvez pra deixar a voz menos vulnerável ou só pra fazer algum som no vazio da sala. "Menos, talvez, quando estamos comendo."

Alê abre as caixinhas, com três tacos em cada uma, e passa pra mim. Ela se afasta pra que a gente não se toque mais; eu pego um taco de camarão da caixa e como em três mordidas. Vou pro próximo. Ela podia estar comendo, mas fica me olhando com um sorrisinho maroto. Eu olho pro pescoço dela, pra tatuagem mais recente. É uma colmeia, só que não acho que tá cheia de abelhas. Me estico, com molho no canto da boca. O enxame, na verdade, é um monte de borboletas voando. Quero tocá-las pra ver se as asas batem, porque parecem de verdade, mas tem comida pra comer e é muito perigoso tocar a pele da Alê quando do está tudo escuro desse jeito.

"Tem um pra mim?" Meu estômago dá um pulo com a voz do Trevor. Eu e a Alê nos viramos pra ver ele sentado no colchão. Não ficamos quietas o suficiente.

Alê dá um oi pra ele, que praticamente corre na nossa direção. Não me lembro de ter visto o Trevor tirando a camiseta, mas ele não está mais com ela, e seu torso nu me dá vontade de tomar conta dele, embalar ele no colo e tudo mais. Esse moleque é uma maravilha. Ele é a minha chuva de outono. Minha última foto do sol antes de ele se pôr. O dia não é possível sem o Trevor. Nem sei ao certo se o sol nasce sem ele.

Trevor senta do nosso lado e pega um taco. Paro pra ver ele mastigando com a boca aberta, que tenho certeza que é o que vai fazer. Ele fica olhando pra mim, esperando que eu mande ele fechar a boca enquanto estiver comendo, mas eu fico quieta. Se o menino quer comer com a boca aberta, ele não merece ter essa alegria? Tá muito escuro pra alguém enxergar alguma coisa.

Trevor para antes de dar outra mordida e olha pra escuridão a sua volta. "Acha que tem fantasmas aqui?"

Alê olha pro teto como se pudesse encontrar fantasmas ali. "Ah, não, é só umas aranhas."

Alê dorme parecendo algo entre um cadáver e uma estrela do mar. Ela nem disse que ia passar a noite aqui, mas foi só ela deitar a cabeça no meu colo que nós já sabíamos. Nunca vi ninguém cair no sono num chão duro de madeira desse jeito: com o corpo todo espalhado e sem mexer uma partezinha sequer. Com a boca aberta mostrando que tem dentes, mas de um jeito que não dá pra ver a língua.

Fiquei a noite toda olhando Alê dormir, esperando que o meu corpo ficasse mole também. Não ficou. Depois de comermos todos os tacos, o Trevor voltou pro colchão e dormiu. Contei tudo pra Alê, dos policiais e da mulher do terno roxo e dos formigamentos, e ela disse que eu precisava do Tony ou do Marcus junto comigo, porque vai que os formigamentos se transformem num terremoto, a ponto de nem as cortinas me darem segurança mais. Argumentei com ela, contei do Marcus, mas ela não tava convencida, então combinamos que eu passaria no Cole na parte da manhã e ela levaria o Trevor pra taqueria, garantindo que ele comeria alguma coisa.

Neste momento, estou esperando que o corpo dela volte a dar algum sinal de vida. Já amanheceu. Sei disso porque as cortinas têm frestas por onde entra luminosidade, criando uma estampa no chão. A luz se espalha pelo corpo dela, que se transforma num tecido luminoso e sombreado.

A mandíbula dela começa a se mexer. Vai abrindo aos poucos, se move de um lado pro outro, faz um círculo completo e depois dá um bocejo. Quando ela pisca, sinto vontade de tocar no rosto dela. É como se meu corpo todo quisesse subir nela e tocar a sua bochecha.

"Bom dia." A voz muda de tom algumas vezes e sai um gemido.

Eu dou risada. "Bom dia."

"Trevor ainda não acordou?", pergunta ela.

Olho pro Trevor ainda encolhido e virado pra outra parede. "Não", respondo.

O coque rotineiro dela se desmanchou todo, então pego seu cabelo, desembaraço com as mãos e prendo de volta, deixando uma única mecha solta. Admiro o jeito como a mechinha enfeita seu rosto e quero acreditar que faz cócegas de vez em quando, que do nada ela ri e as borboletas no seu estômago começam a cantar.

Ela senta, olha pra mim por um momento e começa a engatinhar no chão, parecendo uma criança, até chegar no Trevor e balançar o corpo dele.

"*Buenos días*", ela canta, com uma voz que é, de novo, um gemido num tom mais baixo, mas fico tão feliz em ouvir algum barulho neste apartamento depois de tanto tempo em silêncio que até quero que ela continue falando e cantando o dia inteiro.

Trevor se vira com os braços cobrindo os olhos. Alê mexe nele e grita *buenos días* na cara dele mais uma vez. Ele dá um pulo, ficando de pé como se fosse um ninja, e corre na minha direção. Fico no chão, rindo, e seus olhos recém-despertos estão enormes e cheios de brilho.

Em algum momento, empurro Trevor pra longe. "Sai de cima de mim, menino."

Ele se ajeita e levanta. "Tô com fome", diz.

"Você tá sempre com fome", falo, rindo.

Alê já está calçando os sapatos. "Vai se arrumar logo, Trev. Nós vamos pra La Casa."

Trevor corre pra pilha de roupas no canto e se troca o mais rápido possível. Ele calça o tênis e fica parado na porta enquanto eu ainda estou no chão perto da luz. Alê vem até mim e se agacha pra falar comigo sem que ele ouça.

"Você tá bem?", ela sussurra.

Sinalizo que sim. "Só cuida bem dele, tá?" Aponto pro Trevor com a cabeça.

Alê dá um sorriso e toca o meu joelho. Sinto um calor no local.

Vejo Alê e Trevor saindo e espero que os olhos que me vigiam continuem à minha espera, e não à espera dele; que continuem seguindo meus passos, não os dele. Quando a porta se fecha, imagens do Marcus da última vez que o vi com os punhos cerrados me vêm à mente; e a última coisa que quero fazer é sair deste apartamento pra consertar uma relação tão conturbada. Mas não tenho outra escolha. Alê tem razão: se eles me acharem sozinha, eu tô fodida.

Pego o celular e disco. Shauna atende no primeiro toque.

"O que você quer, Kiara?" A voz dela está tão irritada quanto eu imaginava que estaria.

"Você ainda tem aquele carro?" A mãe do Cole deu pra Shauna o carro velho dela quando a bebê nasceu. Ela é a única pessoa que eu conheço que pode me dar uma carona.

Shauna fica em silêncio. Depois pergunta: "Sim. Por quê?".

"Me enfiei numa cilada e preciso ver o Marcus, mas não posso ficar sozinha na rua agora. Preciso de uma carona." Eu acrescento vários "por favor" e me ofereço pra cuidar da filhinha dela um dia desses. Ela fica quieta.

"Posso passar aí em dez minutos, mas não me peça mais nada depois disso. Deus sabe que você não fez merda nenhuma da última vez que te pedi um favor." Ela desliga e, embora seja doído, Shauna nunca esteve tão certa.

Ela chega em menos de dez minutos e me liga, diz que está lá embaixo. Já calcei o sapato, mas ainda não abri as cortinas. Quando piso pra fora de casa, a luz bate em mim, e é como o primeiro gole de vodca num estômago vazio. Nem sei se dói ou se o sol me faz bem de um jeito que nunca fez antes. Parece que penetra a minha pele. Não sinto os formigamentos enquanto desço as escadas e passo pela piscina de merda, mas assim que saio pelo portão, volta tudo de uma vez. Vai se espalhando do topo da cabeça até descer pelo corpo todo. Corro até o carro da Shauna, um Saturn sw velho, entro e bato a porta do passageiro.

Um choro irrompe do banco de trás e eu me viro pra ver a bebê na cadeirinha.

"Que merda. Você acordou ela." Shauna estica o braço e dá tapinhas na barriga da neném até que ela pare de chorar e volte a dormir.

Tusso algumas vezes. "De verdade, a gente não pode ficar sentada aqui assim." Tento não falar isso muito alto, como se o volume pudesse fazer os olhos da Shauna revirarem menos, o calor queimando ali dentro. Sei que não gosta que digam a ela o que fazer mas, no final das contas, ela liga o carro, acelera e estamos a caminho da casa do Cole.

Fico em silêncio por alguns minutos e a culpa queima no meu estômago, parece que me destrói toda por dentro. Não aguento lidar com isso e ao mesmo tempo com os formigamentos que continuam me perseguindo. Sigo olhando pela janela, vendo o que vai ficando pra trás, mas não consigo descobrir onde é que estão os olhos que me vigiam, só sei que estão lá. Pelo menos isso quer dizer que eles não estão seguindo o Trevor e a Alê.

"Olha só, eu sinto muito de verdade pela última vez. Eu deveria ter te ouvido, mas você tem que entender que também foi difícil lidar com essa merda toda, e não estou no melhor momento pra ajudar ninguém. Mas enfim, não fui justa contigo, então peço desculpas e agradeço muito mesmo pelo que você tá fazendo por mim."

Tem um estalo incessante debaixo do carro e eu bato meu dedo na coxa acompanhando o ritmo.

Shauna olha pra mim quando o farol fecha. "Eu não estaria fazendo isso se não precisasse falar com você."

Os olhos dela parecem predadores mais uma vez, da mesma forma que estavam muitos meses atrás, enquanto ela resmungava e limpava tudo com os mamilos rachados. Mas o olhar não é de uma predadora esfomeada, e sim de um pássaro doente esperando ser alimentado antes que anoiteça, antes que seja tarde demais.

"Falar sobre o quê?"

Estamos chegando perto do Cole, mas Shauna diminui a velocidade, para no acostamento e olha pra mim. Desvio dela pra olhar a menininha, que está acordada, encarando a gente com olhos que brilham quase igual àquelas janelas com espelho unidirecional — a gente sabe que existe todo um mundo por trás delas, mas a única coisa que dá pra ver é o nosso próprio rosto.

"Eles não tão mais traficando só drogas leves." Consigo ouvir o sotaque do Tennessee na voz assustada e aguda da Shauna. "Eles estão fazendo uns corre com uns caras perigosos que não tão nem aí pra vida deles ou da família deles. Kiara, eu tenho uma filha. Eu tenho uma filha."

E Shauna começa a chorar. Dessa vez, os resmungos dela parecem mais um lamento, rasgando pelo carro adentro. Juro que estão saindo da boca dela e descendo direto pela minha garganta, porque sinto como se tivesse engolido todo o sal do lago Merrit e não consigo distinguir os formigamentos das pontadas da náusea.

Shauna está chorando de soluçar e a bebê fica olhando, esticando os braços pra gente, sem se mexer, mas esperando colo. Pego uma mãozinha dela e dou um dedo pra ela segurar. Shauna me vê fazendo isso, ainda chorando com tudo que tem dentro de si, e vira pra pôr um dedo na outra mão. Uso minha mão direita pra tocar na nuca da Shauna, fazendo um leve carinho como a mamãe costumava fazer comigo quando eu tinha um pesadelo que me fazia ranger os dentes. Formamos um coral completo de choros. Shauna solta um com força, berrando. A criança choraminga tão baixinho que mal consigo ouvir por causa do de Shauna. Não tenho certeza quanto ao barulho que sai da minha boca, só sei que é tipo uma cantoria, uma música ou uma canção de ninar ao contrário.

A bebê solta as mãozinhas quando os sons viram murmúrios mais tranquilos; Shauna me olha, inclina a cabeça como se estivesse tentando resolver um quebra-cabeça mas tivesse algumas peças faltando.

Minha testa começa a pulsar, bem forte, como se meu batimento cardíaco tivesse subido à cabeça.

"Merda." Olho pro retrovisor e não vejo movimento na rua, a não ser pelo barulho que a rede de basquete ao vento faz do lado de fora de um prédio.

Shauna vira pro volante, mas não liga o carro. "Que porra que tá rolando com você?"

Ouvi a Shauna perguntar a mesma coisa um milhão de vezes e é sempre uma pergunta retórica, só que dessa vez parece que ela quer mesmo saber.

"Eu me meti numa merda e acho que estou sendo seguida."

Não há sinal de choque ou de medo ou de qualquer outra expressão que eu esperava que aparecesse no rosto dela. Ela só pergunta: "Por quem?".

"Por policiais, acho."

Nisso, Shauna inclina o corpo no volante e abaixa a cabeça.

"Como chegamos nesse ponto, Ki?" Nunca ouvi a Shauna falar desse jeito, indefesa, sem barreiras, o que me faz pensar na época que a gente era mais nova, que ela era tão fria e segura de si.

No dia em que conheci a Shauna, a Alê me ensinava a andar de skate na Octogésima Primeira, na parte mais baixa da leste. Shauna estava sentada nos degraus da varanda da tia dela, enrolando o cabelo da irmãzinha, e Alê subiu no skate e passou correndo por elas; e eu fui atrás dela como se nunca conseguisse acompanhar o ritmo. Shauna, com treze anos e já uma mulher, gritou com a gente: "Vocês ficam fazendo isso e acabam fazendo vento, vão bagunçar o cabelo dela", e diminuímos a velocidade pra poder ver aquilo, pois nunca tínhamos visto uma menina falar daquele jeito ou ser daquele jeito ou colocar a mão na cintura como se quisesse mandar na gente daquele jeito. Tipo, mandar mesmo.

Eu era espertinha e não ia tolerar aquilo, então disse: "Senão você vai fazer o quê?", e Shauna desceu aqueles degraus como um cão de caça, correndo atrás de mim enquanto rosnava. Eu ainda era magrela de dar dó, não tinha carne nos ossos pra brigar com a Shauna, que tinha uma certa barriguinha e quadris que a sustentavam como se já soubessem que ela ficaria grávida dali a poucos anos.

Alê estava dando a volta pra ficar do meu lado. Mesmo os ombros quadrados dela não davam pra competir com a Shauna. Não que a Shauna fosse muito alta ou algo do tipo; ela simplesmente já tinha supcrado os corpos que ainda estávamos perdendo. Ela já tinha passado pro próximo estágio, com peitos que marcavam a regata e saltavam enquanto caminhava — ou desfilava — com um tênis velho que geral dizia pra ela trocar. Shauna sempre dizia que preferia ficar descalça, mas a tia não deixava ela sair de casa daquele jeito. Uma vez, ela desistiu e deixou que um dos seus admiradores comprasse um sapato novo que tava na cara que ela não tinha gostado.

No dia em que a gente se conheceu, Shauna estava pronta pra arrumar treta. Eu não sabia nem dar um soco de verdade e a Alê não gostava de briga, só queria ficar de boas, me curtindo. Shauna tava começando a falar merda quando uns dez meninos um pouco mais velhos que a gente chegaram de bicicleta. Achávamos que eles estavam só de passagem, mas daí um deles pegou na minha bunda e a Shauna viu tudo isso, passou por mim muito rápido, levantou a perna, com a coxa tremendo, os músculos bem marcados, e meteu um chute nele. Derrubou da bicicleta o menino que passou a mão na minha bunda.

Os outros começaram a tentar se aproximar, mas o golpe da Shauna fez com que eles fugissem cantando pneu. O temperamento dela dissipou a nossa quase-briga e me fez admirá-la, dizendo: "Obrigada".

"Não esquenta." Ela virou as costas e voltou para a varanda, onde sua irmãzinha estava sentada assistindo como se nada tivesse acontecido. Shauna sentou atrás dela de novo e retornou aos cachos. Eu e a Alê continuamos andando de skate, demos umas voltas no quarteirão, sempre passando pela varanda, onde desacelerávamos e ficávamos olhando. Na terceira ou quarta vez, Shauna gritou: "Já que é pra vocês ficarem olhando, acho melhor sentar e tomar uma coca".

Assistimos, hipnotizadas, a Shauna enrolar cada fio de cabelo da cabeça da irmã enquanto bebíamos refrigerante. Quando

Shauna ficou grávida aos dezessete anos e largou a escola, ela não parecia mais ser tudo aquilo. Só mais uma de nós tentando se sair bem. A tia dela se casou com um cara, se mudou pro leste de Oakland e não queria que ela viesse com bebê e todo aquele drama. Daí ela foi morar com o Cole, a mãe dele e todas as fantasias que ela tinha se transformaram em reclamações e agora estamos dentro de um carro tentando escapar do que não tem escape, tentando esquecer que um dia fomos crianças que só queriam andar de skate e caminhar descalças por aí.

"Não sei", digo, embora saiba. Embora tudo pareça bem claro, como uma longa estrada que claramente nos traria até aqui desde o início. "Às vezes, a gente faz o que tem que fazer pelas pessoas por quem temos que fazer." Viro pra olhar o banco de trás, com os olhos úmidos. "Que nem você disse: você tem uma filha."

Shauna enxuga uma última lágrima e liga o carro de novo. Ela não responde, mas nem precisa. Nós duas sabemos. Dois minutos depois, paramos na frente da casa do Cole, minha cabeça ainda latejando. Falo pra Shauna que precisamos entrar logo, que não podemos ficar aqui fora por muito tempo; ela pega a filha no banco de trás e a apoia no quadril. Entramos rápido na casa e descemos direto pro porão. Parece que Shauna parou de tentar deixar tudo limpo, porque os brinquedos e as roupas sujas do Cole estão jogados no chão. Sinto vontade de recolher, mas também parece que aquilo é o cenário adequado, como se fosse errado deixar o quarto limpo e impecável quando todo o resto está imundo, um caos.

Dá pra ouvir o beat do lado de fora do estúdio. "Cole não está, mas ele volta já, já. Não vou impedir se você quiser chutar a bunda dos dois", Shauna diz. Ela está no sofá balançando a filhinha no colo e sorrindo. Não sorri com os dentes, mas com a curva dos ombros. Continuo andando, abro a porta. Marcus não tá na cabine de gravação como de costume, mas a música tá bombando, como sempre. Ele é o único na sala, sentado no chão, com os olhos fechados, apertando as mãos.

"Marcus?"

Passo por cima dele pra desligar a música na mesa de som e a sala fica em silêncio. Me agacho ao lado dele. Ele balança a cabeça e abre os olhos, que estão vermelhos e cheios de lágrimas.

"O que tá rolando?", pergunto.

"Até parece que você se importa", diz, e penso se devo ir embora, deixar que ele seja o mesmo egoísta que tem sido desde que desistiu de mim. Então ele solta um suspiro e sussurra: "Desculpa".

Ele me olha. Respiro fundo. "Só conto as merdas que eu fiz se você me contar as suas."

"Não estamos mais na escola, Ki." Ele balança a cabeça mais uma vez. "Isso não é um jogo."

Eu o ignoro. "Não sei se você viu as notícias, mas faz uns meses que estou transando com policiais em troca de grana, aí um deles se matou e deixou uma carta de suicídio citando meu nome e agora tá rolando algum tipo de investigação. Tem uns policiais me seguindo por aí."

Esse olhar do Marcus é novo pra mim, nunca tinha visto ele assim antes. Imaginava que ele fosse ficar meio puto ou com vergonha, que não ia querer lidar com treta minha. Capaz que a sobrancelha esquerda dele se contraísse como acontecia às vezes, ou que as veias saltassem do seu pescoço. Talvez a minha impressão digital dançasse. Mas, em vez disso, o rosto do Marcus se abre bem no meio, com os olhos voltados pra cima.

"Merda." Tem um momento que nenhum de nós diz nada e ele começa a olhar ao redor do estúdio como se nunca tivesse visto o lugar. Ele se engasga ao cochichar: "Isso não vai rolar pra mim".

"Como assim?"

Ele parece tão pequeno.

"Você tava certa. Essas merda não vai dar em nada, nenhuma gravadora quer me contratar, não consigo nenhum show e o único motivo pra eu ter conseguido um lugar pra dormir é porque eu e o Cole estamos fazendo uns corre. E eu nem fiz o que falei que ia fazer, que era cuidar de você e essa porra toda. Eu devia estar lá pra te proteger."

Marcus parece que está se afogando nas próprias lágrimas e, por mais que eu quisesse que ele dissesse isso pra mim, queria que ele não precisasse dizer. Queria que essas palavras pudessem dar conta de tudo. Me inclino e beijo o topo da cabeça dele. Marcus me abraça e sinto ele tremendo.

"A gente ainda é uma família, Mars."

Ele continua chorando no meu colo e eu olho por cima do ombro e vejo Tony encostado na entrada. Ele desfaz a cara séria e dá um sorriso.

"Agora preciso que você faça uma coisa pra mim", digo pro Marcus. Ele tira a cabeça do meu colo só pra conseguir me olhar e concorda. "Você também, Tony." Tony também concorda e nem se preocupa em fingir que não tava ouvindo.

Tony senta no sofá, e eu e o Marcus continuamos sentados no tapete dourado. O estúdio tá todo diferente, muita ostentação: sofá novo, um carpete dourado com um C gigante no meio. Equipamentos completamente novos: alto-falantes e mesa de som. A mesinha de centro tem um teclado agora, apesar de nenhum deles saber tocar, então nem sei direito por que tá ali, apoiado na mesa como se alguém fosse se sentar e mandar uma música.

Respiro. "Preciso da ajuda de vocês. Dos dois. Já contei pro Marcus, tô metida numa merda bem grande e tem uns gambé atrás de mim. É perigoso eu andar sozinha por aí e não tenho mais ninguém pra pedir."

"Claro", diz o Marcus.

Olho pro Tony.

"Você tá metida em quê?", pergunta Tony.

Eu não queria contar pra ele, não queria que eles me olhassem como se eu fosse ainda mais suja do que já sou, mas agora não tenho mais escolha. "Os gambé tão me investigando. Não me prenderam ainda e disseram que nem vão, mas me levaram pra um interrogatório e agora tem uns me seguindo."

"Por que eles tão te investigando?", Tony pergunta.

Desvio os olhos. "Eu trabalhei pra alguns deles. Em motéis, essas coisas."

Tony não fala nada, mas sei que ele fica me olhando, imaginando o que foi que eu fiz, tentando me perdoar pelo que quer que tenha sido.

Marcus põe a mão no meu joelho e aperta.

"A gente ainda é uma família, Ki." E acho que ele tá falando de coração, pra além das palavras, pra além deste momento, pra além das coisas que os nossos pais fizeram pra destruir a gente.

Sinalizo que sim com a cabeça e, pela primeira vez, penso no que fiz, no pânico que eu sinto quando alguém me toca do jeito que o Marcus acabou de fazer, em quantas armas foram apontadas pra minha cabeça, em quantas unhas rasgaram a minha pele, em quantas mãos puxaram o meu cabelo. Nesta sala, com estes meninos que valem ouro, todas as coisas que eu fiz parecem vulgares, devastadoras, como se eu não merecesse mais ser amada.

"Vou mandar uma mensagem pro Cole e ele vem buscar a gente pra te levar pra casa, beleza?" Marcus já está se recompondo, esfregando as mãos nos olhos e tirando o celular do bolso.

"Acho que Cole tem um taco de beisebol ou algo do tipo na garagem dele. Vou lá pegar e encontro vocês lá na frente", diz Tony, se levantando e sumindo do estúdio.

Marcus também se levanta, me ajuda a ficar de pé e envolve um dos braços nos meus ombros. Voltamos pro porão, onde Shauna tá com a bebê no colo, e passamos por ela, subimos as escadas e saímos pra varanda. Levo uns segundos pra processar que estou do lado de fora, que o clima está quente e abafado e que ainda tem alguém me seguindo.

Cole está chegando em casa com seu Jaguar espalhafatoso quando eu e o meu irmão colocamos o pé na calçada. Ele abaixa as janelas e, antes de sair do carro, com o motor ainda ligado, grita: "Kia, sua linda, você voltou!". Ele corre pra dar um tapinha nas costas do Marcus e depois vem me abraçar.

É nessa hora que o carro preto e lustrado para na nossa frente, com as luzes piscando por dentro, e saem homens que logo põem a mão no cinto, sacando distintivos e armas. Pego os números deles, 220 e 17, ambos do Hotel das Puta, ambos olhando bem fixos pra mim enquanto puxam as mãos do Marcus pra trás, depois as de Cole, colocando algemas e resmungando alguma coisa sobre os direitos que eles têm, alguma coisa sobre revistar o carro. O 220 deixa pro 17 a tarefa de jogar os dois no banco de trás do carro disfarçado enquanto abre o porta-malas do Jaguar do Cole e tira sacos de pólvora e rifles automáticos.

Eu olho pro Marcus pela janela escura, ele chora com medo igual quando o papai foi levado embora, e eu fico gritando por ele e pra ele, implorando pro 220, que sorri pra mim e se aproxima a ponto de eu sentir sua respiração. Ele agarra o meu braço e rosna: "Nem se atreva a dizer meu nome ou eu farei que todo mundo saiba o seu. A gente tá de olho em você". Ele me solta, volta pro carro e senta no banco do passageiro.

Não dá mais pra ver o rosto do Marcus e, de repente, Shauna tá correndo atrás do carro, chorando e batendo no vidro. O carro sai cantando pneu, ela se vira, morrendo de raiva, e Tony aparece atrás de mim, agora que o perigo já passou, e me puxa pra um abraço. Acho que o Tony nunca tinha me abraçado, não desse jeito, como se ele tivesse me sequestrando e me impedindo de fugir. Parte de mim quer que ele me aperte até que uma das minhas costelas quebre, até que eu não sinta mais que estou flutuando. Quero que ele me aperte com tanta força que faça o formigamento desaparecer e que o abraço dele seja a única coisa no mundo que valha a pena.

Mas, por outro lado, não consigo suportar o fato de ele ter ficado parado na porta vendo meu irmão ser levado, sem fazer nada, aí meu peito começa a pesar. Começo a empurrá-lo, cravo minhas unhas na camiseta dele até me soltar.

"Desculpa", diz ele. Estou sem fôlego. Eu o encaro e meu estômago revira como se isso fosse a maior traição, mas que mal ele me fez? Os homens fizeram coisa muito pior do que me abraçar por um minuto no máximo.

"Por que você não fez nada?", grito, empurrando ele mais uma vez, as lágrimas caem junto com a minha saliva.

Tony cai pra trás como se eu fosse forte o suficiente para derrubar alguém, e parece prestes a rebater, começa a gaguejar, falando algo muito difícil de entender; então balança a cabeça e nem olha pra mim quando diz: "Eu não queria ser preso também", e dá um passo pra frente, tentando pegar a minha mão. "Desculpa." Ele continua pedindo desculpas, várias vezes, mas isso não muda nada, então digo que não quero olhar pra cara dele agora e vou embora. Do nada perco o medo do formigamento, dos gambé e dos caras que podem me achar, pois meu irmão acabou de ser pego e cada vez mais parece que tenho menos a perder.

Entro no ônibus e não tem lugar pra sentar, então toda vez que ele passa por um buraco, caio em cima de alguém que tá do meu lado e meu corpo se revira por dentro. Tudo à minha volta parece um borrão. Pelo menos aqui no busão, por trás dessas janelas, não sinto mais o formigamento. Ele não reaparece mesmo depois que desço no meu ponto, mas a imagem do rosto do Marcus em pânico persiste, como se nunca mais fosse ir embora.

A La Casa é pequena e aconchegante, com um toldo azul e sons frequentes de obra. Alê está no caixa, Trevor sentado num banquinho de frente pra ela, fazendo aviõezinhos de papel. Os dois são algum milagre que ganhei de presente em meio a tanta confusão. Alê, só de relance, consegue perceber o meu desespero e pede pro Trevor ir ajudar na cozinha.

Caminho até ela, que segura as minhas duas mãos. "O que foi? Você não parece bem."

"Prenderam o Marcus."

Alê me puxa pro peito dela e cochicha: "Sinto muito. A correria do almoço está quase acabando, e acho que o resto do pessoal consegue dar conta. Quer ir lá pra cima?".

Não me lembro de a Alê já ter me convidado alguma vez pra entrar na casa dela. Sempre achei que ela tivesse receio que eu julgasse ou pensasse que ela é desorganizada. Faço que sim e espero Alê ir na cozinha avisar a família dela e o Trevor pra onde estamos indo. Ela volta e gesticula pra que eu a siga pela outra porta e suba a escada.

Alê tenta abrir a porta do apartamento, mas ela nem se mexe. "Às vezes emperra", diz e começa a empurrar com todo o peso do corpo até que abra.

O lugar é cheio de cores, estilo sala de aula do jardim de infância: oceanos vermelhos e azuis e todos os tons que existem no mundo. Nunca vi tantas mantas, cortinas e bugigangas. Tem toalhas de mesa e bordados feitos à mão pendurados na parede. Tem uma cama em cada canto do quarto e uma porta que leva a outro quarto com mais duas camas, além de uma geladeira. O banheiro fica junto com esse quarto das quatro camas e eu consigo sentir o cheiro de sabonete que tenho quase certeza que foram eles que fizeram, pois tem o mesmo cheiro de algumas coisas que a Alê mistura com a maconha.

Na real, as camas nem são camas de verdade: parecem mais aqueles sofás que eles transformaram em algo tão mágico quanto a Terra do Nunca. Os travesseiros pedem pra serem apertados mas, mais do que isso, gritam pra serem vistos: desenhos de pessoas no meio de histórias. Fábulas de família presas na costura. É uma coisa que eu queria saber como é que faz: transformar em arte algo em que deito a cabeça pra dormir.

"É lindo", digo.

Alê balbucia um agradecimento como se estivesse com vergonha de ter algo tão perfeito, mas mantém o foco em mim.

"O que rolou?", ela pergunta.

"Eles tavam me seguindo, daí quando o Marcus e o Cole estavam lá, acho que eles aproveitaram a oportunidade pra me foder de vez. Prenderam os meninos com um monte de armas e sabe lá Deus o que mais."

Alê entra no quarto e vai até uma das camas. Essa é toda azul e os travesseiros têm fotos de crianças. Ela me chama e eu sento. Deve ser a cama da Alê, os travesseiros em que ela deita a cabeça. Ela transpira nesses lençóis toda noite, cutuca os fios soltos desses travesseiros. Claro que é dela: azul, bebezona da família.

"Você tá bem?" Ela me olha, parece que vê minha alma.

"Não." Me inclino pra cima dela, compartilhando um pouco do meu peso. "É tudo culpa minha e eu não posso fazer nada pra mudar." Fico pensando se a mamãe tinha sentido isso também.

"A gente vai te tirar dessa. E o Marcus também, a gente vai dar um jeito."

"Tá bom." Não tenho mais nada pra dizer, nenhuma promessa pra fazer, nenhuma solução pra encontrar.

"Provavelmente ele ainda não foi processado, mas assim que for, ele vai ligar. Ou a gente liga." Ela me puxa pra mais perto dela. "Agora, tenho uma coisa pra te mostrar."

Alê se agacha e enfia a mão debaixo da cama, tirando potinhos. De maconha. Dou risada do quanto é difícil lembrar quando foi que isso se tornou normal pra gente, quando foi que se tornou só mais um dia da nossa vida. Ela abre dois potinhos e começa a dichavar e, em seguida, a bolar um.

"Aqui?", pergunto, olhando pra porta como se a mãe dela pudesse entrar a qualquer momento.

Ela ri na minha cara. "Não esquenta, não vai aparecer ninguém. Mas, pra sua informação, semana passada minha mãe fumou um comigo."

Penso na mãe dela, tento imaginar ela chapada e histérica, mas só consigo visualizar seus dedos delicados trançando o cabelo da Alê e as rugas que se formaram em sua testa depois que a Clara desapareceu.

Alê abre a janela do lado da cama, fazendo o sininho do seu apanhador de sonhos tocar. Quero me esticar pra pegar todos os sonhos dela com as mãos.

Ela acende o primeiro baseado e passa pra mim.

"Chamo esse aqui de *chava*", diz ela.

Pego entre os dedos, descanso entre os lábios e trago. Tem gosto de mel e hortelã, e é como andar sobre as águas. A fumaça sai num fluxo perfeito e eu tusso até ficar chapadona.

Ela já acendeu outro baseado e nós trocamos. Eu trago esse e de cara fico impressionada com a familiaridade: pantufinhas. Lavanda. Dia de velório e roupas com buracos que lamentamos como se fossem o próprio corpo do defunto.

Quando a onda bate, toda a marra que eu segurei nos últimos meses se desfaz e eu sinto as dobras do meu pescoço se encherem de lágrimas. Alê me observa enquanto choro na frente dela pela primeira vez em muitos anos.

"Sinto muito, Ki", sussurra.

Tento engolir a vontade de soltar um choro de soluçar, mas ele escapa mesmo assim e eu me sinto uma mulher dolorida, como se eu fosse velha e enrugada e minhas costas doessem e não existisse espaço na vida para eu sentir qualquer coisa, mas ainda estivesse aqui, superando. Desenrolando. Alê massageia as minhas costas, entre as escápulas.

"Eu só queria uma família. Eu só queria algo que funcionasse, algo que fosse meu."

"Eu sei, Kiara. Eu sei."

Deito no peito da Alê, agora com o corpo todo na cama. Ficamos ali deitadas até meus soluços diminuírem, assim como os baseados, e estarmos bem chapadas, com os braços e as pernas entrelaçados, esquecendo que nossos corpos foram feitos pra ficarem sozinhos. Cada centímetro da cama é um aconchego, macio e tem cheiro de todos os sonhos que eu gostaria de ter. Cheira a Alê, a maconha e a sensação de nunca mais ter que se preocupar com os olhos. A sensação é de calor, daqueles que deixam o corpo todo num frenesi. E talvez a história que vamos nos lembrar seja a do nosso sono, talvez seja a boca da Alê na minha, talvez seja ela indo embora, eu acordando sozinha e sem muita certeza do que era ou não realidade.

Quando recebo a ligação, a brisa já foi quase toda embora e ainda estou deitada na cama da Alê tentando descobrir como foi que o teto ficou todo fodido. Decidi que provavelmente foi o terremoto, aquele que transformou San Francisco em deserto e fez com que todo mundo se escondesse nos seus próprios pesadelos. Certeza que a mãe da Alê e todas as tias dela viram o teto tremendo e quebrando até virar um labirinto de rachaduras.

Talvez a brisa ainda esteja por aqui, pois não me dei conta do que dizia o aviso automático quando atendi o celular, só apertei o número que a robozinha me mandou apertar. Precisei ouvir a voz dele pra acordar de verdade.

"Kiara." A impressão que dá é que a voz do meu irmão tá numa outra dimensão. Só que, dessa vez, é distorcida e fraca. A dor de antes continua a mesma, ainda está lá, disfarçada de cansaço, mas, acima de tudo, ele parece assustado. Consigo imaginar o rosto dele agora, contorcido de medo como no dia em que encontramos a mamãe na banheira. Como no velório do papai ou na primeira vez que visitamos a mamãe atrás das grades.

"Onde você tá, Mars?"

"Eles prenderam a gente na cadeia do condado, em Santa Rita." Ele chora tanto que a minha impressão digital deve estar nadando em lágrimas.

Quero falar pra ele que vou dar um jeito, que vou derreter as grades de qualquer cadeia e trazer ele de volta num carro de fuga que não tenho.

"Desculpa."

Ele pigarreia. "Talvez eles estivessem lá por sua causa, mas foi o meu corre que eles descobriram. Olha, não quero que você fique preocupada comigo, tá bom? Preciso que você tenha certeza que tá em segurança e depois faça um negócio pra mim. Você faria, Ki?"

"É claro."

"Preciso que você ache o tio Ty, beleza? Ele vai saber o que tem que fazer, ele já passou por isso e tá me devendo uma. Traz o tio aqui, não importa o que você tenha que fazer pra isso rolar, tá bom?"

"Não sei, Marcus, eu já tentei…"

"Não quero morrer aqui. Por favor."

Mesmo depois de tudo o que ele me fez passar, isso é o que basta pra me fazer querer ajudar o meu irmão. Se ele estiver disposto a me pedir alguma coisa em vez de só fazer tudo sozinho, eu vou até o fim do mundo por ele.

"Tá bom." Talvez seja a maconha, a cama, as pantufas, a culpa. Não tava planejando ver o tio Ty de novo. Mesmo assim, digo "tá bom", Marcus desliga o telefone e sinto que os membros do meu corpo estão presos por um fio.

Marcus tá com medo. Dá pra ver pelo tremor na voz dele, um terremoto. Mas, mais do que isso, só de ouvir ele dizendo o nome do tio Ty já me diz tudo o que eu preciso saber sobre como ele está se sentindo por dentro. O calor das grades faz isso com as pessoas. Assim como uma sirene. Desde o dia em que a minha mãe disse que não tinha o número dele, eu sei onde procurar o tio Ty tanto quanto Marcus, ou seja, não sei. Liguei pra Shauna depois que a voz do meu irmão parou de reverberar na minha cabeça e ela disse pra eu cair fora, que sou a culpada pelo Cole ter sido pego e que ela não queria fazer mais porra nenhuma pra mim. Os olhos úmidos de sua filha bateram forte na minha cabeça, olhando pra mim. Meu rosto, um pedaço velho de papel.

Se o Marcus tá dizendo que o tio Ty é a solução, não tenho por que duvidar dele. Ninguém acredita em Deus porque tem provas, mas porque sabe que não existem provas contrárias.

Alê me disse que podia ficar com o Trevor por uns dias enquanto eu dava um jeito nisso, e agora estou beijando a testa dele, mesmo ele se contorcendo todo pra sair de perto de mim.

"Beleza. Te vejo daqui a alguns dias", digo, dando um sorriso largo o suficiente para parecer simpática. Trevor acena com a cabeça e Alê estica o braço pra encostar a mão na minha bochecha, passando o dedão no meu rosto antes de me deixar ir embora.

Passo pela porta, ando pela sombra na longa caminhada até o Regal-Hi. O mesmo caminho que eu e o Marcus fizemos na última vez em que ele veio comigo visitar a Alê, quando começamos a nos afastar igual as miçangas das minhas pulseiras quando alargava o elástico. Quando chego no portão do Regal-Hi, não deixo o azul da piscina me distrair, ainda que o cheiro tente, aquele cheiro tão puro que quase parece real. Então sinto um fedor de enxofre com cloro e lembro que não dá pra confiar em nada muito saturado.

Pelas manhãs, eu e o Marcus costumávamos brigar pra ver quem ia escolher qual desenho iríamos assistir. A gente fazia guerrinha com o controle remoto, gritava, chorava, implorava e o que mais fosse necessário pra poder comandar aqueles botões. Às vezes, um de nós pegava o controle remoto e batia na cabeça do outro por impulso. Quem apanhava ficava inchado ou sangrando, aí a nossa mãe repreendia quem batia e dava o controle remoto pro outro. Quando era eu que batia, ficava sentada chorando num canto. Não por querer o controle ou por me sentir mal. Eu só queria poder voltar no tempo e não acertar aquele plástico no osso dele. Só queria voltar atrás.

É mais ou menos essa a sensação: impotência. É como seguir por uma estrada que nos traz até aqui, depois notar que tem um atalho que não sabíamos que existia e não conseguir chegar lá. Como se a estrada que chega até o destino final nunca tivesse sido a única e o tempo tivesse me feito esquecer disso, até chegar nesses momentos tristes em que eu acabo me lembrando, quando a neblina some e eu olho pra trás e vejo uma bifurcação, um outro caminho.

Entro no meu apartamento, tão vazio sem o Trevor, e sento no braço do sofá. Ligo pro número que a mulher do terno roxo me passou, enquanto roo o último pedaço de unha até sangrar. Ela atende no segundo toque.

"Pegaram meu irmão."

"Oi? Quem tá falando?"

"Kiara Johnson. Uns policiais pegaram o meu irmão e ele tá em Santa Rita e eu não sabia mais pra quem pedir."

A mulher do terno roxo fica em silêncio por um tempo. Quando volta a falar, parece que está tensa. "Lamento ouvir isso, Kiara. Na verdade, preciso te contar uma coisa, se é que você ainda não ficou sabendo."

"O quê?"

"Ontem seu nome apareceu na imprensa. Por enquanto, só o nome de guerra, mas não vai demorar muito pra que eles tenham seu nome completo e endereço. Tá passando em todos os jornais, principalmente os do porto, mas chegou no *L.A. Times* hoje de manhã. Desculpa."

Penso na ameaça do 220, que ele diria o meu nome se eu dissesse o dele, e eu nem contei nada pra ninguém, mas eu devia ter imaginado que um deles me denunciaria, que eu não conseguiria sair dessa no anonimato também.

A terninho roxo tosse. "Quero te ajudar e ajudar o teu irmão, mas não tenho nenhuma jurisdição sobre as prisões, Kiara."

"Não era isso que eu ia pedir. Preciso falar com o meu tio, mas não tenho o número dele e pensei que talvez você soubesse um jeito de encontrá-lo, investigando ou algo assim."

Quase consigo sentir a mulher do terno roxo balançando a cabeça no escritório dela. "Tenho acesso a um banco de dados de carteiras de motorista. Se ele tiver tirado a carta na Califórnia, eu conseguiria acessar algumas informações de contato. Estou disposta a olhar, mas preciso que você faça algo por mim também."

"Já não sofri o suficiente por sua causa? Sério que você vai pedir mais?"

"Só estou tentando te ajudar, Kiara."

Cansei de todo mundo me pedindo pra fazer alguma coisa, mas se ela vai me dar o que eu mais preciso, não tenho lá muita escolha. "Tá bom."

"Eu tenho uma amiga. O nome dela é Marsha Fields, ela é advogada e pode te ajudar com tudo o que está prestes a acontecer na investigação. Quero que você ligue pra ela, tá bom?" Parece que ela tá tentando convencer alguém a não pular da ponte.

"Tá bom."

Ela fala o número e eu anoto num pedaço de papel.

"Com relação ao seu tio, você pode me passar o nome completo dele e a data de nascimento?"

Eu quase nunca chamava o tio Ty de outra forma que não fosse pelo apelido, por isso levo um tempo pra lembrar de onde vem o "Ty".

"Tyrell Johnson. Ele nasceu no dia 8 de agosto de 1973."

Lembro que o Marcus fazia cartões pro tio em todos os aniversários e ele mesmo colocava na caixa do correio. Fico aguardando enquanto a mulher do terno roxo digita algo no computador, ouvindo o som do teclado pela ligação.

"Apareceram três resultados na Califórnia."

Ela me passa os três números, que eu escrevo embaixo do contato da advogada.

"Valeu", digo.

"Imagina. Não esquece de ligar pra srta. Fields."

Desligo e olho ao redor da sala. Pras mesmas paredes que moramos desde que eu e o Marcus nascemos, desde que os nossos pais se encontraram e pensaram que estavam construindo um milagre de família antes de cairmos num vórtice de desgraça. Com mais parentes mortos e presos do que vivos e livres.

Ligo pra cada Tyrell Johnson, na ordem. O primeiro cai na caixa postal, mas percebo que não é o tio pela voz da secretária eletrônica. Ligo pro próximo. Discar esses números é como tentar arrecadar fundos pra caridade, sabendo que o estranho do outro lado da linha não quer comprar porra nenhuma. Fico surpresa quando alguém atende e ouço a voz dele, parecendo a mesma de sempre, uma versão mais baixa da do papai. O tio Ty é mais novo que o meu pai, até mais novo que a minha mãe, e acho que ele tenta fazer uma voz de gente mais nova também, porque parece que junta as palavras.

"Tio Ty?"

Silêncio.

"Como você conseguiu o meu número?" Ele não parece feliz em ouvir minha voz, mas também não desliga.

"Não esquenta, não tô ligando porque quero o seu dinheiro ou pra você vir cuidar da gente nem nada do tipo. Eu e o Marcus estamos metidos numa enrascada e eu não sabia mais pra quem ligar." Dou uma pausa, esperando que ele comece a falar, que diga que ficaria feliz em ajudar, que se arrepende de ter ido embora, mas ele não fala nada disso. "O Marcus disse que você tá devendo uma pra ele."

"Então, por que é que não é ele quem tá ligando?" A voz do tio Ty fica mais branda, a menção ao nome do Marcus o amolece.

"Ele tá em Santa Rita."

"Essa família tem algum tipo de tesão pela morte? Eu disse pra sua mãe que eu não queria mais contato depois do julgamento."

Lembro do dia em que o tio Ty foi embora. Ele nem se deu ao trabalho de dizer o porquê de estar partindo e, em vez disso, simplesmente parou de atender o telefone, arrumou um número novo e falou pra mamãe nos avisar da próxima vez que fôssemos fazer uma visita pra ela, mas ela tava tão perdida naquela época que nem lembrou da conversa. No começo, Marcus tinha certeza de que o tio Ty tinha sido morto ou sequestrado, mas eu sabia que não. A voz do tio Ty tocou naquele clube e depois eu ouvi no rádio e era inconfundivelmente ele, com um beat que abafava metade da letra. Ficamos procurando ele e, de repente, apareceu uma página da Wikipédia sobre ele, depois um contrato assinado com uma gravadora, sendo que um pouco antes disso tudo ele era só uma página em branco, impossível de ser rastreada.

Marcus continuou acompanhando a vida do tio Ty por meses, vendo as notícias que surgiam, as fotos dele em tapetes vermelhos. Eu não imaginei que ficaria com tanta raiva, mas ouvir o tio Ty do outro lado da linha, pagando de certinho, me faz ficar puta, me dá vontade de falar que ele não tem direito nenhum de julgar a família da qual ele não faz mais parte.

"Eu não tô nem aí pro que fez você ir embora, só sei que o Marcus precisa de você e disse que você tem que vir visitar ele em Santa Rita. Não sou eu que tô pedindo, você sabe que eu nunca quis nada de você, mas ele tá precisando."

Tio Ty não diz nada, mas respira alto, como se tivesse segurado ar na boca antes de soltar. "Beleza. Vou colar lá amanhã, mas não vou ficar, tenho uma vida aqui pra cuidar. Você ainda tá morando no Regal-Hi?"

"Sim."

Tio Ty diz que vai pegar um carro e me encontrar no Regal-Hi de manhã, daí vamos juntos visitar o Marcus, porque ele não quer ir sozinho. Parece que ele quer desligar, mas eu não deixo.

"Não tô entendendo. Por que você não quer ir ver ele? Achei que ele era o único que você gostava."

Tio Ty pigarreia. "Já te falei, eu tenho toda uma vida aqui."

"E daí? Você não se importa com ele?" Nem sei por que dou a ele a chance de se explicar, mas preciso ouvir a resposta.

"Claro que eu me importo, só não quero ver ele desse jeito, beleza?"

A voz dele ainda está muito fria, e por algum motivo não acredito nele. Não tem a ver com visitar o Marcus na cadeia ou ver seus hematomas, tem a ver com ele, com não querer sentir remorso ou se apegar a arrependimentos. Depois que a gente desliga e a minha raiva evapora no ar, não deixo de me perguntar se o tio Ty faria o que esperamos a vida toda que ele fizesse por nós: nos salvar. Levar a gente com ele pra Los Angeles ou só começar a ligar toda semana, comprar um microfone e uma mesa de som pro Marcus, algo que faça valer a pena sonhar, pra que ele não dependa mais do Cole, ajudar a gente a sair da vida que nunca escolhemos. Mas não sou idiota e não confio no tio Ty o suficiente pra me permitir ter esperança de que ele mude quem ele é.

Estou andando de um lado pro outro no portão do Regal-Hi, olhando a piscina de merda brilhar com o sol da manhã. O tio Ty está a caminho, me mandou uma mensagem meia hora atrás dizendo que já tinha pousado e que iria me buscar lá na frente. Ele nem sai do carro, só buzina o sedã preto e eu destranco o portão, desço na calçada e abro a porta do carro pra me deparar com outro rosto que nunca esperei que reaparecesse na minha vida.

Tio Ty deixou o cabelo crescer e fez dreads curtos que pendem feito uma coroa na cabeça dele, e só de sua camiseta branca ter buracos pré-rasgados já dá pra ver que custa mais do que os sapatos. Tio Ty sorri mostrando os dentes, como se fossem a parte mais importante do sorriso, dá uma batidinha no banco do passageiro e, quando entro no carro, ele toca no meu ombro.

Deve ser a primeira vez que lembro do tio Ty me tocando, e ele só está fazendo isso para disfarçar o constrangimento dessa viagem de carro, desse mundo para o qual ele voltou por pouco tempo.

"Você cresceu." Ele volta pra rua, acelera e entra no fluxo de carros da rodovia.

"Faz tempo", digo.

Tio Ty parece não ter envelhecido um dia sequer, mas dá pra perceber que algo nele envelheceu. Ele tá com o celular conectado ao rádio e toca um feat que ele fez; um ego se inflando dentro do carro. Mas o rosto dele não me engana, não com o jeito como seus olhos se lançam pela estrada, como seus lábios se contraem.

Tio Ty pigarreia. "Só quero que você saiba que eu li as notícias sobre os policiais, juntei as peças e tô ligado que é você." Ele tosse. "Acho que alguém precisa te dizer isso, então acho que vai ter que ser eu: seu pai estaria muito decepcionado."

Viro a cabeça pra olhar pra cara dele. "Você não pode falar porra nenhuma sobre o meu pai sendo que você deixou os filhos dele à própria sorte. Você não sabe nada sobre mim ou sobre a minha vida ou sobre o que meu pai teria pensado."

No dia em que o papai foi preso, minha mãe estava fazendo o nosso cabelo. Foi a primeira vez que ela fez box braids de verdade em mim, daquelas que passam dos ombros. Marcus tinha nove anos e ela ainda arrumava o cabelo dele também, geralmente twists e nagôs, se não tivesse muito curto. Era um lance que levava o dia inteiro e mamãe sentava a gente no chão na frente do sofá e nos deixava assistir desenho na televisão antiga.

No meio do dia, dois dos amigos do papai, que eram dos Panteras Negras, foram lá em casa assistir ao jogo de futebol, então ele tirou o nosso desenho e eu quase tive um troço, até que ele prometeu que me colocaria pra dormir naquela noite. Eu sempre implorei pro papai me fazer dormir, porque a mamãe só dava um beijo na minha testa, enquanto ele ficava até eu cair no sono, me contava várias histórias sobre a época em que eu nem era nascida, quando era só o tio Ty e ele.

Naquele dia, os amigos do papai sentaram ao lado da mamãe no sofá e um deles se virou pra mim, com a barba comprida e torta, e disse que meu cabelo estava ótimo. Não tínhamos motivos pra pensar que aquele dia seria diferente de qualquer outro, até que bateram na nossa porta, papai abriu e, em seguida, vimos armas sendo apontadas e ele saiu algemado junto com os amigos, acusados de cúmplice de tráfico de drogas, embora papai tenha alegado que não sabia de que drogas eles estavam falando. Mamãe implorou pra que eles soltassem o papai enquanto eu e Marcus nos escondíamos atrás do sofá com metade do cabelo trançado, esperando que a porta finalmente se fechasse, que mamãe nos levasse às pressas pro banheiro caso os policiais voltassem, que ligasse pra todas as pessoas que ela conhecia, tentando encontrar uma maneira de chegar ao papai. Naquela noite, fiquei esperando ele voltar pra casa e cumprir sua promessa, me colocar debaixo das cobertas, mas ele nunca voltou.

Papai sabia o que era decepcionar e ser decepcionado, e nunca imaginei que ele olharia pra mim e diria que falhei com ele, que diria qualquer outra coisa senão um "te amo".

"Precisava falar isso." Tio Ty balança a cabeça.

"Você não tem que falar merda nenhuma pra mim. A gente tá fazendo isso pelo Marcus." Mantenho meu olhar fixo na estrada e tento ignorar a presença do tio Ty na música que soa muito parecida com as que o Marcus tentava fazer.

Tio Ty tenta me contar sobre Los Angeles, mas eu não escuto, não quando estamos nos aproximando da prisão, de uma longa fila de viaturas na entrada e de um prédio enorme de concreto, de uma cadeia um pouco menor do que aquela em que o nosso pai passou três anos. Ele estaciona e eu desço do carro, deixando meu celular no banco. Tio Ty faz o mesmo e me segue pela rampa até o prédio onde fazemos o cadastro e esperamos nosso encontro com o Marcus.

Eles chamam a gente e o tio Ty é o primeiro a se levantar, ansioso, parecendo que vai vomitar a qualquer momento, enquanto seguimos um guarda pelo corredor e entramos na sala enorme com mesas alinhadas e diferentes homens vestidos de cinza em frente aos seus visitantes. Marcus está lá, sentado, com os olhos escaneando todo mundo até nos ver. Seu semblante se transforma em surpresa quando ele avista o tio Ty, e depois eu, depois tio Ty de novo.

Sentamos na frente do Marcus, ele pega uma das minhas mãos e aperta. Nenhum de nós diz nada, a mão dele treme segurando a minha. O tio Ty olha pra mesa e depois pro Marcus, e finalmente fala alguma coisa: "Voei até aqui só pra te ver".

Balanço a cabeça, pensando em como esses caras nunca aprendem nada, em como o tio Ty só precisava dar as caras e mostrar que se importa e, em vez disso, ele começa com essa besteira.

Eu olho pro tio Ty antes de voltar pro Marcus. "Fala o que você precisa falar pra ele, mas saiba que tenho uma advogada e que vou te ajudar a sair daqui."

Marcus balança a cabeça e eu queria que ele parecesse mais bravo, mas ele parece resignado, ferido, com os olhos flutuando perdidos pela sala até pousar no tio Ty.

"Você é a razão de eu estar aqui." Marcus diz isso com toda a calma do mundo, como se estivesse contando pro nosso tio o que comeu no café da manhã.

Tio Ty parece surpreso. "Tudo o que eu fiz foi te ajudar, de te levar comigo quando você pediu a te ensinar a rimar melhor. Não coloca a culpa em mim sendo que foi a sua mãe que errou." Ele dá um soco na mesa.

"Não esperei que minha mãe fizesse nada por mim. Foi você, foi você que me criou e depois virou as costas pra mim, e não sobrou nada seu além da música, então eu me meti numa confusão pra poder continuar vivendo igual a você, mas eu não sou você." Ele enruga as pálpebras como se fosse começar a chorar. "Deixei a Ki sozinha por sua causa e agora a gente veio parar aqui e eu preciso que você enxergue. Olha em volta, Ty, olha."

Tio Ty arregala os olhos por um segundo, mas Marcus espera até que ele vire o corpo, veja os joelhos com calças de moletom balançando debaixo das mesas, veja duas crianças correndo uma atrás da outra até o detector de metais e depois voltando, veja dois canos no teto se revezando pra pingar. Ele olha pra mim, sentada nessa cadeira, me agarrando à única família que me resta, Marcus olhando de volta, nós dois olhando pro tio Ty, pra esse homem que não é mais um de nós.

O pescoço do tio Ty perde a capacidade de sustentar a cabeça e ela pende, um homem chafurdado na vergonha. Ele olha pra cima. Observo enquanto ele e Marcus se encaram e a mão do tio Ty avança pra tentar segurar a outra mão do sobrinho, mas meu irmão a coloca de volta no colo. Estar sentada aqui parece errado, testemunhar essa ruptura final entre eles.

"Você tem que entender que cuido da sua família faz tanto tempo que, quando a sua irmã morreu, eu percebi que não tinha nada que fosse meu. Que você não era meu filho e que sua mãe não era minha esposa e que não tinha mais espaço pra mim aqui. Então, quando um amigo meu ofereceu pra eu morar com ele em Los Angeles, parecia ser a minha chance, como se eu pudesse conquistar algo maior, e como você já tinha dezoito anos, pensei em deixar você viver a sua própria vida. Como eu ia cuidar de vocês e ter minhas próprias coisas ao mesmo tempo?" Os cotovelos do tio Ty estão apoiados na mesa, apoiando a cabeça nos braços, e ele está olhando pra gente com aqueles olhões vermelhos dele. "Vocês dois começaram a me lembrar a sua mãe e eu não conseguia mais olhar pra vocês do mesmo jeito, não depois do que ela fez, depois do que ela se tornou, então fiz uma última coisa, paguei a fiança dela, e tive que ir. Eu precisei ir embora."

Marcus balança a cabeça, com as lágrimas rolando, aperta a minha mão com tanta força que os dedos acabam ficando amarelos. "Não importa mais o que você pretendia fazer, o que você fez foi isso aqui." Marcus bate a mão na mesa, a vibração atinge o tio Ty, que volta a sentar direito.

"Desculpa." Ele olha pra mim, depois encara o Marcus. "O que eu posso fazer pra melhorar as coisas?"

Não confio nele ou no seu pedido de desculpas, mas consigo sentir seu desespero, a vontade de ser perdoado.

"Não dá." A voz do Marcus falha.

O guarda perto da gente avisa que falta uns cinco minutos e o tio Ty se inclina um pouco na mesa, chegando mais perto do Marcus. "Faço qualquer coisa."

Marcus mexe a cabeça devagar. "Leve a Ki pra Los Angeles com você."

Tio Ty olha pra mim de cima a baixo, como se estivesse avaliando se o Marcus vale tudo isso.

"Você sabe que eu não posso fazer isso, Marcus. Tenho uma família lá fora, não posso levar nenhum de vocês dois comigo."

Marcus inclina a boca num sorriso que, na verdade, parece mais uma careta de dor, como a cara que o Trevor faz quando perde um jogo. "Então acho que acabamos por aqui."

Marcus começa a se levantar, soltando a minha mão.

"Espera." Tio Ty também se levanta e vejo que eles são quase da mesma altura. "Pelo menos me deixa pagar sua fiança. Eles fixaram em cem mil, né? Posso pagar os dez por cento."

Vejo Marcus balançar a cabeça, olhar para mim e voltar pro tio Ty. "Paga a fiança do Cole McKay, não a minha. Passei muito tempo não fazendo a coisa certa por ninguém. O mínimo que eu posso fazer é devolver um pai pra filha dele."

Os olhos da filha do Cole aparecem de novo na minha mente e é como se eu visse o próprio Cole neles, quando ele cai na gargalhada e eles brilham. Não sei se o Marcus faz isso por mim, pelo Cole ou pela filha dele, mas acho que nunca senti tanto orgulho do meu irmão, nunca olhei pra ele e pensei *este é um homem bom*. Ele ainda tem muito pra consertar e eu não sei se algum dia vou conseguir perdoá-lo pelo que fez no ano passado, mas ter um vislumbre da pessoa que eu sei que meu irmão é me traz um lampejo de esperança que nunca pensei ter novamente.

O guarda se aproxima do Marcus pra levar ele de volta pra cela, de volta pros corredores deste lugar, e, pela primeira vez, ele não olha pro tio Ty ou pra qualquer outro rosto nesta sala, mas pra mim. Antes de ser puxado pra fora da mesa, ele me deixa com um último vislumbre de um sorriso que reconheço da época que não sabíamos o quão sozinhos podíamos ser, e um flash da minha impressão digital desaparece pelo corredor.

Tio Ty estaciona numa vaga bem em frente ao Regal-Hi, virando-se pra olhar pra mim pela primeira vez desde que levantamos daquela mesa. Ele não botou a própria música pra tocar na volta, também não falou mais nada, mas agora resolve abrir a boca.

"Eu sei que fiz a minha escolha anos atrás, quando entrei naquele carro e nem deixei meu número com vocês. Eu tenho consciência disso." Os olhos dele ainda estão vermelhos, sem lágrimas — não que eu esperasse isso. "E vocês também fizeram suas escolhas, mas quero que saibam que ainda estou lidando com as consequências."

"Você tem mais do que um carro e uma mansão do caralho, tio Ty. Você não faz ideia do que são consequências."

"Tenho um carro e uma casa grande o suficiente pra morar com a minha esposa e os meus filhos, tá? Não sei de onde vocês tiraram que eu tava rico, mas estou prestes a gastar o dinheiro que gastaria nas férias com a fiança do seu amigo, então não venha falar de grana comigo. Além disso, as maiores consequências não têm nada a ver com dinheiro." Ele olha pro Regal-Hi, atrás de mim. "Na última vez em que vi sua mãe, ela tava presa e era como se fosse uma pessoa totalmente diferente da mulher que eu conhecia. A merda toda que ela passou, que todos nós passamos, muda a pessoa, e eu não conseguia lidar com isso, sabe? Ainda não consigo. Em vez de odiar a sua mãe por não ser mais quem ela era, eu devia ter descoberto a pessoa em quem ela se transformou, mas decidi ir embora e agora não conheço mais nenhum de vocês, de verdade. Essa é a consequência que eu enfrento."

"Então agora você vai só entrar num avião e ir embora? Nunca mais vamos nos ver? Você tava falando sobre o papai ficar decepcionado comigo sendo que na verdade você é o único que teria decepcionado ele."

Tio Ty vira pro volante. "Eu fiz a minha escolha. Você fez a sua."

Ele nem olha pra mim, nem se despede, nem nada, só fica esperando que eu saia do carro antes de cair fora, voltar pra onde a areia é quente e ele não precisa pensar no Marcus, nas coisas que deveríamos ter feito diferente e no que significa ter uma vida da qual não dá pra fugir.

Abro a porta do meu apartamento e Trevor está lá, de pé no colchão, só de cueca, dançando alguma música dos Backstreet Boys que toca no rádio. Ele olha pra mim e faz aquele sinal com a cabeça, um menininho disfarçado de homem.

"O que você tá fazendo aqui?", pergunto. "Cadê a Alê?"

"Ela me trouxe de volta faz mais ou menos uma hora. Disse que ia te ligar."

Tiro o celular do bolso e aparece uma notificação de chamada perdida da Alê. Ela deve ter ligado enquanto estávamos com o Marcus.

"Vou ligar pra ela", digo ao Trevor, indo pra cozinha, e levo o aparelho até a orelha. Alê me atende no segundo toque e consigo ouvir, pelo tom da voz dela, o aperto em seu peito.

"Ei. Você tá bem?"

"Eles acharam que tinham encontrado o corpo da Clara." A voz dela treme. "Chamaram a gente pra fazer a identificação, mas não era nem o rosto dela. Era uma outra mulher de vinte anos espancada e morta." Alê não aparenta estar prestes a chorar, mas sim pronta pra ir dormir, como se precisasse dar um jeito de construir muros antes de desmoronar. "Minha mãe tá bem atordoada e eu tenho que cuidar dela, tomar conta do restaurante e tudo mais. Não posso mais ficar com o Trevor." Ela diz isso de um jeito duro, não como se não se importasse, mas como se não soubesse como se importar agora.

Eu não sei o que dizer. "Sinto muito, Alê. Mas já que não é ela, pelo menos significa que a Clara ainda pode estar por aí. Ainda existe esperança. Você precisa de ajuda com alguma coisa? Eu posso pegar um turno no restaurante ou…"

"Não. Eu só não consigo ficar perto de você agora, sendo que você escolheu isso pra sua vida. Ela não teve escolha, Kiara, e pode ser que também esteja morta. Só preciso de um tempo, ok? É muita coisa. Você, minha mãe, o Trevor. Não consigo lidar com isso agora." Alê desliga antes de eu conseguir me despedir. Trevor está bem ali, parado, olhando pra mim, e por isso nem tenho tempo pra pensar em como o rosto dela deve estar, todo choroso, marcado. Em como ela nem consegue mais ouvir minha voz.

Me recomponho. "Somos só nós dois, moleque", digo, tirando o meu tênis e indo até o colchão, onde ele continua se equilibrando, com a barriga inchada e os ossos aparentes. Tento esquecer a voz da Alê, boto no fundo, atrás de todas as outras merdas em que a gente tem que pensar.

Ele dá um sorriso. "Vamos fazer umas panquecas?"

Como sempre, um "sim" é a única coisa que tenho a dizer pra ele. Dez minutos depois, estamos cobertos de farinha e a mão dele está mergulhada num pacote de M&M's, porque não temos gotas de chocolate. Ele pega os confeitos e despeja na tigela com a massa. A panela está chiando no fogão e agora que Trevor já está grande o bastante, ele que despeja a massa. Quando faz isso, põe tanto que acaba enchendo a frigideira, formando um círculo perfeito.

"Já tá bom." Pego a tigela antes que toda a massa seja jogada na enorme panqueca que já tá desgrudando do fundo, exceto no meio. "Você sabe que vai demorar bastante pra cozinhar, né?"

Trevor dá de ombros e eu abro um sorriso, balançando a cabeça. A música no rádio é um techno bop novo e acho que não tem muito ritmo, mas ele começa a pular, se contorcendo e se sacudindo pelo quarto, se jogando no colchão. Ele aumenta o volume do som, e o apartamento é tomado pelo chiado do techno, tanto que nem consigo ouvir quando alguém bate na porta. O que me faz virar pra olhar é a luz que invade o lugar quando ela se abre.

Vernon está lá, do mesmo jeito de sempre: com um black quadradinho, calças cargo salpicadas do que deve ser graxa, tinta ou água. Para um homem tão baixinho, ele parece muito maior do que é, os passos dele são um baque pesado no chão. Fico olhando ele tentar assimilar o que tá vendo. A panqueca, o som, a farinha nas minhas mãos, a dancinha do Trevor.

"A Dee tá por aí?" Ele se vira pra mim, sua voz competindo com o techno.

Olho pro Trevor e ele abaixa o volume.

"Não, não tá", respondo, cruzando os braços no peito pra esconder as mãos. "Por que você não dá uma passada no apartamento dela?"

Ele balança a cabeça devagar, examinando a sala mais uma vez. "Já fui. Imagino que você não saiba que horas ela volta, certo?"

"Eu tô de babá. Por que você tá perguntando pra mim?" Luto contra o impulso de bater de frente com ele, de empurrá-lo pra fora e bater a porta na cara dele.

"Pensei que talvez você soubesse. Eu tô passando pra cobrar o aluguel." Ele faz uma pausa. "Mas aproveitando que já tô aqui, tenho que te falar que faz parte do protocolo do meu trabalho alertar as autoridades sobre qualquer negligência com um menor de idade. Tá me entendendo?", ele fala devagar, como se o que realmente quisesse dizer estivesse escondido no espaço entre cada palavra.

"Não vejo por que você teria que fazer isso. Tenho certeza de que a Dee volta logo, daí eu aviso que você passou cobrando o aluguel." Ainda estou encostada no balcão, esperando que ele vá embora. Ele me olha nos olhos por um momento e depois acena com a cabeça mais uma vez antes de sair e fechar a porta. Me viro e o Trevor está bem na minha frente, ainda de pé no colchão, e eu nem tenho certeza se ele continua piscando.

O cheiro faz os meus olhos voltarem pro fogão, onde o meio líquido da panqueca agora está duro e as laterais estão queimadas. "Merda!", reclamo, procurando a espátula. Desligo o fogo, mas a panela está quente o suficiente pra continuar cozinhando. Coloco a espátula debaixo da panqueca, tentando levantar a massa. Sai só um pedaço, todo troncho.

Trevor aparece ao meu lado um tempo depois, com um garfo na mão. "Eu pego um lado e você pega o outro", diz ele, enfiando a ponta do garfo na massa da panqueca. Eu coloco a espátula debaixo do outro lado, contando até três, e no "três" a gente levanta os braços e viramos.

A panqueca se divide em duas, agora com o lado queimado voltado pra cima, todo preto. Eu olho pro Trevor e o rosto dele se enche de tristeza, os lábios se contraem.

"Ó, tá tudo bem. A gente põe cobertura e vai ficar bom do mesmo jeito." Ele ainda não está chorando, mas percebo que as lágrimas estão prestes a rolar pelo seu rosto. "Senta aí que eu dou um jeito."

"O mesmo jeito que você dá com a mamãe?", ele retruca.

"Do que você tá falando?"

"Você sempre diz que vai dar um jeito, mas a gente ainda tá nessa."

Trevor balança a cabeça e se afasta, vai sentar no chão em frente ao colchão. Tento achar uma resposta enquanto procuro xarope de bordo nos armários, acabo encontrando na prateleira de cima, onde guardamos a garrafa vazia do meu aniversário. Tiro cada metade de panqueca da frigideira e monto-a de novo num prato. Pode estar queimada e rachada, mas ainda forma um círculo perfeito.

Despejo uma espessa camada de xarope que desce bem devagar, viscosa. Esta é a mágica dessa cobertura: sempre deixa no ar o mesmo cheiro doentio. A mistura perfeita de açúcar com algo muito forte pra ser natural. Não tem gosto nem de xarope e nem de bordo. Só a crocância dos waffles de torradeira cobertos de doce.

Levo o prato e dois garfos pra onde Trevor está sentado e os coloco no chão. Entrego um garfo pra ele e sento na frente dele. Ele está com os olhos baixos e não sei dizer se está olhando pra panqueca ou pra dentro das próprias pálpebras.

Antes que eu tenha a chance de dizer qualquer coisa, ele começa a falar. Sua fala parece um murmúrio, e eu nunca o ouvi falar deste jeito: sem clareza, com uma voz bem fraquinha.

"O que você disse?" Me inclino pra mais perto.

"Minha mãe vai voltar?"

"Não sei", digo a ele.

Sei que ele tem mais o que dizer, mais perguntas escondidas debaixo da língua, mas não consigo dar respostas que vão destruir uma criança. Como você diz pra uma criança que ela tá sozinha? Não tem como explicar esse tipo de solidão que dá um nó no estômago, que faz a gente pensar que deve ter algo escondido dentro do corpo, algo que faz o mundo se virar contra nós. Tipo quando o papai morreu e a mamãe me contou que iam transformar o corpo dele em cinzas depois do velório. O corpo do papai meio que virou uma panqueca queimada. Fiquei sem olhar nos olhos da minha mãe por uma semana. E como eu poderia? Tudo desmoronando e ela queria que eu pensasse que ela permaneceria lá, que seria a exceção.

"Onde que o Marcus tá?" Trevor ainda não deu nenhuma mordida na panqueca, ainda não olhou pra mim.

"Ele não está mais por aqui", digo, principalmente porque estou com muito medo de dizer qualquer outra coisa.

"Por quê?" Trevor olha pra mim e os olhos dele brilham com uma raiva que acho que eu nunca tinha visto.

"Porque ele tá na cadeia."

"Minha mãe também tá lá?"

"Não."

É quase pior dizer isso. Ver a testa dele franzida, tentando entender como que alguém poderia abandonar ele sem uma cela ou um túmulo que os obrigassem a ficar longe um do outro.

"Ela vai voltar?", ele pergunta de novo, dessa vez olhando nos meus olhos.

"Acho que não", respondo, e ele deita a cabeça no colchão pra ficar olhando pro teto.

Uma hora depois, Trevor está roncando, empanturrado de panqueca. Ligo pro número que prometi pra mulher do terno roxo que ligaria, pois não tenho outra opção com esses dois meninos lascados precisando de mim e eu sem energia pra dar o que eles precisam e ainda continuar respirando. Marsha Fields responde com um chilrear e eu falo; não tenho mais nada a fazer a não ser deixar as palavras saírem.

Marsha é loira. Não apenas loira, como também tem os olhos mais azuis que eu já vi na vida. Ela é pequenininha, mas fica alta com o salto agulha e a saia lápis, como todas as séries de TV previram que ela seria. No entanto, cá está ela, ao lado da piscina de merda, tentando fingir que não está incomodada: os resquícios do cheiro, com enxofre preso em cada molécula, mesmo depois dos produtos químicos que o Vernon despeja uma vez por mês.

Quando liguei pra Marsha, não esperava que ela dissesse que estaria aqui assim que amanhecesse, que calharia de isso ser às nove da manhã e que o rosto dela seria tão angelical, sem uma manchinha. Ela tem o cabelo tão fino que deve dar pra arrancar inteiro só com um puxão, e a camisa por baixo do blazer tem gatinhos, um look casual de domingo metido numa saia lápis.

Marsha dá um passo a frente e fica perto o bastante para estender a mão pra mim. Antes de cumprimentá-la, eu a encaro por um momento, fico analisando o tamanho dos seus dedos. Marsha começa seu discurso de *prazer em te conhecer*. Ela é toda cheia de brilho, com uma base em pó cobrindo o rosto, e parece estar vivendo sua melhor vida, enquanto eu sou empurrada pra quartos com homens, ternos e uniformes, recebendo ligações de celulares. Quero ser grata, quero ver Marsha como um deus, mas uma grande parte de mim se ressente dela, de seus saltos altos e da maneira como entra e sai de um ambiente sem precisar pedir permissão pra ninguém. Também aposto que ela ganha seis dígitos por mês.

Ela fala mais rápido do que eu já ouvi alguém falar, como se sua língua estivesse numa corrida de revezamento com as palavras. Pego alguns trechos, digiro apenas o que realmente entendo. Marsha joga um monte de juridiquês que ela sabe que só alguém que fez faculdade de direito entenderia.

Enquanto fala, ela movimenta as mãos, representando as palavras. Toda vez que diz "eles", ela levanta uma das mãos e a joga sobre o ombro, meio que revirando os olhos. Não sei se ela tá falando dos policiais, dos detetives, do Departamento de Polícia ou, cacete, talvez esteja falando de todas aquelas pessoas brancas nos quartinhos, se fantasiando com revólveres. Mas provavelmente não, já que isso incluiria ela mesma no "eles", e ela parece achar que faz parte do "nós", como se entrasse no meu apartamento e se sentisse em casa mesmo no vazio, com paredes nuas e sem uma cama.

Quando termina o discurso, Marsha dá meia-volta em direção ao portão, doida pra fugir do Regal-Hi, como se estivesse prestes a ser engolida. O carro dela está no fim da rua e Marsha anda rápido do meu lado, dá passos gigantescos que nem deviam ser possíveis com aquelas perninhas tão curtas. Tento imitar seus gestos, abrindo meus punhos e fazendo meus braços balançarem mais. Me pergunto por que ela faz essa coisa de esticar as pernas mais do que o necessário.

Marsha continua andando do mesmo jeito, e acho que deve ser assim que ela se movimenta. Fico com falta de ar fazendo isso, volto a caminhar da mesma forma de sempre, relaxada e sem encolher a barriga. Marsha para do lado de um carro preto que deve ser o dela e pega as chaves. Aperta um botão e o farol do carro pisca.

Marsha não consegue ficar parada, então imediatamente começa a dirigir e volta a conversar. "Hoje normalmente é meu dia de folga, mas eu e a Sandra conversamos na semana passada e ela disse que você me ligaria, explicou a sua situação." A princípio, não sei de quem ela está falando, até perceber que Sandra deve ser o nome da terninho roxo. "Não costumo pegar trabalho pro bono, porém você é um caso especial, querida. Imagino que vai ser muito difícil você conseguir uma representação adequada. Da próxima vez, sempre peça a presença de um advogado se algum detetive estranho quiser sentar com você pra te interrogar. Ainda bem que você me ligou."

"Acho que você não entendeu, não sou eu que tô precisando ser representada. É o meu irmão, o Marcus, ele precisa de um advogado", digo.

Marsha sorri. "Não, meu bem, você é que precisa de um advogado. A Sandra não te explicou? Logo, logo você estará num tribunal e ter a presença de uma boa advogada já é meio caminho andado."

"Mas é meu irmão que tá preso. Quer dizer que eles vão me prender também?"

O sorriso de Marsha desaparece e ela parece cansada de mim. "Não, acho que não, mas isso não significa que você está segura. A gente pode falar do seu irmão também, talvez eu possa ajudar, mas vamos começar por você primeiro."

Marsha continua falando, e o devaneio dela me dá tempo pra olhar pela janela, aproveitar a velocidade da rodovia e o porto que se estende sem fim, cortado somente pela ponte, enquanto seguimos em direção ao centro da cidade, mais perto da água do que qualquer caminho que eu costumo fazer. Penso na sala do interrogatório, no tanto de metal, no que pode ter saído da minha boca depois de todas aquelas horas, num momento em que eu só queria voltar pra casa pra ficar com o Trevor.

Toda vez que olho pra Marsha, sinto vontade de me afastar dela, de pular da janela do carro e mergulhar direto no mar. Nunca estive tão perto de uma mulher branca e agora preciso acreditar em tudo o que ela me diz. Não que ela não pareça de confiança. Seus olhos são bonitos — tudo bem que se mexem um pouco demais e que ela é meio impulsiva, mas é de um jeito parecido com o que o Trevor fica depois que a gente ganha umas partidas seguidas e as apostas aumentam o suficiente pra pagar uma conta ou duas. Marsha com certeza nem pensa nas contas que precisa pagar, só curte sentir que tá ganhando, subindo de nível, comprando um segundo carro.

Marsha liga a seta pra sair da pista. "Quando chegarmos ao escritório, você vai precisar assinar umas coisas pra que a gente tenha privilégios de advogado-cliente, acordos contratuais. Daí podemos discutir os detalhes do seu caso. Geralmente, trabalho como advogada de defesa, mas, por enquanto, você não parece ser ré. Mas te adianto que você vai precisar de um advogado muito bom, porque com a porcaria que eles já estão fazendo, pode ter certeza que o caso vai ficar ainda mais complicado. Está muito em evidência, ou ficará, e precisaremos ser extremamente cuidadosas com as aparências. A partir de agora, tudo o que fizer, você conversa comigo antes."

Com isso, jogo o meu corpo contra a janela. "Eu não pedi nada disso", falo, com a respiração embaçando a janela. "Só tô tentando ajudar o meu irmão."

Marsha continua gesticulando enquanto fala, deixando o volante livre por um tempo até pegá-lo de novo. "Ninguém nunca pede. Se você não quer a minha ajuda, não posso prometer que você não vai virar ré em alguns meses, semanas ou dias. Como eu disse, posso tentar ajudar o seu irmão também, mas nada do que eu disser vai adiantar alguma coisa se você não me ouvir."

Não vou ganhar nada ficando contra a Marsha, então continuo olhando pela janela até ela parar no estacionamento de um gigantesco prédio comercial. Estamos na Jack London Square, a parte mais fria da cidade, bem perto do mar. Ela abre a porta do motorista e eu abro a minha, sigo o barulho dos saltos dela pelo labirinto de carros até a entrada do prédio.

Ela pega uma chave na bolsa, abre a porta e segura pra eu entrar. Tem um segurança sentado numa mesa, mastigando um palito. Ele dá um "oi" pra Marsha que, em seguida, diz: "Bom te ver, Hank". Hank fica vermelho na hora e desliza de um lado pro outro com a cadeira.

Marsha vai direto pro elevador.

"A gente tem mesmo que entrar nessa coisa?", pergunto, a ansiedade explodindo no meu peito só de pensar em ficar presa em outra caixa de metal.

Marsha olha pra mim, balançando o cabelo loiro. "Você prefere subir seis lances de escada?"

Sei que ela acha que é uma pergunta retórica, mas não ligo de suar um pouco se isso significa que terei liberdade pros meus próprios pés.

"É você que tá de salto alto", digo. Ela me encara como se estivesse confusa, como se tentasse decifrar o meu rosto. Em seguida, tira os sapatos, ficando só com as meias nos pés, e vai segurando eles até uma porta ao lado do elevador, que dá pra essas escadas de concreto que nem parecem ser de um prédio corporativo.

Marsha me deixa subir na frente, acho que mais por achar que eu vou desistir no segundo lance. Não desisto. Quando a gente chega no sexto andar, o cabelo ralo dela está suado e a base derretendo. Fico cansada, mas não mais do que depois de brincar de lutinha com o Trevor. Marsha diz que precisa parar um pouco e eu fico olhando ela se recompor, tirar um lenço de papel da bolsa e enxugar tudo o que dá pra secar.

Marsha não só é baixinha, mas também compacta, tem ombros musculosos que se escondem dentro do blazer, até que ela o tira por causa do calor. Se não conhecessem ela direito, pensariam que a Marsha treina, que ela é rata de academia, mas o músculo faz parte de sua estrutura natural e eu duvido que ela tenha feito algum exercício desde que saiu da escola.

Eu me agacho, só pra descansar os meus joelhos, apoio os braços neles e olho pra ela. "Eu preciso mesmo estar em casa já, já, vamos acabar logo com isso?"

Marsha abaixa pra colocar os saltos de volta e depois alonga o corpo como se estivéssemos numa aula de yoga. Ela não fala nada, provavelmente ainda sem fôlego, mas continua andando pelo corredor, muito parecido com os da polícia de Oakland, tirando o fato de ter piso acarpetado. Sinto vontade de tirar os sapatos e enfiar meus pés no carpete pra pisar em algo macio.

Marsha destranca a porta e me convida a sentar numa cadeira laranja, a única cor viva da sala. O escritório dela é como eu imagino que seja um consultório de terapia: pôsteres emoldurados com citações nas paredes, todas em um tom suave de azul e branco, como se tivessem sido copiadas e coladas direto do Pinterest. Também tem pinturas de flores nas paredes e a mesa dela é polida. Atrás da mesa, a sala tem portas de vidro de correr que dão para um terraço com vista pro porto.

Marsha olha ao redor como se também fosse a primeira vez dela aqui, suspira e diz: "Queria algo que fosse mais tranquilo, sabe? Lá fora é tudo muito pesado".

Marsha deve ter pesquisado "como despertar sua melhor versão" e achado algum artigo da *Cosmo* sobre realização pessoal. E deve estar funcionando pra ela.

A cadeira laranja, na verdade, parece uma nuvem, sinto que tô sentada na penugem de um dente-de-leão.

Marsha ainda não se sentou. "Você quer um pouco de chá? Café?"

"Que tal um hambúrguer?"

Ela ri mais do que deveria. "Mas ainda não são nem dez da manhã."

"Mas é sério, eu tô com uma fome do caralho." E eu de fato estou, não como nada desde aquela panqueca que dividi com o Trevor, e ele acabou ficando com o maior pedaço.

"Eita." Marsha se mexe, olha em volta como se fosse tirar um hambúrguer de uma das gavetas. "Eu posso pedir alguma coisa."

"Você vai pagar?"

"Claro." Ela sorri, feliz por me ver concordar com alguma coisa. "Não sei o que está aberto a essa hora, talvez o restaurante italiano do fim da rua."

"Italiano?"

Marsha diz que não conhece outros lugares que trabalham com delivery, então falo pra ela pedir uma pizza e ela pergunta qual sabor eu quero e eu respondo que quero a que tiver mais carne. Ela dá uma risada que me diz que tá desconfortável e tentando me entender. Digo que ela deveria pedir uma grande pra gente dividir mas ela diz que está cortando carboidratos e eu digo que isso é bobagem porque ela também é filha de Deus e merece uma comida gostosa.

Uns vinte minutos depois, Hank bate na porta segurando a pizza.

Marsha finalmente se senta na cadeira ao meu lado. Coloco alguns pedaços no meu pratinho de papel e alguns no dela.

Marsha tenta recusar, mas digo que não vou falar nada se ela não comer, então ela coloca o prato no colo e começa a tirar todo o queijo, com muito cuidado pra não comer a borda.

Fico observando ela tirar meticulosamente.

Enquanto esperávamos a pizza, Marsha me fez assinar o contrato que tinha comentado. Eram páginas e mais páginas de letras miúdas, mas ela me fez ler tudo, disse que não se deve assinar nada sem ler antes. Depois, trouxe as fotos. Não sei como conseguiu tão rápido, mas ela tem o retrato impresso do rosto de cada um dos policiais, claros como a luz do dia, de farda e distintivo com os números. Ela só não tem gravação da voz deles, o que teria feito com que eu reconhecesse cada um em meio segundo. Mesmo assim, lembro de todos, lembro de como era a pele, de como seus dedos se curvavam, de cada covinha, de cada careca.

Faz sentido. É tudo o que consigo pensar quando o vejo: faz todo sentido. As sardas do 612 estavam ainda mais vermelhas nessa foto, como se um blush se misturasse com sua habitual falta de cor, e ele estava sorrindo, mostrando os dentes. Parecia forçado. Tudo nele era forçado. O Jeremy Carlisle com quem acordei naquela manhã não olhou nos meus olhos; mas o Jeremy Carlisle da foto, sim.

Foi o 612 que escreveu meu nome na carta de suicídio. Foi ele que virou meu mundo de cabeça pra baixo.

Não contei nada disso pra Marsha porque ela me orientou a não começar a falar enquanto não mandasse.

Depois de preparar as fatias que ela vai comer, Marsha volta a atenção pra mim. "Vou gravar essa conversa, pra depois poder transcrevê-la como parte do seu arquivo. Só tem a gente aqui, então fique à vontade pra dizer o que você quiser." Ela coloca um gravador na mesa e aperta o botão vermelho. "Tudo bem. Antes de tudo, preciso que me explique o relacionamento que você estabeleceu com todo e qualquer membro do Departamento de Polícia de Oakland, principalmente os policiais Carlisle, Parker e Reed."

É engraçado ouvir o nome deles, nomes que não consigo atribuir a uma pessoa, porque eles nunca foram isso pra mim. Nunca fizeram parte dos ramos de uma árvore genealógica e nunca foram homens que deram esses sobrenomes para suas esposas. Eles eram números, distintivos, bocas. Conto pra Marsha que não sei exatamente quem são Parker e Reed, e que tudo o que sei é sobre os primeiros policiais que me encontraram naquela noite na Trigésima Quarta e me enfiaram dentro do carro deles. Conto de todas as vezes em que eles se recusaram a me pagar e disseram que estavam me pagando com proteção. Conto pra ela sobre o dia em que os detetives apareceram na piscina, sobre aquela sala fechada comigo dentro, sobre os olhos, sobre os formigamentos. Conto do 612 — Carlisle — e de como ele me tocou, de como a casa dele era pra uma família de cinco pessoas, mas parecia abrigar só ele e uma arma. Conto que eles vieram atrás do Marcus e do Cole.

Marsha pede datas, horários e nomes como se eu lembrasse. Tudo o que sei é que os detetives apareceram no dia do meu aniversário e que o calor seguiu a gente.

Quando conto isso pra Marsha, ela pausa e me diz pra voltar um pouco. "Você teve contato com os policiais antes do seu aniversário de dezoito anos?"

Sinto que estou prestes a dizer algo que vai dar alguma merda pra mim, então hesito.

"É tudo confidencial, Kiara", lembra ela.

Eu dou uma mordida na minha pizza só pra ganhar tempo. Engolindo, respondo que sim.

"E eles sabiam a sua idade?"

Paro pra pensar e dou outra mordida. "Não tenho certeza. Alguns deles perguntaram e eu geralmente respondo que tenho idade suficiente, mas não acho que a maioria deles queria saber de verdade. Assim eles conseguem imaginar o que quiserem, cê sabe, fetiche por menininhas sem precisar lidar com as consequências."

Marsha faz mais perguntas que eu nem sabia que precisavam ser feitas e vai ficando cada vez mais claro que isso não vai acabar num piscar de olhos, comigo e com o Trevor voltando pras quadras na semana que vem. Tenho medo de perguntar pra Marsha, mas os nossos pratos já estão vazios e estamos chegando bem perto do ponto em que ela me diz o que eu não quero ouvir.

"O que vai acontecer depois?"

Marsha cruza as pernas, sacode as últimas migalhas da saia e inclina a cabeça. "Com toda a divulgação que o caso está tendo, provavelmente uma investigação criminal."

Dou risada. "Eles vão prender metade da polícia?"

Marsha ergue as sobrancelhas, balança a cabeça mais vezes do que precisa. "Ah, não, não é assim que funciona. Não com a aplicação da lei. Se as coisas correrem como eu espero, não deve acontecer nenhuma prisão, pelo menos não no começo. Em vez disso, pode acontecer um grande júri."

Não sei exatamente o que isso significa, mas já vi notícias o bastante para saber que quando um grande júri aparece é porque algum gambé atirou num homem negro e o governo quer fingir que se importa. Nunca deu em nada além de um menino negro no noticiário, encapuzado, em alguma reportagem sobre ele ter fumado maconha no oitavo ano. Eu já fiz coisas bem piores.

"Então eu vou pra julgamento?", pergunto.

Marsha respira fundo, explica enquanto toma fôlego. "Você tem que entender que um grande júri não é um julgamento. É o que vem antes de um. Se o júri decidir indiciar, eles basicamente estão dizendo que acham que têm motivos o suficiente pra um julgamento. Por isso, não vai ter prisão e, mesmo se tivesse, não seria a sua. Você é a testemunha-chave, então vai dar o depoimento principal. Como eu disse, o caso tá em evidência, embora tecnicamente os grandes júris não devessem ser públicos."

"E no meu caso?"

Marsha balança um de seus saltos. "No seu caso, a mídia fará com que não haja nada de privado nisso, tirando o que ocorrer no tribunal. Isso é totalmente privado." Marsha faz uma pausa. "Tráfico de pessoas é um crime muito grave, Kiara."

"Eu não fui traficada", respondo.

"Como você quiser chamar. Você era menor de idade e eles são homens adultos com autoridade."

O azul da sala cresce à medida que as palavras saem da boca da Marsha. Fecho os olhos por alguns segundos, esperando que, ao abri-los, a sala esteja rosa, amarela ou qualquer cor menos marítima do que essas estranhas paredes azuis com um quadro escrito KEEP CALM E SIGA EM FRENTE.

Abro os olhos, o azul ainda muito chamativo, e agora a náusea está voltando forte, a pizza ameaça dar as caras de novo. Meu rosto deve estar me denunciando, porque Marsha pergunta se estou bem e eu pergunto se a porta do terraço abre e acho que ela diz que sim; na verdade não ligo muito pra resposta, vou cambaleando até lá e puxo até ela abrir e chego na beirada do terraço, olhando pro porto lá embaixo.

Se existe algo contrário a enjoo de mar, acho que é isso o que o porto faz comigo: tudo se acalma assim que o cheiro de sal me atinge, sinto a brisa do mar na barriga, o vento fazendo mais nós no meu cabelo. Não que eu me sinta livre, o que sinto é que estou em casa. Provavelmente mais em casa do que em qualquer outro lugar, o que é irônico, porque lá também é azul, e sei que me afogaria se as ondas me pegassem.

Marsha vai atrás de mim, pergunta se estou bem várias vezes, mas ainda não tenho energia pra responder. Abro a boca pra que a maresia toque a minha língua. Quero sentir esse gosto, descobrir se o porto existe pra além de tudo isso. Não importa se todo o resto desmoronar amanhã, o porto vai estar sempre aqui, com gosto de sal, sujeira e madeira dos barcos que já carregaram tanta gente.

Olho pros navios lá embaixo, vejo um deles passando debaixo da ponte. Imagino que em algum lugar lá dentro uma garota parecida com Clara, com o cabelo mais preto que o da Alê, ou com a Lexi, da festa do Demond, pequena e trêmula, está espremida entre as pilhas de carga. O som das águas, das ondas se quebrando, é a única coisa constante.

E aqui estou eu, sobre as águas. Penso no que a Alê me disse, sobre eu ter escolhido isso e a Clara não — e, de alguma forma, eu estou aqui e ela se foi. O mundo é bem injusto. É sempre uma possibilidade morrer quando se está nas ruas, mas não parecia real até agora, sabendo que a Alê poderia estar agora mesmo planejando o velório da irmã e que eu sou só um lembrete do que pode ter acontecido com ela.

O mínimo que posso fazer é agradecer por estar viva. Se eu fui sortuda o bastante pra não ter me perdido, então talvez o meu irmão possa ter essa sorte também. Viro pra Marsha, que está de pé e me observa com certo constrangimento.

"E o meu irmão?", pergunto. Nada disso importa se eu não puder ter o Marcus de volta e, sem o tio Ty, não tenho mais a quem recorrer. Preciso trazer ele pra casa, pra que ele possa fazer tudo diferente, ser uma pessoa melhor.

Marsha fica um minuto olhando pro mar e se aproxima de mim no parapeito. "Isso tudo é pior para a polícia do que eles vão deixar você saber. Se jogarmos bem com as nossas cartas, podemos usar o seu irmão como alavanca, numa espécie de acordo."

"Que tipo de acordo?" Já entrei em muitos acordos que terminaram com o bolso vazio, o coração apertado e a minha vida totalmente exposta.

Marsha sorri. "Essa é a melhor parte. Nós temos o poder. Eles vão tentar fazer de tudo pra você achar que são eles que têm, mas não é você quem tem tudo a perder."

Parece que sou eu, sim.

"E se eu decidir não prestar depoimento?"

"Eles vão te intimar, querendo ou não, daí você não tem outra alternativa senão estar lá. A única coisa sobre a qual você tem controle é o que você diz."

"E se eu mentir?"

Marsha solta um suspiro, esfrega um lábio contra o outro. "Você estará sob juramento e eu te orientaria a nunca quebrá-lo. Mas, se você decidir mentir, provavelmente o seu irmão vai ficar na cadeia por um tempo considerável e o grande júri não indiciará, o que significa que todos os policiais envolvidos podem continuar a fazer o que quiserem sem sofrer as consequências."

"E se eu disser a verdade?" O sol finalmente encontrou uma brecha no céu e Trevor deve estar começando a despertar do sono de domingo.

Marsha relaxa o corpo inteiro, seus ombros caem pela primeira vez. "Se você disser a verdade, então temos uma chance de ser indiciado e de mudar a forma como esse tipo de coisa funciona. Depois disso, podemos processar a polícia e conseguir o dinheiro suficiente para que você nunca mais precise fazer isso." Ela suspira. "Por enquanto, vamos nos precaver. Eles vão jogar de tudo com você. Assim que o escritório do promotor nos alertar sobre a intimação, precisaremos estar prontas pra todas as perguntas, todos os detalhes que eles possam perguntar. Apenas o promotor, os jurados e um escrivão estarão presentes no seu depoimento, já que o grande júri é fechado. Isso significa que precisamos nos preparar pra que você nem precise de mim no tribunal. Por enquanto, você fica fora do radar. Não quero que você fique na rua e não quero você perto de nenhum policial em hipótese alguma. Entendeu?"

Faço que sim com a cabeça e sei que, confiando na Marsha, estou desistindo da vida nas ruas, desistindo de muita coisa que se transformou no meu mundo, pelo menos por enquanto. Pensei que seria uma vitória, e é, mas também parece um enterro, sendo que ainda tô tentando dar sentido ao tempo, aos homens e ao que eu desisti pela sensação de estar no controle, de ser dona de mim mesma até o instante anterior ao que eu desabo e lembro de tudo. Àquele momento em que fico cansada e com frio, em que só quero me enrolar numa cama, não num sofá, e comer algo que não seja feito no micro-ondas. Marsha está dizendo que eu estou livre, mas ainda estou lidando com as repercussões das ruas, do trabalho que era pra ser só mais um e se tornou muito mais do que isso.

Marsha parece bastante satisfeita, diz que vai me levar pra casa. Sobrou metade da pizza e ela diz pra eu levar. Trevor vai devorar o resto, encher a barriga até que eu não consiga mais enxergar as costelas dele. Pensar nisso me faz sorrir de verdade pela primeira vez na semana.

Antes de me deixar sair do carro, Marsha estende o braço e aperta a minha mão. Sua mão é tão pequena que creio que dois punhos dela seriam do tamanho de um punho meu. "Se você agir como se soubesse pra cacete o que está fazendo, as pessoas vão acreditar que você sabe mesmo. E é isso, é assim que você ganha." Ouvir um palavrão sair da boca da Marsha é como ouvir um cachorro falar, e eu sei que ela está falando sério, não tenho como ignorar. Concordo, saio do carro e vou até o meu portão.

A piscina de merda me recebe, e esta é a última vez que passo por ela sem gritos de repórteres, flashs estourando, seguranças que a Marsha contratou me dizendo que estão aqui pra me escoltar. Esta é a última vez que olho pra névoa, o sussurro discreto, o redemoinho de água bem do lado de fora da minha porta. A intimação chega na manhã seguinte e quase me esqueço de como foi acordar com a Dee rindo, com o Marcus no sofá e com um dia inteiro borrado sob a luz da rua.

Trevor quer porque quer aparecer nas câmeras. Toda vez que a gente sai de casa, ele fica bravo comigo porque saímos pelos fundos, caminho que nenhum dos repórteres conhece. Reclama e diz que, se for pra eu ficar famosa, ele também quer. Ele não faz ideia do que tá pedindo, mas o jeito com que segura a bola de basquete me lembra o jeito que eu quero segurar o braço dele, manter ele bem perto de mim.

Estamos presos em casa hoje, porque a Marsha me ligou e disse pra eu não sair, pra eu não abrir o portão pra ninguém. Ela parecia estar em pânico, falando muito rápido, e chego a pensar que finalmente chegou a hora: eles com algemas em mãos pra me prender, me colocando na linhagem familiar de gente atrás das grades. Marcus me liga todo dia, parecendo cada vez mais sombrio, e percebo que ter perdido o tio Ty enfiou ele num espiral de sofrimento. Sempre digo pra ele que estou tentando dar um jeito, mas a Marsha não fala nada sobre ele e quase todo dia eu penso que é melhor parar de atender quando ela ligar. Mas daí eu teria de contar a verdade pro Marcus: que ele provavelmente não vai sair dessa. E com isso eu teria que contar a verdade pra mim mesma: que estou tão sozinha quanto o Trevor.

Trevor está sentado no colchão com um baralho inteiro espalhado na sua frente, feliz que não foi pra escola hoje. Não sei qual jogo ele pensa que tá jogando, mas tá parecendo o jeito que eu embaralhava antes da Alê me ensinar a forma correta. Sigo tentando falar com ela, mas faz dias que não me atende e eu sou orgulhosa demais pra ligar mais uma vez e só ouvir a voz dela na caixa postal do outro lado da linha.

Marsha me pediu pra encontrá-la no portão dos fundos às onze. São 11h03 e digo pro Trevor que já volto, desço as escadas e vou até lá. Dá pra ouvir o bafafá dos repórteres da High Street, do outro lado da piscina. Quando abro o portão dos fundos, Marsha está lá parada com a mão na cintura, a cabeça inclinada um pouco pro lado e as sobrancelhas levantadas, como faz quando fica irritada comigo.

"Você tá atrasada", diz ela.

Nem faço questão de responder porque não vai mudar nada e Marsha já deveria saber que eu nunca apareço no horário. Subo com ela até o apartamento. Disse pro Trevor hoje de manhã que uma mulher branca viria conversar comigo, então ele tá lá sentado com a cabeça apoiada em uma das mãos, sem olhar pras cartas, só esperando por ela. Os olhos dele brilham só de ver a Marsha, como se ela fosse um brinquedo novo, e não dá pra culpá-lo por isso.

Vejo ela entrar. Marsha primeiro pisa com os calcanhares, de salto, enquanto a gente pisa duro, descalços. Aqui no nosso apartamento, ela parece deslocada, com medo de o chão rachar com ela em cima.

"Quer sentar?", pergunto pra ela, apontando pra cadeira de balanço.

Eu sento no balcão, pra conseguir ver tanto Marsha sentada na cadeira como Trevor olhando pra ela do colchão. Marsha solta o peso do corpo e se encolhe quando a cadeira de balanço começa a se movimentar. Vai e volta. Vai e volta. Ela se acomoda no balanço, cruzando uma perna sobre a outra.

"Teve uma movimentação nessas últimas semanas", diz Marsha, parecendo uma âncora de jornal pronta pra dar uma notícia trágica. "A polícia entregou três chefes na semana passada e nos pediram pra falar com a chefe interina, o nome dela é Sherry Talbot."

"Tudo bem." Não sei exatamente por que a Marsha parece tão agitada, com os ombros tensos, quase tocando as orelhas. Ela começa a contar a história toda, do início ao fim, montando os pedacinhos, como sempre faz. Eu olho pro Trevor e ele tá com os olhos fixos nela, nem pisca.

Pelo visto, tem fotos de um dos chefes na mesma festa onde eu trabalhei, aquela em que a mulher do terninho roxo — a Sandra — falou comigo pela primeira vez. Com isso, ele acabou sendo vinculado ao acobertamento. É assim que eles estão chamando: o acobertamento. Não tenho certeza se se refere a mim ou a eles, se eles acobertam o fato que aconteceu ou o fato de que todos eles sabiam que tinha acontecido. Marsha me diz que não está muito claro, que é tudo informação de jornal pica.

"A questão é que a mais nova chefe nos chamou pra falar com ela hoje e eu aconselho que participemos dessa reunião."

"Por quê?" Eu balanço minhas pernas pra frente e pra trás, soltas no balcão. "Se você não gosta dela e não somos obrigadas a nada, pra que ir?"

"Ela tem contatos. O que quer que ela diga pode afetar a investigação ou o seu depoimento." Marsha diz que não tem muita certeza de que eles vão indiciar, apesar de dizer também que a maioria dos grandes júris termina com indiciamento e que normalmente eles não têm intenção de prender as próprias pessoas que estão fazendo parte dele. A preocupação a está consumindo. Ela volta a falar. "Ou pode ajudar o Marcus."

Ergo a cabeça ao ouvir isso e pulo do balcão. "Eu vou. Que horas?"

"A reunião começa ao meio-dia. Meu carro está estacionado lá fora."

Aceno com a cabeça, já calçando os sapatos.

Vou até o Trevor. "Volto daqui umas horas. Tem comida na geladeira, tá bom? Não saia por nada nesse mundo." Dou um beijo no topo da sua cabeça e ele se contorce todo, como sempre.

Marsha levanta da cadeira de balanço com dificuldade, mas recupera o equilíbrio, ajeita a saia, abre a porta e a luz inunda todo o apartamento. Eu vou lá pra fora com ela, descendo as escadas, o que leva uma eternidade, porque Marsha para em cada degrau pra ter certeza de que seu calcanhar está totalmente seguro.

Saímos pelos fundos, com a cabeça baixa, mas pouco antes de chegarmos no carro um monte de repórteres alcança a gente, perguntando o que eu acho da renúncia do chefe Clemen poucos dias depois de o chefe Walden renunciar, se eu já tinha falado com os dois, se o prefeito está envolvido no acobertamento, se eu conheço a nova chefe.

Marsha me leva pra porta do passageiro e corre o mais rápido que pode com sua saia lápis pro lado do motorista, entra e logo liga o carro.

As últimas duas semanas foram um turbilhão que se dividiu entre agradecer a todos os deuses que devem existir por eu ter conhecido a Marsha e querer muito que ela engolisse esses saltos inteiros. Marsha conseguiu que uma ONG me desse um dinheiro do fundo de emergências pra que eu quitasse as dívidas e fizesse o mercado. Parei de tentar pagar o aluguel da Dee e, alguns dias atrás, ouvi batidas na porta dela e a mais nova notificação de despejo colada na pintura. Vernon está falando sério dessa vez, não vai mais adiar o despejo. Todas as coisas deles vão ser colocadas pra fora na semana que vem. Ninguém veio atrás do Trevor ainda, mas tem noites que, quando vejo ele encolhido no colchão, temo que venham pegá-lo.

Quando Marsha apareceu com o cheque do fundo de emergência, meu corpo se encheu de culpa e eu tive vontade de gritar com ela, mesmo que tudo o que ela estivesse fazendo fosse nos ajudar a sobreviver. Efeitos colaterais de ter passado tanto tempo não dependendo de nada além dos meus próprios pés e do movimento dos meus quadris: não consigo parar de agir desse jeito, deixar o porto fluir.

Marsha tem uma lista de acusações que ela disse que precisaremos apresentar contra a polícia e contra alguns civis assim que o grande júri acabar. Tentei dizer pra ela mais uma vez que eu não queria fazer nada disso, que eu só queria voltar pra vida que tinha antes das sirenes. Marsha disse que é dessas acusações que eu posso tirar o dinheiro, e nunca vi uma mulher branca e baixinha se parecer tanto com o meu irmão.

Depois disso ela trouxe a Sandra pra me convencer de que se trata de justiça, de mostrar pra eles que não dá pra fazer essas coisas e sair impunes. Embora eu saiba que uma mulher pode ser tão perigosa quanto os homens, como é o caso da detetive Jones, às vezes você encontra aquelas que têm cicatrizes pintadas sobre a pele como se fossem constelações, e você tem em mãos algo melhor do que a lua, melhor do que qualquer coisa. Alguém que sabe o que é se apegar ao que aconteceu com ela, querendo ou não. Duvido que ela conheça as ruas como eu, mas tem algo na Sandra que faz com que eu me identifique.

Agora, na pista, imploro pra Marsha me deixar dirigir, como sempre faço quando estamos juntas no carro. É um ritual.

"Você tem carta de motorista?", ela pergunta.

"Ainda não, mas estou te dizendo: sou uma ótima motorista. Por favor, Marsh. Vai, deixa."

Ela nega com a cabeça. "Não vou te deixar dirigir meu carro sem habilitação."

Sempre que ela me diz "não", começo a vasculhar seu porta-luvas. Ela deixa por alguns segundos antes de começar a ter espasmos, depois me pede "por favor, larga isso aí", o que, é claro, eu não faço. Ela tem um monte de post-its espalhados com mensagens esquisitas, como "batatas" e "retorne a ligação dele".

Bufando, Marsha diz: "Não acredito que me submeti voluntariamente a isso". Ela prende o cabelo loiro num rabo de cavalo enquanto tenta dirigir em linha reta.

"Por que você fez isso?" Nunca perguntei pra Marsha por que ela decidiu dedicar metade do tempo dela comigo e com o meu caso, apesar de ter toda uma fila de pessoas que esvaziariam alegremente os bolsos com ela.

"Justiça, né?" Ela ri, mas dá pra ver pelo tom de voz dela que não é bem isso. Sem contar que eu acho que a Marsha não dá a mínima pra justiça. Não que ela não ligue, mas acho que ela só vive a curto prazo. E mulher ama ter dinheiro, ter suas próprias coisas.

"Mentira."

Marsha olha pra mim, vê algo no porta-luvas e pega. São óculos de sol, daqueles de marca, que ela põe e depois fala. "Eu te disse na primeira vez que a gente se viu. Esse é um caso de destaque, o que significa que meu nome será divulgado e conseguirei mais clientes." Não estou convencida.

"E?"

"E a maioria dos meus clientes só está disposto a me pagar tanto porque quer uma mulher como defensora em casos de violência doméstica."

"Sei. Você tá cansada de defender babacas."

Ela ergue a mão. "Eu nunca disse que você não era uma babaca."

Dou um cutucão nela de brincadeira. "Vai se foder." E, pela primeira vez desde que nos conhecemos, Marsha não me corrige, não me diz pra parar de falar palavrão. Ela sorri e mexe de novo no porta-luvas, tirando outro par de óculos. Ela me entrega e eu os coloco. O mundo fica com essa cor avermelhada que deixa tudo abafado.

Paramos na sede do Departamento de Polícia de Oakland e, dessa vez, o metal não me parece tão assustador. Quase que nos dá as boas-vindas; talvez seja o castanho-avermelhado, ou a maneira como ele desbota tudo num marrom familiar. Ou pode ser a presença da Marsha. Agora já consigo acompanhar seus passos, então caminhamos lado a lado, seus saltos estalando, meus tênis rangendo, o piso nem um pouco preparado pro tipo de mulher que somos.

Marsha não para na recepção, como eu esperava; vai direto pro elevador pessoal. Ninguém para uma mulher que parece mandar no lugar. Não importa que ela não tenha um distintivo, que esteja com uma menina negra de jeans rasgados seguindo ela: a maioria das mulheres brancas se acha a dona do pedaço, e com Marsha não é diferente.

Hesito, mas sigo ela até o elevador que, tirando a gente, está vazio. Ele nos deixa no último andar e é como dar um passeio pela vereda da memória até a primeira vez que entrei nesse prédio. Eles já substituíram o nome na porta do chefe, agora tem um pedaço de fita com "Talbot" escrito com caneta permanente. A porta está entreaberta.

Marsha dá uma batidinha pra avisar que chegamos e Talbot pede pra gente entrar e sentar. A sala é toda cinza, contrastando com uma poltrona com estofado amarelo descascado.

Talbot se levanta assim que a gente entra e a gente troca apertos de mão. Ela é baixinha, racialmente ambígua de um jeito que me faz ter certeza de que, enquanto ela crescia, as pessoas perguntavam o que ela era e ela provavelmente só respondia "humana", porque quando você deixa as coisas no ar é mais fácil ser inflexível e franca como a Talbot. Ela estende a mão pra mim e eu aperto, lutando contra cada noção que tenho de certo e errado. Marsha diz que aparência é tudo e que devemos mantê-la.

Marsha puxa uma cadeira dobrável do canto da sala até a mesa, onde Talbot já voltou a se sentar. Sento na poltrona amarela e olho pela janela. É começo de maio e a primavera está a pleno vapor, flores se abrindo e o céu mais azul do que nunca, nem a ponte está coberta pela neblina. Um monte de gaivotas voa pelo porto, deslizando sobre a água, produzindo uma sombra espelhada.

Engulo em seco e me sento igual a Marsha, costas retas, pernas cruzadas. Tem um rasgo bem no joelho da minha calça e eu instintivamente começo a mexer nele. Sempre que faço algo que não deveria, Marsha inspira bem fundo, como o barulho que antecede uma palestra, e não diz nada. Ela espera que eu me toque. Apoio as mãos na perna e reviro os olhos, algo que ela odeia que eu faça.

Talbot nem hesita antes de começar a fazer as propostas que envolvem dinheiro, algo sobre "tornar isso mais fácil para ambos os lados". Marsha intervém, diz que se forem fazer um acordo, terá que ser feito dentro da legalidade.

Talbot começa a falar sobre o Marcus. Nunca ouvi palavras tão desagradáveis e sem um pingo de emoção saírem da boca de alguém. Ela é monocórdia, como se estivesse conversando sobre os planos pro jantar enquanto fala mal da minha família, dizendo que conhece alguns juízes que adorariam dar uma boa sentença pesada pra drogados. Diz que conhece alguns agentes da condicional também, se por acaso minha mãe estiver querendo voltar pra trás das grades. O jeito que a Talbot fala, com os dentes estalando entre as palavras, o queixo arrebitado, com um sorriso que parece que nunca vai sumir, me faz ficar trêmula igual a Marsha no carro naquela hora.

A coluna de Marsha se endireita e fica claro que ela não quer mais ficar aqui. "Embora eu acredite que nunca tenhamos nos encontrado antes, delegada, eu conheço algumas pessoas com cargos superiores ao seu no departamento. Caso queira que eu entre em contato com eles a respeito de chantagem antiética e de intervenção numa investigação, terei o maior prazer em fazer isso." Marsha solta um sorriso igual ao da Talbot e acrescenta mais alguns dentes.

Talbot tosse. "Não será necessário."

"Que bom." Marsha pega a bolsa que está no chão. "Se não tiver mais nada a dizer, vamos indo." Ela se levanta, gesticulando pra que eu faça o mesmo.

Talbot também se levanta, olhando diretamente pra mim. "Na verdade, eu esperava notificar a srta. Johnson sobre o nosso protocolo de conhecimento de proteção a menores negligenciados. Somos legalmente obrigados a notificar o Serviço de Proteção à Criança." Talbot fecha a boca e consigo ouvir os dentes dela se fechando. "Enfim, achei que você deveria saber disso antes de testemunhar."

Ela sorri de um jeito doentio. No mesmo tom daquela poltrona amarela.

A mão da Marsha está nas minhas costas, me empurrando pra fora em direção à porta, que ela bate com força atrás de si. Antes de irmos pro elevador, Marsha estende a mão e arranca a fita com o nome da Talbot.

No carro, percebo que o meu corpo todo está tremendo. Um tremor leve, mas constante, e o meu maior medo está virando realidade. Trevor foi a razão do meu viver nesses últimos meses e agora ele está em risco, outra vítima de uma escolha que eu não sabia que tava fazendo quando entrei no carro de Davon naquela noite. Marsha é quem deveria ajeitar as coisas, mas quando liga o carro, ela solta todo o ar do corpo e começa a xingar. Não vejo Marsha xingar tanto desde que seu salto quebrou enquanto andávamos pelo saguão do seu escritório na semana passada.

Ela ainda está fazendo isso, socando o volante daquele carro chique, quando me deixa na frente do Regal-Hi com as câmeras fora de vista. Começamos a revezar meu horário de chegada pra que os repórteres não soubessem, e a maioria deles já tinha caído fora. Tem dois deles sentados no meio-fio, olhando pro próprio celular.

Antes que eu consiga perguntar o que vamos fazer, Marsha me diz que mais tarde me liga e espera que eu feche a porta pra que ela fique repetindo, com uma voz estridente: *porra*.

"Trevor! O que aconteceu?" Assim que abro a porta, vejo gotas de sangue seco até o colchão, onde Trevor está enrolado numa coberta, cuspindo sangue no lençol com seu baralho ainda espalhado. Não consigo nem ver seus dentes quando ele abre a boca, o vermelho cobre o branco.

Me ajoelho na frente dele, coloco a mão embaixo de sua cabeça e a levanto pra que ele não tenha que suportar o peso do próprio crânio. Ele geme e inclina a cabeça um pouco mais até vomitar tudo na minha mão: o cereal favorito dele com cor de borgonha.

"Ah, querido." Eu uso minha outra mão pra pegar uma camiseta suja do chão e limpar a nojeira, que se espalha num redemoinho laranja e vermelho, grosso e aguado ao mesmo tempo. Puxo o corpo do Trevor, que está mole e imóvel, e ele fica todo largado no colchão, descansando a cabeça num travesseiro. "Acabou? Ou tem mais alguma coisa aí dentro?", pergunto. Ele não responde, mas balança a cabeça o suficiente pra eu me sentir segura em deixá-lo de barriga pra cima e ir pegar um pano e molhar na pia pra levar até ele.

O rosto do Trevor está tão coberto de sangue, tão inchado, que ninguém diria que ele tem os olhos mais lindos, que ele pode mudar da água pro vinho e ainda ser esse menino cheio de graça.

Mesmo musculoso e mais alto, Trevor continua magro. Levanto a camisa dele e seu lado esquerdo está começando a ficar roxo. Consigo ver o corpo dele se transformando em várias cores, se aprofundando e espalhando até o quadril. Repito: "Ah, querido", e ele agoniza mais uma vez. Aviso que agora vou tocá-lo e que vai doer.

Começo a limpar o rosto dele, mas não ajuda muito, pois o sangue já tá seco. Passo o pano e Trevor abre a boca o máximo que consegue e solta um grito escandaloso. Nunca vi um filhote de leão na vida real, mas imagino que deva ser assim quando eles são jovens e estão assustados.

O sangue não está sumindo do rosto dele, só migrando dos olhos pra boca. "Eu preciso te colocar debaixo do chuveiro, Trev. Vai estar gelado, então deve ajudar com esse machucado antes dos seus olhos fecharem por causa do inchaço."

Ele balança a cabeça, mexendo de um lado pro outro, começando com pequenos movimentos até ficarem maiores assim que eu o pego no colo.

"Eu preciso, meu bem. Perdão." Eu seguro ele com os meus dois braços e, apesar de estar mais alto agora, o corpo é ossudo e leve o suficiente pra que eu consiga carregá-lo embalado no peito, as pernas balançando enquanto eu me levanto e vou em direção ao banheiro.

Coloco o Trevor debaixo do chuveiro de um jeito que a cabeça dele fica encostada na parede. Ele cai assim que eu o solto pra ligar a água, que escorre cor-de-rosa.

Digo ao Trevor que vou foder com a vida de quem fez isso com ele, que é melhor ele me contar tudo assim que conseguir voltar a falar. Não sei mais o que dizer, mas ele volta a gemer, murmurar e vomitar.

Entro no chuveiro com o Trevor pra garantir que ele não engula nada do vômito ou da água, e seco seus olhos. Os barulhos que ele faz ficam cada vez mais altos e a única coisa que eu consigo pensar em fazer é cantar pra ele. Pergunto se ele quer uma música e ele não responde, mas também não balança a cabeça; só para de gemer um pouquinho.

Todas as músicas que já ouvi na vida passam pela minha cabeça, só que a maioria é instrumental, só com trompete ou baixo. A única com letra que eu lembro é aquela que o papai costumava cantar pra mim, a única música que ele cantou pra mim. Acho que é de algum cantor dos anos 1950 e é sobre um cara que queria bater na namorada, mas o jeito que o papai cantou fazia a gente achar que era uma música romântica.

não tô brincando
tô pronto pra briga
procuro o meu Trevor de noite e de dia

Troco pelo nome dele e, quando o pronuncio, seu rosto se contrai um pouco, e não sei bem se é um sorriso ou uma careta, mas ele não está mais grunhindo e o sangue já saiu quase todo de seu rosto. Fecho o registro e tiro as roupas do corpo dele antes de pegá-lo no colo de novo, agora pelado. Sento ele na privada e me levanto pra tirar minhas próprias roupas molhadas, ficando só com um top esportivo e uma cueca velha do Marcus. Me estico pra pegar o pote de manteiga de karité no armarinho do banheiro. Sento no chão em frente ao vaso sanitário e puxo Trevor pro meu colo, embalando ele de novo.

"Pronto, pronto, o pior já passou", cantarolo. "Isso também vai ajudar."

Encho a mão de manteiga e começo a esfregar nas costas do Trevor, lustrando cada costela até que o marrom de sua pele brilhe. Subo até a clavícula, o lado esquerdo está maior, inchado. Ele se contorce, mas não chega a resmungar. Quando passo pro pescoço e pro rosto, movimento as mãos em círculos. Ele volta a choramingar, dessa vez solta um gemido como quem finalmente consegue coçar onde tava coçando. Eu traço as letras do nome dele em sua testa, tentando ser gentil, mas com firmeza suficiente pra fazer o sangue circular.

Quando Trevor já está macio e brilhante, levo ele de volta pra cama, ponho no chão, pego umas roupas limpas na gaveta e começo a vesti-lo. Faço uma cama com travesseiros ao lado do colchão, pra poder lavar os lençóis, e coloco a mão no rosto dele. Mesmo com o banho, seus olhos ainda estão inchados.

"Pode dormir, querido, deixa o sono vir."

Em questão de minutos, ele começa a roncar de um jeito familiar enquanto eu dobro os lençóis pra colocar no cesto. Me perco tanto no ritmo de seus roncos que, toda vez que me viro, espero ver o rosto dele: lábios tão perfeitos, tranquilos, de criança. Mas a cena com que me deparo não tem nada a ver com isso. Ele foi espancado e está inchado e seus lábios são uma mistura de cores que eu gostaria que não existisse no seu mundinho; Trevor parece ser um homem dentro do corpo de um menino.

Começo a cantar de novo. Não porque acho que ele vai me ouvir, mas porque estou ficando tonta e tudo o que quero é que o papai saia do túmulo em forma de fantasma ou de lua e cante pra mim.

Acordo com uma batida na porta, ando cambaleando até a luminária. Dou uma espiada primeiro pelo olho mágico. Está claro lá fora e não tenho certeza se ainda não escureceu ou se já é sábado de manhã. Tony está bem na frente do sol, então o rosto dele fica escuro, mas seu contorno é desenhado na luz.

Abro a porta e saio, fechando-a silenciosamente atrás de mim. O sol está visível agora e deve ser de manhã, porque ele nasce no leste, bem em cima da piscina de merda.

"Oi." Levanto a mão na altura dos olhos para me proteger do sol depois que o Tony sai da frente dele.

As mãos dele estão nos bolsos de sua velha jaqueta jeans e ele sorri como se eu tivesse iluminado o mundo com uma única palavra.

O problema do Tony é que ele acha que vai dar um jeito em mim, assim como jura que vai dar um jeito em todo mundo. Ele não faz nada por si mesmo, prefere ficar orbitando ao meu redor, esperando pra me amar numa vida diferente. Tem dias que eu olho pro Tony e sinto vontade de tocar em seu rosto só pra ter certeza de que ele ainda está vivo, de que ele guarda um pouco de vida pra si mesmo. Daí tem dias que o Tony rouba a minha própria sombra. Como é que posso ficar sem fazer nada enquanto ele me observa, pronto pra entrar em cena e me salvar?

Depois que o Marcus foi preso, Tony me deu um tempo. Atendeu quando liguei, mas não aparecia a não ser que eu pedisse. Então, alguns dias após a intimação, liguei pra ele chorando depois que um dos policiais me agarrou do lado de fora da adega e enfiou os dedos dentro das minhas calças, me puxou, raspou as unhas nas minhas entranhas. Os dedos saíram com sangue escorrendo pelo punho e ele os enfiou na minha garganta, disse que eu tinha que lembrar daquele gosto. Disse que é isso o que vai acontecer se eu falar o nome dele. O problema é que eu nem sei como ele se chama, nem lembro o número do seu distintivo. Só reconheci vagamente o bigode e a voz de alguma festa. Agora não consigo tirá-lo da minha língua.

Assim que liguei pro Tony, ele me encontrou encolhida do lado da piscina, evitando entrar no apartamento em que o Trevor estaria me esperando pra preparar o jantar dele. Ele se ajoelhou na minha frente e não me perguntou o que aconteceu, mas tenho certeza de que ele conseguia sentir o cheiro. Deixei que ele me abraçasse, porque não sabia o que queria e o padrão é sempre tocar, sempre pele com pele, e Tony estava pronto pra me acolher.

Desde então, Tony não saiu mais do meu lado. Aparece no Regal-Hi quando estou arrumando o Trevor pra ir pra escola só pra escoltar a gente até o carro da Marsha ou até o ônibus. Às vezes ele passa pra jantar também. Tem dias que eu chego em casa e ele está lá fora, me esperando. Eu nem sei por que o Tony insiste em se meter na minha vida sendo que não precisa. Liguei pra ele ontem à noite enquanto o Trevor dormia, pedi pra trazer um kit de primeiros socorros.

"Ontem à noite você disse que ia me avisar quando fosse pra eu vir. Comprei o kit pra você", diz ele, me entregando a caixa de metal.

Faço um sinal pra porta do apartamento. "Ele acabou dormindo." Pego a caixa. "Obrigada. Trevor ainda não tá conseguindo falar, mas acho que ele levou uma surra."

"Que merda."

Eu pensei que ter o Tony aqui pra me ajudar a levantar o corpo pesado do Trev e dar comida pra ele na colher poderia ser bom. Mas tê-lo parado aqui, pronto pra consertar qualquer coisa que eu disser que está quebrada, só piora as coisas.

Eu amo ele, de verdade, mas não o conheço. Conheço Tony tanto quanto conheço o Cole e a Camila: eles estão lá, mas nunca perto o suficiente pra que eu saiba o primeiro nome da mãe deles ou quantos anos tinham quando começaram a pegar ônibus sozinhos.

"Posso te ajudar?" O rosto dele é uma mistura esperançosa de nervosismo e tristeza. Não deve ser nem nove da manhã e ele tá aqui, sendo que podia estar tocando a própria vida. Ele tá aqui, me encarando, o sol provavelmente queimando sua nuca, enquanto espera algo diferente do que eu sempre dei a ele. Ele não merece migalhas e isso é tudo o que eu tenho, tudo o que estou disposta a dar.

"Tony." Falo devagar o suficiente pra ver se ele entende. Ele olha pros pés enormes dele, depois pra mim. Ele não choraria na minha frente, mas isso é o mais perto que já chegou. "Você não precisa mais fazer isso." Minhas mãos estão manchadas com o sangue do Trevor e eu só consigo pensar em sair do sol, enquanto o Tony, acho, só consegue pensar em mim.

Ele abre a boca só o suficiente pra voz sair. "Você sabe que eu não ligo."

E essa é a pior parte. Saber que ele faria isso por décadas, até o dia em que a morte batesse na minha porta e só sobrasse pra ele o luto, visitando o túmulo de alguém que nunca deu nada a ele além das próprias cinzas. Acho que no mundo paralelo que a meia-noite nos revela, naquele lugar onde as pessoas andam meio esquisito, existe uma versão de nós dois em que estou bem com o Tony sendo tudo pra mim, segurando todas as pontas. Não é um mundo melhor, mas um em que estamos felizes com isso, em que não existe perseguição e em que eu não deixo que ele sofra o meu luto depois de tantos anos virando as costas pra ele, repetidamente me afastando e torcendo pra ele não me seguir mais.

Eu sempre esperei que acabasse assim: eu finalmente tendo coragem de implorar pra ele me deixar. "Sai dessa. Você não precisa de mim." Tenho evitado aquela expressão que apareceu em seu rosto desde o dia em que o Marcus me apresentou pra ele.

Tony nunca vai discutir comigo. Isso é parte do problema, eu acho. Sempre que eu ligar pra ele, ele vai me atender, vai correr até mim do jeito que eu gostaria que a Alê corresse, quando tudo parece estar dissolvendo. Não posso sentar na beira da piscina e deixar o Tony me abraçar só porque não gosto da brisa, porque não gosto da noite sem ele me seguindo.

Ele pega a minha mão, leva-a até os lábios e a beija.

Observo Tony sair, voltando provavelmente pra um mar de câmeras, e sei que tenho que decidir, mais cedo ou mais tarde, o que vou fazer da minha vida. Como vou chegar ao ponto em que essa cidade será minha e do Trevor novamente e ganharemos todas as apostas até termos um império do nosso corpo são e salvo. Talvez tudo comece naquele tribunal daqui a duas semanas. Ou nessas ruas. Ou mergulhando os pés na piscina. De um jeito ou de outro, sei que não tenho muito tempo pra escapar dessa armadilha.

Não consigo parar de verificar o olho mágico. Nem sei exatamente quem estou esperando ver do outro lado, com os olhos esbugalhados. Talvez a polícia. Talvez uma mulher de terno perguntando pelo Trevor. Talvez a minha mãe. Com certeza, a minha mãe. Ela me ligou menos de uma hora depois que o Tony saiu, de um número novo, dizendo que foi solta faz alguns dias da Florescendo Esperança, que o agente da condicional tinha gostado muito da minha carta. Nem lembrava mais que tinha mandado na época que visitei mamãe em fevereiro.

Quando ela ligou, me disse que tava na casa de uma velha amiga na Deep East e me deu o endereço. Desliguei antes que ela pudesse dizer mais alguma coisa.

Mamãe não disse que ia passar no Regal-Hi, mas tenho a sensação de que ela vai aparecer na janela a qualquer momento, batendo na porta. De que vou dar uma olhada lá fora e ver o rosto dela refletido na piscina.

O sol já se pôs e Trevor está dormindo de novo.

Eu e Trevor passamos os últimos três dias com as cortinas fechadas porque ele diz que o seu crânio parece ter um tambor no lugar do cérebro; e a época que o Marcus jogava futebol me ensinou que uma concussão exige duas coisas: escuridão e silêncio.

O problema é que um menino de nove anos fica entediado muito rápido e não gosta de silêncio se não estiver dormindo. Então, li pra ele o segundo livro do Harry Potter inteirinho e tenho cantarolado os instrumentais de todas as músicas que conheço. Quando me canso, coloco um dos CDs antigos do papai e espero que o Trevor caia no sono ouvindo. É o que geralmente acontece.

Espero que ele esteja totalmente recuperado lá pra semana que vem, porque temos uns moleques de doze anos pra dar uma coça. Ele voltou a conseguir formar frases completas no domingo, dois dias depois do incidente, e me explicou o que aconteceu. Aparentemente, Trevor decidiu dar uma escapada enquanto eu estava com a Marsha e foi pra quadra pra apostar com o melhor jogador de basquete do oitavo ano que ele venceria num um-contra-um. O menino disse que sim e o grupo inteiro dele se juntou nas quadras pra ver o show.

Quando começou a parecer que o Trevor sairia vencedor, o outro moleque ficou meio nervoso, então empurrou ele e saiu com tudo com a bola. Trevor pediu falta e ele ficou puto, botou os amigos dele no meio. Trevor disse que foi tudo uma desculpa pra terminar o jogo antes que perdesse, mas os meninos eram maiores e maioria, e quando se trata de um dia tranquilo de primavera e todo mundo tá entediado, as crianças adoram se meter numa treta. Enfim, não foi uma briga de verdade, porque o Trevor estava no chão levando chutes sem poder dar um soco sequer. Eles deixaram ele no chão até que uns meninos mais velhos se aproximaram e disseram que era melhor eles caírem fora dali. Os mais velhos ajudaram o Trevor a se levantar e o levaram de volta pra casa.

Enquanto Trevor contava a história, meus olhos se enchiam com flashes do brilho da luz, como meu pai costumava descrever a catarata, tirando o fato de que os meus eram dolorosos e queimavam, cheios de raiva. Eu disse pro Trevor que íamos encontrar esses meninos, que não tô nem aí se sou seis anos mais velha, que íamos bater neles assim que o grande júri terminasse e ele já tivesse se recuperado.

Trevor fica perguntando o que é grande júri e por que tem repórteres lá fora o tempo todo. Respondo que tem a ver com o Marcus, pra tirar ele da cadeia, o que não é mentira, mas também não é verdade. Sei que não tenho nenhum motivo pra ter vergonha. Não é como se Trevor não soubesse que eu estava fazendo coisas que não devia nas ruas, assim como sabia que a mãe dele ficava chapada o tempo todo, mesmo não sabendo que era por causa das drogas. Ainda assim, ele não precisa de outro motivo pra sentir medo, outro motivo pra não confiar em mais ninguém. Ele já tem suficiente.

Hoje de manhã Trevor disse que queria sair, tentou se levantar, mas tava andando todo torto e eu usei minha voz de mãe pra dizer que era melhor ele ir deitar. Falei pra ele que coloquei câmeras espalhadas pelo apartamento, então eu vou ficar sabendo se ele tentar se mexer, assistir a um filme ou algo do tipo enquanto eu estiver fora. Não sei se ele acredita, mas, com a quantidade de pessoas que estão atrás da gente pedindo uma entrevista, é melhor se acostumar a ser vigiado. Não posso deixar que os repórteres vejam ele assim, todo machucado, senão o Serviço de Proteção à Criança chegaria aqui antes da janta.

O apartamento está mais escuro do que nunca e o rosto do Trevor deitado no próprio sangue fica aparecendo na minha cabeça toda hora, junto com a delegada Talbot e aquele sorriso dela. Pior que ela tá certa. Talvez eu esteja piorando tudo pra ele: tirando a sua única chance de ser feliz. Este apartamento não dá conta de uma criança como Trevor. Eu não dou conta de uma criança como Trevor.

Marsha não para de me ligar. Faz dias que eu não atendo, porque o que é que eu vou dizer? Que estou pronta pra prestar depoimento e dizer a verdade, pronta pra ser presa, pra deixar eles invadirem o meu apartamento, pegarem o Trevor e botarem ele numa casa onde ninguém liga pro fato de ele driblar tão rápido e ninguém sabe quais são as músicas que fazem ele dançar como se nunca tivesse sentido medo na vida? Mas, se eu não contar a verdade na semana que vem, Marcus não vai sair de Santa Rita. Eles provavelmente vão jogar ele direto na San Quentin e quando eu conseguir ver o meu irmão de novo, minha impressão digital já vai estar enrugada e flácida no pescoço dele.

Estou no chão sentada ao lado do colchão quando o barulho começa, meio fraco, mas persistente. É a Dee, sem sombra de dúvidas. A gargalhada, o jeito como ela sai e entra nos lugares, como se levasse tudo, feito uma onda, feito uma tornado de ar e de risadas: é a cara dela. Eu me levanto e saio pela porta o mais silenciosamente que consigo, passando pelos apartamentos.

A porta da Dee está escancarada e ela está sentada no meio da sala, com as pernas em borboleta e a cabeça mais perto dos pés do que do teto. Sua cabeça permanece no mesmo lugar quando entro na sala, mas seus olhos se viram pra me olhar, seu cabelo embaraçado alto na cabeça, ombros levantados. Como se ela estivesse escalando pra fora de si mesma ou como se seu próprio esqueleto estivesse.

"Você tá com o meu filho?", pergunta meio que babando, dando risadinhas involuntárias que fazem sair bolhas de sua boca.

"Ele tá seguro", digo a ela. "Olha, o Vern tá te procurando, então você vai voltar e pagar o aluguel, né? Não paguei esse mês e ele tá prestes a despejar vocês."

Ela deixa os olhos caírem mais uma vez, as risadas se transformam num zumbido excêntrico. Abaixa mais a cabeça, pra ainda mais perto dos pés. Ouço Dee dizer algo ininteligível com a boca encostada no próprio corpo.

"O quê?"

Ela levanta a cabeça. "Por que você tá perguntando, garota? Eu não te devo merda nenhuma."

Quase me esqueci que Dee era desse jeito. Que oscilava tão rápido, de uma crise de risos pra isto: acidez pura.

Chego perto dela, me agacho até a minha cabeça ficar um pouco acima da dela e olho em seus olhos, vendo ela por dentro. Ela é feroz.

"Você me deve tudo", digo a ela, quase cuspindo, com a boca aberta só o suficiente pra ela ver a ponta dos meus dentes. "Porra, você me deve uma vida inteira." Abro meus braços e ela olha em volta como se de fato estivesse vendo o lugar pela primeira vez: tudo vazio, cama feita, cobertores dobrados, sem qualquer vestígio de vida.

Dee não olha pra mim, olha pros próprios pés, mas alguma coisa nela muda. Volta um pedaço da mulher que deitou naquele colchão enquanto dava à luz.

"Eu quero ver ele", diz.

Balanço a cabeça, e mesmo que ela não veja, sei que consegue sentir. "Você não pode voltar do nada e ver ele só quando quer. Que tipo de mãe deixa o filho sozinho por semanas? Se não fosse eu, ele podia estar morto, sacou?"

Ela joga a cabeça pra trás para olhar pra mim com aquele resmungo, então relaxa e faz um biquinho estranho.

"Eu tentei." Ela fala suavemente, como se dissesse *eu te amo*.

"Você chama isso de 'tentar'?"

"Eu amo meu filho, mas o amor não conserta outras merdas. Não faz as coisas desaparecerem. Sua mãe sabia disso e aposto que o seu pai também. Aquele menino? Ele me ama." Ela nem pisca. "Ele me ama do jeito que eu sou, mas logo, logo ele vai se dar conta de que eu deveria ter sido uma mãe melhor. Você não faz ideia de como é ter um filho que sabe que você fodeu tudo e não poder fazer nada pra mudar isso."

Dee fica de pé e eu vejo ela de corpo inteiro, ainda mais magra que o Trevor. Ela passa por mim, sai pela porta e eu vou atrás dela. Quando a gente chega lá fora, ela cospe da grade e eu ouço seu cuspe cair em algum lugar lá embaixo, do lado da piscina. Ela se vira pra me olhar.

"Tô indo embora, então você pode pegar meu filho pra você, tá bom? Só não esquece que nem ele vai te perdoar por tudo e você não vai poder fazer nada pra mudar isso." Dee cospe mais uma vez e, em seguida, passa por mim pra voltar pra dentro do apartamento, batendo a porta com força e me deixando pra fora, na escuridão da noite, sem saber o que é real, que tipo de mãe pode criar um filho como o Trevor e ainda ser bem-sucedida nessa tarefa.

Volto pro meu apartamento e, antes mesmo de saber o que estou fazendo, deixo um bilhete dizendo pro Trevor que vou sair, assinando com um K porque nem sei mais qual é o meu nome. Coloco um sapato e o casaco preto do dia do velório, checo pelo olho mágico uma última vez pra ter certeza de que não tem ninguém lá fora. Só os postes de luz e a piscina.

Esta é a primeira vez que eu saio de casa desde que o Trevor levou uma surra. Saio pelo portão dos fundos e dou a volta no quarteirão até a High Street, desviando das câmeras. A High Street tá do mesmo jeito, e quando a única coisa constante parece ser a mudança, é reconfortante e assustador ouvir os mesmos assobios dos mesmos velhos canalhas na mesma esquina desde os doze anos. O ônibus para na esquina e eu subo, pego todos os meus trocados do bolso pra pagar a passagem e sento do lado de uma velha que fica resmungando algo sobre comprar um sanduíche.

O papai costumava andar em ônibus aleatórios comigo e com o Marcus só pra passar o tempo até que a mamãe chegasse do trabalho aos finais de semana. Subíamos e ele começava a bater um papo com o motorista só pra não pagar a passagem do Marcus e nem a minha. Éramos fofos o suficiente e papai também era bem charmoso, então eles quase sempre deixavam, daí ele me pegava no colo e sussurrava: "É assim que se consegue o que quer, querida. Quem disser que palavras não servem pra nada é um mentiroso". Então ele começava a balançar as pernas pra aumentar o sacolejo do ônibus e eu saía balançando pra todo lado, rindo tanto que Marcus começava a rir também, como se eu tivesse passado um resfriado pra ele.

A melhor e a pior parte do transporte público é o público. A mulher do meu lado está listando todas as coisas que ela quer no tal sanduíche. Vou ficar aqui por um tempo, então me acomodo e olho pela janela, além da mulher. A gente passa por um monte de taquerias que não chegam aos pés da La Casa, depois entra num trecho com igrejas, adegas, funerárias, alguns predinhos e casas espalhadas. A Internacional é uma trama de todos os tipos de vida no leste de Oakland. Estamos entrando cada vez mais na leste e espero que minha memória dê conta de me lembrar quando chegar meu ponto.

Passei a vida inteira esperando cair em algo que fizesse o meu corpo querer se transformar em seu próprio instrumento, só pra que eu pudesse fazer parte de cada música que deu início ao hip-hop, que fez todo mundo dançar. Igual a época em que o papai entrou no partido e ele escondia seu maior baseado debaixo da boina, que ficava justo na medida certa. Igual a mamãe quando tropeçou no sorriso do papai e soube que a única coisa que tinha que fazer era segurar ele bem firme. Igual o Marcus com o microfone. Às vezes, quando estou pintando, acho que sinto isso, mas nunca é o suficiente, nunca apaga todos os outros momentos, parece que não consigo encontrar a paz.

A janela do ônibus revela um monte de gente vivendo da música. Um grupo de meninos andando de bicicleta em círculos, com uma caixa de som equilibrada num dos ombros, balançando a cabeça. No sinal vermelho perto da biblioteca, duas crianças de uns doze ou treze anos caminham juntas. O menino está com o braço em volta do ombro da menina e os quadris dela são largos demais pra que fiquem tão perto um do outro e ainda consigam caminhar numa boa. Ela se inclina pra ele, que beija sua testa, o que também parece meio que um estrangulamento, mas eles são jovens e felizes, atordoados pelas ruas, ela com uma sacola cheia de livros no braço.

Acho que devo ter perdido aquele momento em que você tropeça no cabo de guerra com a própria felicidade. Algumas semanas antes da festa do Demond, encontrei a Camila antes de anoitecer e ela me pagou um jantar no trailer de tacos na High Street, onde sentamos na calçada pra comer juntas. Perguntei como ela fazia pra estar sempre tão satisfeita com essa vida. Perguntei como ela tinha ido parar nas ruas, pra começar.

O rosto da Camila ficou um pouco tenso até parecer calmo novamente.

"Lutar contra uma vida na qual estou presa não me ajuda em nada." Naquele momento, tive o vislumbre da verdade que eu não queria ver: Camila não é uma mulher brilhante, vivendo com liberdade, em paz. Ela é uma sobrevivente, mesmo que essa sobrevivência signifique se enganar acreditando que o mundo é algo que não é, que a sua vida é cheia de glória.

Não sei por quê, mas, naquela noite do trailer, Camila continuou conversando, me contou sobre coisas de sua vida que não tenho certeza se ela já conversou a respeito desde que aconteceram. Muito da história dela começou a fazer sentido pra mim. Tudo o que ela sempre quis era viver seu corpo da maneira que quisesse, mexendo os quadris e desfilando com roupas neon.

Camila começou respondendo anúncios no Craigslist quando o site ainda era novo e a internet precária.

"Minha especialidade era responder aqueles de 'Homem procurando travesti novinha pra dominar'. Eram filhos da puta nojentos, mas eu era jovem e estava feliz por alguém querer me foder e pagar meu aluguel ao mesmo tempo. Acabei conseguindo ter tudo que eu queria com aquele dinheiro: fiz o meu rosto, paguei os hormônios. Um tempo depois, fui contratada como acompanhante em uma agência de verdade, mas eles pegavam boa parte do meu dinheiro e eu não estava conseguindo bons trampos. Foi aí que o Demond me achou. Quando eu tinha a sua idade, nem sonhava em ter tudo que tenho agora." Camila bateu com as unhas verdes de acrílico na calçada. "Não é perfeito, mas é melhor do que antes."

Tinha algo diferente na forma como ela falava sobre isso naquela noite. Era como se sentisse inveja de mim, como se desejasse poder voltar no tempo. Ela me contou que costumava apanhar muito mais, que tinha cara que levava facas pros encontros e tentava mutilá-la.

"Demond garante que ninguém me machuque desde que eu continue trazendo meninas novas. Agora só tenho clientes que não vão tentar me foder e Demond garante que a maioria das pessoas nem saiba sobre mim."

Depois disso, Camila terminou de comer o taco e se levantou, acariciando minha bochecha e retornando pra que o próximo carro fosse pegá-la.

Camila encontrou um jeito de sobreviver e Marcus encontrou um motivo pra viver, mesmo que nem desse certo e, caralho, até o Trevor encontrou sua própria paixão, sempre correndo pra cesta de basquete mais próxima. E eu continuo aqui, esperando ser atingida por algum amor que faça a Terra parar, que me vire do avesso e arranque todas as minhas partes podres. Ou pelo menos algo que torne a vida suportável, sem ser outra pessoa que vai embora.

O ônibus está se aproximando de Eastmont e eu dou o sinal pra descer no próximo ponto. As ruas daqui são planas, mas os buracos são mais fundos. A mulher do lanche ainda está sentada do meu lado, murmurando, e eu me pergunto se o sanduíche é de verdade, porque não tem mais restaurantes até o final do trajeto deste ônibus e parece que ela não vai descer nem tão cedo, com a cabeça caída, quase chegando no colo.

Eu me levanto e penso em dar um tchauzinho, mas acho que ela nem reparou que estávamos sentadas uma do lado da outra, então saio sem olhar pra trás, sem nunca saber se ela chegou a comer aquele sanduíche ou não.

Só porque eu sei pra onde estou indo, não quer dizer que eu queira ir em direção a esse lugar, em direção a ela. Se fosse antes de ir pras ruas, eu diria que jamais pisaria numa armadilha como essa. Hoje, nem bato na porta da frente, só vou até a da lateral e abro como se fosse a minha segunda casa. A coisa mais assustadora nesse tipo de lugar é o quão silencioso ele é. Tem uma batida grave de alguma música, mas parece distante, meio abafada. Está tudo escuro e alguns sussurros atravessam a sala, alguns gemidos e dentes rangendo.

A regra número um para entrar em um lugar onde você não deveria estar é nunca questionar nada. Não pergunte nada e não aja como se não soubesse o que tá fazendo, porque senão pode dar ruim. É tudo de madeira, com tábuas do assoalho lascadas. Quando minha mãe me passou o endereço, eu sabia exatamente de onde ela tava falando, o lugar onde uma de suas amigas morava, desde a época em que ela não tinha certeza de qual caminho do luto seguir. Subo as escadas e bato na porta do apartamento que tem uma letra C bem grande.

Mamãe abre.

Passei anos sem pensar em como seria ter a minha mãe de volta, na mesma cidade onde tudo aconteceu. Assim que fiz dezesseis anos, tinha certeza de que nunca mais a veria, fiz meu próprio dia de velório só pra ela.

Mas aqui está ela, com as mãos enfiadas nas mangas do seu velho moletom do *Purple Rain*. "Achei que você não vinha." Faço que sim com a cabeça.

Se mamãe me dissesse que ela era uma mutante, eu acreditaria. A mulher que está na minha frente não tem nada a ver com a que eu encontrei há alguns meses, engoliu a de anos atrás e mastigou a da década passada.

"Por que você tá aqui?" Se eu não a conhecesse direito, pensaria que minha mãe não queria me ver, com as bochechas se mexendo de um lado pro outro como se estivesse de boca cheia.

"Não sei, tava conversando com a Dee e… só queria saber se você podia me dizer por que fez o que fez." Preciso de uma resposta, preciso que ela junte os pedaços dessas vidas que a gente viveu, que me dê um motivo que a faça parecer minha mãe de novo, alguém que eu reconheça. Preciso que ela me diga que mães podem mudar, que há esperança pro Trevor, pro Marcus, pra mim.

"Tudo bem, filha. Vamos dar uma volta. Eu tenho mesmo que te mostrar uma coisa." Ela estende o braço com a manga do moletom solta, como se aquele espaço vazio fosse um convite. Eu seguro e ela sai para o corredor, fechando a porta e descendo a escadaria, saindo desse caixão em forma de armazém.

O frio de fora bate contra mim. "Tem certeza que quer ficar aqui fora? Tá tarde, mamãe."

"Não vai demorar muito. Prometo." Ela acena com a cabeça em direção à rua.

Não sei se é uma boa ideia, mas o estrago já foi feito. Agora tô aqui, segurando a mão da minha mãe como se ela fosse se dissolver na minha. Vou seguindo, fazendo a última vontade dela. A gente caminha até sentir o cheiro do oceano, em algum lugar perto o suficiente pra ele deixar rastros no ar, mas longe demais pra ser visto.

"Antes que eu responda, minha filha, você pode me dizer uma coisa?"

Dou de ombros.

"Por que você começou a dar pros policiais, ainda mais depois de tudo que seu pai passou? Eu vi no jornal, não tô brava contigo, só queria saber."

Não consigo olhar pra ela. "Eu não sei, eu não tive outra escolha, na verdade. Eu meio que fui parar nisso e fiquei sem saída, sabe?"

Mamãe para na frente de uma faixa de pedestres, espera um carro passar. "Então foi por isso, querida. Foi por isso que fiz o que fiz. Depois que seu pai morreu, senti que eu não era dona da minha própria mente, do meu próprio corpo, e isso virou uma coisa que eu não conseguia me livrar. Parte de mim deve ter sim se lembrado que a porta não tava trancada, mas eu não aguentava respirar nem por mais um minuto naquela cova que o seu pai deixou, então tentei parar tudo sem pensar na tranca, em você ou na Soraya. Mas não consegui cortar fundo suficiente, daí me disseram que a Soraya tinha saído e se afogado naquela piscina e eu não conseguia aguentar mais nada. Foi como se tivesse morrido em mim algo que nunca mais fosse voltar a viver, e eu ainda sinto que nunca consegui sair daquele dia, como se eu não tivesse vivido um minuto sequer desde então."

A mão dela aquece a minha. Pela primeira vez, vejo algo nela que não me é familiar, mas tranquilo. Essa foi a coisa mais honesta que saiu de sua boca em anos.

Ela começa a falar de novo, agora com uma voz mais fina. "Soraya deu o primeiro passo bem na beira da piscina, lembra?" E lá vamos nós de novo. Mamãe sempre volta à espiral. Solto a mão dela e coloco a minha no bolso. "A gente tava lá fora ouvindo rádio porque tava passando jogo, era um dia lindo e Marcus tava com os amigos, você tava reclamando das meninas da sua sala, que todas tavam indo pra uma festa e eu não tinha deixado você ir em plena quarta-feira. Juro que você tava quase tendo um troço e eu prestes a te dar uma surra, mas virei de costas e ela estava de pé, com bolhas saindo da boca, levantando um pé e colocando na frente do outro. Depois, ela mexeu o outro pé e fez de novo e eu só queria ficar olhando aquela criança pra sempre, mas ela tava indo direto pra piscina, como se fosse mergulhar, olhava como se tudo o que quisesse fazer fosse conhecer a água."

"Daí você pegou ela e colocou mais longe da piscina, mas ela caiu de joelhos, voltou a engatinhar", acrescento; a cena é clara como o céu daquele dia.

"E nunca mais vi sua irmã andar." As lágrimas da mamãe rolam de novo e estamos na Internacional, mas hoje parece diferente: o rosto dela, minha pele coberta, sem saber por onde estou caminhando. Seguindo. Ela caminha em silêncio um pouco à minha frente. Não lembro a última vez que vi minha mãe tão quieta, e mesmo que ela tenha dito que ia me mostrar uma coisa, o passo é tão lento que acho que estamos andando sem rumo.

Na Foothill, mamãe pega na minha mão de novo. Puxo meu braço pra longe dela e, em seguida, deixo que ela volte devagar pro meu lado. Ela tenta de novo, dessa vez envolvendo a mão no meu punho, numa espécie de concha. Não ligo, deixo que mamãe nos arraste em direção ao ponto onde as luzes dos postes se apagam. Não é surpresa nenhuma que Camila esteja ali, que seja tão fácil de vê-la com seu brilho prateado, de braço dado com uma menina que sei que é pelo menos uns vinte anos mais nova do que ela só pelo jeito de andar: pisando suave em zigue-zague.

O cruzamento está lotado de carros tão velhos que nem têm velocímetros. Camila não me vê, provavelmente porque me misturo com o fervo noturno. Peço pra minha mãe esperar e ela solta minha mão hesitante, como se estivesse com medo de eu sair correndo.

Camila faz a amiga correr meio a contragosto pra acompanhar o ritmo de suas pernas, ainda maiores com os saltos com que eu não poderia nem sonhar em andar sem tropeçar. Ela levanta a mão e fecha o punho pra pegar algum mosquito invisível ou um pedaço de penugem que só ela tá vendo.

Atravesso a rua correndo, mamãe andando rápido pra me acompanhar, e grito o nome da Camila. Ela se vira com um sorriso que me diz que sabe exatamente quem tá chamando. Seu braço está livre e vem em minha direção em questão de segundos, envolvendo minha cintura num abraço bem apertado.

"*Mi hija!*" Ela está com o cabelo prateado pra combinar, com uma franja que vai até os cílios, enfeitados com glitter.

Pergunto como ela está e ela ignora a pergunta. "Vi você nos jornais e tudo. Minha vagaba não me contou que conhecia tanta gente figurona, hein, que merda." Não sei se tá orgulhosa, impressionada ou com ciúmes, mas acho que na verdade ela não liga. Desde que não afete ela, ela realmente não dá a mínima, vai te ajudar até não poder mais e não se importa em virar as costas logo depois. Nunca conheci alguém que conseguisse amar tanto outra pessoa e largar ela sem pensar duas vezes.

Dou de ombros. "Não tava nos meus planos nem nada."

Ela me olha de cima a baixo, do moletom ao tênis. "Você não vai conseguir nenhum cliente hoje com essa roupa."

"Não tô mais nessa vida", digo, apontando com a cabeça em direção à minha mãe. "Saí com a minha mãe pra andar."

"Vestida assim? Menina, eu sempre soube que você era maluca."

Olho de relance pra outra garota, que fica mexendo no colar e dobrando os joelhos como se fosse uma velha tentando recuperar a mobilidade. Dou uma olhada em volta, procurando um dos carros que estão sempre perto da Camila, aqueles de vidro escuro, mas não vejo nada nem perto de ser tão bonito assim. Encaro a Camila e pergunto mais uma vez: "Como você tá?".

"As coisas ficaram um pouco difíceis desde que o Demond foi preso. Muitas das meninas foram pra abrigos e algumas de nós também ficaram presas. Passei dois dias numa dessas celas, mas eles me deram uma multa e me soltaram, provavelmente porque eu tô velha pra caralho e é perda de tempo me deixarem presa." Ela ri, penteia a peruca com os dedos. "Perdi a maioria dos meus clientes regulares, então voltei a ser acompanhante. Eu nem ligo, mas é difícil evitar que eles fiquem me tocando, sabe?" Ela puxa a saia. "Tá sendo um pouco difícil."

Eu nem tinha notado o hematoma até ela puxar a saia, tentando cobrir a mancha roxa de suas coxas: as constelações feitas por marcas de dedos e apertos bem fortes. Não sinto e nem penso nada além de *nossa*. Claro que é assim que a banda toca. Claro que a Camila tá aqui, escaldada e baqueada. É claro que sim.

Aceno com a cabeça e Camila sorri com dor. Me aproximo pra dar mais um abraço nela. "Se cuida, viu?"

Ela toca na minha bochecha e balança a cabeça. "A gente se vê."

Dessa vez, quem dá um tapinha nas costas dela e caminha pro outro lado sou eu. E nós duas sabemos que a gente não vai se ver mais, não vamos mais nos trombar nas ruas na semana que vem, no mês que vem ou no ano que vem. Talvez a gente se veja de soslaio pela janela de um ônibus, alguém que poderia ser ela por trás das rugas, mas nunca mais nos veremos de verdade, nunca mais vamos nos abraçar. Quando volto pra minha mãe, pego voluntariamente a mão dela e seu coração se ilumina do peito para fora.

Ela leva a gente pra lá de Foothill, pra lá da Internacional, descendo o morro rumo ao túnel pra pedestres.

"Tá perdida?", pergunto pra mamãe.

Ela balança a cabeça e a gente continua descendo até ficarmos cercadas pela escuridão, o único barulho vindo de um carro que vez ou outra passa na estrada lá na frente. Mamãe me puxa pra direita e eu paro de andar. "Isso aqui nem é estrada, mãe."

Ela me puxa um pouco mais forte pra que eu continue andando. "Confia em mim." Eu não confio, jamais poderia, mas eu quero tanto, mais do que qualquer outra coisa, então meus pés seguem: calcanhar, dedos, calcanhar, dedos. A rampa traz uma ilusão de vazio, um corredor escuro que parece que só leva à escuridão, até que, do nada, não leva mais e a gente acaba no meio do trânsito, quase ultrapassando a linha que separa a pista dos escombros.

Seguro ainda mais forte a mão dela, como se a mamãe fosse alguma santidade que vai me proteger do barulho dos pneus e da alta velocidade dos carros, sendo que a gente é só ser humano. Se antes eu não achava que a mamãe estava fora de si, agora penso o contrário: ela me trouxe até aqui, no meio da pista, como se fosse uma calçada ou um retorno, e não um abismo de velocidade.

Não passam muitos carros a essa hora da noite, mas, quando passam, correm que nem doidos a pelo menos cento e trinta ou cento e cinquenta quilômetros por hora. Quando vêm os caminhões, sinto um vento nas costas, entrando por baixo da jaqueta.

Acho que esse é o mais próximo que já cheguei de ser um fantasma. Desaparecer no lixo da beira da estrada e nas árvores que dão um jeito de crescer em meio à seca eterna da Califórnia.

Existir como a coisa mais notável e mais invisível na estrada, ao mesmo tempo mergulhando na escuridão e me sentindo deslocada nela.

"Mãe, que porra que a gente tá fazendo aqui?" Estou perto de cansar de engolir as insanidades dela. Não sei mais quanto tempo vou aguentar ficar andando do lado dela na estrada sem que ela responda uma simples pergunta.

Mamãe toma fôlego e prende a respiração. Espero ela soltar, liberar o ar na atmosfera, mas não rola. Começo a achar que ela tá tentando se matar se sufocando, mas ela abre a boca e dá um grito explosivo. Um grito que parece continuar mesmo depois que ela fecha a boca, um grito que parece subir, chegando numa nuvem que o espera, e depois é cuspido de volta pra nós num eco agudo.

Solto a mão dela quando o barulho sai de seus lábios, pulo pro lado e piso numa sacola que faz crec. Penso em descer a rampa correndo, direto pros carros que se aproximam, só pra fugir da minha mãe e daquele barulho. Ela vira a cabeça pra me olhar, vê que me enfiei pra dentro do mato e gesticula pra que eu volte. Fico parada, com as mãos erguidas pra ela saber que não é pra chegar perto.

Seu sorriso diminui um pouco. "Tá tudo bem, filha." Ela precisa gritar pra que eu consiga ouvir no meio dos carros e do eco persistente. "Você precisa gritar."

Balanço a cabeça. "Você enlouqueceu." Minha voz sai baixa e trêmula. Talvez ela consiga me ouvir. Talvez não.

Ela repete: "Você precisa gritar. Vai ficar tudo bem, mas você tem que gritar".

"Tô indo para casa", digo, mas não me mexo.

Ela põe a mão no peito, como se tivesse checando o próprio batimento cardíaco. Sussurra. Pode ser que seja eu fazendo a leitura labial ou algo que eu mesma inventei, mas tenho certeza de que ela está dizendo: "Põe pra fora".

Abro a boca e fecho de novo. "Por quê?"

"Ninguém aprende a andar carregando pesos na barriga. Quero que você caminhe até a água, filha. Quero que você nade." Ela levanta o queixo e sua cabeça fica apontada em direção ao barulho do mar, ao som do porto que vem de algum lugar que não dá pra ver. Mamãe diz coisas sem sentido e, ao mesmo tempo, fala algo que meu instinto nunca entendeu tão bem.

Abro a boca devagar, bato os dentes um contra o outro até conseguir espaço o suficiente para que o som saia pela garganta. Ainda assim, quando tento gritar, não sai nada.

Mamãe se aproxima e eu me afasto. Ela dá mais um passo e fica a um braço de distância de mim, ergue a mão que estava no peito e coloca sobre a minha. Não no meu coração, mas no espaço das minhas costelas, entre o esôfago e os vasos sanguíneos. Agora consigo ouvir sua voz direito, a mesma voz que disse pra Soraya sair de perto da piscina, a mesma mão que pegou minha irmã antes que ela caísse na água. Os carros passam correndo atrás dela, deixando rastros de vento; e a mão da mamãe está quente.

"O silêncio nos mata de fome, filha. Você precisa se alimentar." Mamãe fala com um sotaque arrastado que parece até música, e eu tento mais uma vez, mas não sai som nenhum, e se eu sou realmente filha dos meus pais, como é que não consigo transformar meu corpo numa nota musical?

Mamãe põe as duas mãos no meu rosto, uma em cada bochecha e, em seguida, desliza até o meu queixo. Coloca os dedos na minha boca e abre meu maxilar como se fosse uma porta com dobradiças, até formar um círculo com os meus lábios. Ela mantém as mãos no meu rosto e me pede pra gritar. Vai saindo fraquinho, espasmos de som que vão de uma explosão de fúria até o choro de uma criança, gemidos e choramingos, e todo barulho que existe no intervalo entre uma mulher e um bebê.

O céu pega cada rajada e manda de volta como um toque de música persistente no eco, uma faixa de algum trombone invisível, a nota mais baixa de um órgão prolongada. Sons e mais sons saindo do meu corpo como fogo numa zona de guerra em um dia frio, a mamãe massageando a minha mandíbula até a tensão sumir, secando as lágrimas da minha pele até que não haja mais barulho e eu esteja arfando, meu peito bruto, sem fôlego. Até que minha mãe esteja me segurando, e os carros não tenham parado, desacelerado, muito pelo contrário, passando o tempo todo por nós enquanto ficamos presas entre o céu e o asfalto que não sabe quem somos nós; e mamãe esteja me acompanhando até o ponto de ônibus e me deixando lá, e não falaremos mais sobre o que a pista faz com a gente quando se é noite e nós nos transformamos em fantasmas. Mas mamãe me ensinou a nadar e eu consigo enxergar debaixo d'água. Eu enxergo.

Não lembro que horas cheguei em casa, só lembro do momento em que acordei. Das batidas na porta. Dos punhos fechados. Dos olhos do Vernon pelo olho mágico. Da mulher atrás dele. Da prancheta dela. Do jeito como ela aperta os lábios.

O corpo do Trevor, que está se recuperando, ainda está sonolento e eu volto pros fundos do apartamento, pro colchão, como se a distância até o buraco pelo qual eles já me viram espiar fosse apagar a gente. Talvez eu devesse ter previsto que isso ia rolar. Todos as avisos tavam lá e eu ainda achava que poderíamos escapar deles, que conseguiríamos sair juntos dessa. Ainda achava que tinha opção.

"Abra a porta, Kiara. A gente vai ligar pra polícia." O resmungo familiar do Vernon.

Trevor ainda está acordando e eu quero que ele volte a dormir, porque aí não vai precisar estar consciente do que vai acontecer, de quando eles separarem a gente, de quando tirarem as mãos dele, que vão estar segurando o meu pescoço igual um bebê. Continuam batendo. Os olhos inchados do Trevor se abrem o máximo que conseguem, são castanhos e se estreitam pra me encarar enquanto eu procuro ao redor freneticamente por algum tipo de escudo contra a ruptura. O rosto do Trevor se enruga todo e ele abre os lábios, tentando me perguntar o que tá rolando, mas os cortes na boca dele o obrigam a ficar quieto.

Me aproximo e toco a sua cabeça. Raspei pra poder fazer os curativos e agora já cresceu o suficiente pra que eu possa tocar no cabelo em vez da carequinha dele. Sussurro: "Trevor, querido, tem um pessoal aqui que talvez te leve pra outro lugar por um tempinho, tá bom? Mas não esquenta com isso. Vou abrir a porta, você pode ficar aí descansando". Mantenho a voz firme pra que ela não falhe como está ameaçando e que não revele todas as feridas que fazem parte de mim, todo o medo que carrego nas gengivas.

Chego perto da porta de novo morrendo de medo, com medo do que pode vir, do que a mamãe falou. Talvez ela tenha ligado pro Vern, pro governo ou pra quem quer que seja o dono dessa mulherzinha de terno. Tem sempre alguém que toma posse da mulher, que manda ela bater na porta, daí ela só tem que ficar ali.

Minha mão vai pra maçaneta, gira, puxa e não sobra mais nenhuma barreira entre mim e eles. Vernon fica parado, resmungando. A mulher segue na espera.

"Posso ajudar?", pergunto.

"Essa aqui é a sra. Randall do Serviço de Proteção à Criança." Pelo esforço que o Vernon fez pra que eu abrisse a porta, ele parece muito desinteressado. Entediado, eu diria. "Vou te deixar à vontade." Ele diz isso pra mulher, a sra. Randall, e desce as escadas.

O rosto da sra. Randall parece aqueles que as crianças desenham no sol. Redondo, inclinado. Seus dreads fazem parecer que ela deveria ser poeta, que deveria estar usando um xale, não um terno.

Ela estende o braço e damos um aperto de mão. "Prazer em conhecê-la. Posso entrar?"

Se eu não soubesse do que se tratava, diria: "Não". Diria pra ela ficar longe do Trevor e daquele colchão, pra não entrar no único espaço que ainda podemos chamar de nosso. Mas respondo: "Claro" e ela entra.

É o fim assim que ela olha pra ele. Sei disso pelo jeito como o rosto dela se arqueia por inteiro enquanto observa a cicatriz. E nem dá pra culpar ela. O corpo do Trevor é uma prova visível de como esse lugar acaba com ele. De como fui incapaz de fazer algo a respeito. Em partes, me sinto aliviada, porque e se fui eu? E se fui eu quem fez isso com ele?

A sra. Randall vai até Trevor e vejo que ele começa a tremer, contorcendo o corpo inteiro, e sei que se não estivesse tão machucado, estaria encolhido num canto, tentando fugir dela. Contorno a sra. Randall pra me sentar no colchão com ele e o pego nos braços. Ele apoia a cabeça no meu peito pra não olhar pra ela, pra mim ou pra qualquer outra coisa.

A sra. Randall se agacha perto do colchão. "Oi, Trevor. Meu nome é Larissa. Estava esperando pra falar com você."

Trevor finge que não ouve, não fala nada.

A sra. Randall redireciona a atenção pra mim, voltando a ficar de pé. "Vamos conversar primeiro? Lá fora?"

Concordo, chegando perto do ouvido do Trevor. "Vou levantar, Trev. Já volto."

Preciso tirar fisicamente o Trevor do meu peito. Ele se joga num travesseiro e enterra a cabeça ali.

Sigo a sra. Randall até o lado de fora e fecho a porta. Encostamos na grade de frente pra piscina, meio que viradas uma pra outra. Ela inclina as sobrancelhas.

"Olha, vou ser franca contigo, srta. Johnson. Você não é a tutora legal dessa criança e ele está claramente correndo perigo, o que não parece bom nem pra ele e nem pra você. Alguns assistentes sociais visitaram o Trevor e a mãe dele umas três vezes nos últimos anos e eu entendo que você só esteja tentando ajudar, mas isso não é responsabilidade sua e teria sido muito mais apropriado se você tivesse ligado pra gente. Normalmente, eu te denunciaria pra polícia por possível sequestro e abuso infantil, mas acredito que não seja o caso. É nítido que ele confia em você e vou fazer o possível pra minimizar qualquer dano a vocês dois."

Ela faz uma pausa, olha pra longe e depois pra piscina, então volta pra mim. "Porém, não posso deixar o menino sob os seus cuidados, não depois de tantas evidências de que ele está correndo perigo imediato e sendo negligenciado. Vou precisar levá-lo e ele será colocado num lar temporário enquanto a gente decide as circunstâncias mais estáveis pra ele. Vou providenciar um mandado que permitirá que o Trevor permaneça sob custódia protetiva. Você não poderá mais manter contato com ele, pelo menos não por enquanto. Entendeu?"

Sei que ela está me dizendo algo que, em qualquer outra situação, me rasgaria inteira, de fora a fora. Mas a única coisa em que consigo me concentrar agora é que ela deve fazer isso todos os dias, que essa mulher fica na frente de pessoas que nem eu e fala exatamente o que vai nos deixar mais arrasados. Deve ser bem doloroso destruir tantos espíritos.

"Posso contar pra ele?" A última coisa que quero fazer é falar pra esse menino que ele vai ficar ainda mais solitário do que pensa que está, mas também tô ligada que seria errado fazer de outro jeito. Prefiro eu mesma quebrar o coração dele do que deixar um estranho fazer isso.

"Claro. Ele vai precisar de uma mochila com todos os pertences necessários. Vou ficar esperando aqui fora." A sra. Randall dá uma pescada enquanto olha pra piscina, como se tivesse acabado. O trabalho dela está feito.

Quando entro de novo no apartamento, Trevor está encolhido na mesma posição que eu o deixei, só que agora tá com a cabeça debaixo do cobertor. Consigo ver o corpo dele encolhido em forma de bola, tão compacto quanto o de qualquer menino magro. O piso range enquanto vou até ele e vejo que Trevor treme junto com cobertor.

"Sou eu", digo, ainda tentando manter a voz o mais firme possível. Tentando fazer com que tudo isso não pareça a morte da nossa relação, dos dribles e das festas na cozinha. "Preciso conversar contigo."

Agora estou na beirada do colchão, ajoelhada no chão. Me inclino e pego a ponta do cobertor, descobrindo lentamente a cabeça dele. Trevor está com a cara amassada e inchada, as lágrimas tentam sair e ficam presas nas dobras das bochechas. Ele balança a cabeça, mexe a boca sem soltar som nenhum.

O menino está entrando em colapso bem na minha frente, arrasado. Toco na testa dele e está quente, quase queimando. Como se o corpo dele estivesse se rejeitando, entrando em chamas pra que ele pudesse se defender do que está por vir. Isso tá acabando comigo e acho que deve ser a coisa mais difícil que já fiz na vida: ser a adulta pra ele, a mulher que consegue manter tudo sob controle enquanto ele desmorona porque não temos outra opção.

"Eu sei, querido", digo, balançando a cabeça. Talvez eu consiga reverter sua dor, acabar com essa tragédia toda só com um sorriso. "Me escuta."

Ele ainda está balançando a cabeça, suas pupilas dilatando.

Começo a cantarolar, me aproximo dele e fico bem perto de sua orelha, o suficiente pra que a única coisa que ele consiga ouvir seja a minha voz, pra que ele só consiga sentir essas vibrações. Aos pouquinhos, ele para de sacudir a cabeça e começa a fungar. Paro de cantarolar.

"Preciso que você me escute. Consegue fazer isso por mim?"

Ele balança a cabeça uma única vez agora.

"Aquela mulher, é ela quem vai te levar pra uma casa nova onde você vai ficar por um tempo. Ela é muito legal e, aposto que se você pedir pra ela pra ligar o rádio do carro chique dela, ela vai ligar. Sua mãe não tá parando em casa direito e eu não tenho mais permissão pra cuidar de você aqui, por isso você vai pra outro lugar até tudo se ajeitar. Beleza? Você não vai ficar lá pra sempre."

Mesmo dizendo isso, sei que pode durar pra sempre. Essa pode ser a última vez que vejo seu rostinho, e quero ficar grudada nele, me esconder até ficar preparada para a despedida. Mas eu nunca estarei pronta pra deixar ele ir embora, e a sra. Randall está lá fora esperando. O Trevor faz um bico enorme com a boca machucada e percebo que ele tá se esforçando muito pra não voltar a chorar.

Dou um sorriso. "Pode ser até que você vá pra algum lugar que tenha outras crianças. Daí você pode acabar com eles no basquete, hein? Mostrar pra eles como é que se joga?" Ponho a mão debaixo da cabeça dele e puxo pra cima, pra que ele saiba que deve ficar sentado.

Pego o rosto dele em minhas mãos, igual a minha mãe fez comigo na noite passada, e encaro o Trevor como se ele fosse a única coisa que existe nesse mundo. Bem que ele podia ser a única coisa que existe nesse mundo.

"Vai ficar tudo bem."

Dou um beijinho na ponta do nariz dele e o puxo pros meus braços, onde ele se encosta na dobra entre meu ombro e o pescoço. Se pudesse ficar assim pra sempre, eu ficaria. Juntinho. Sabendo que ele está intacto. Que aquele Trevor de antigamente vai voltar a brilhar e dançar. Quase dá pra ouvir o salto da sra. Randall estalando lá fora, sua paciência acabando.

Massageio a nuca do Trevor, a única parte do seu corpo que não ficou toda machucada depois da surra. Estendo a mão pras minhas costas, onde ele estava segurando. Tenho que lutar contra mim mesma pra não ficar parada, pra desgrudar ele de mim como quem desata um nó, mesmo que seja a última coisa que eu queira fazer. Ele se debate quando me afasto e começo a enfiar suas roupas na mochila azul e amarela que eu dei pra ele de aniversário de nove anos, já que não dava pra comprar a do Warriors. Na época eu fiquei olhando ele procurar um logotipo na mochila até perceber que não era do Warriors e nem de ninguém, depois tentou disfarçar a decepção com um *obrigado*. A Dee pode ter falhado na criação em muitos aspectos, mas ensinou alguns modos pro filho.

Fecho a mochila, ponho na beirada do colchão e viro pro Trevor. Ele voltou pra posição fetal, então pego suas mãos e puxo, sua cabeça fica pesada e pende pra trás. Tenho que colocar ele de pé, mas ele faz corpo mole, não firma os joelhos pra sustentar o corpo. Eu podia fazer uma ameaça, dar uma bronca ou usar minha voz de mãe, mas não aguento nem pensar em fazer isso no nosso último momento juntos.

Em vez disso, me agacho e coloco o meu outro braço nas pernas dele, levantando-o como quem carrega uma criança pequena até a cama depois que ela cai no sono no busão. Ele tá cheio de sangue e de lágrimas e tem muita coisa rolando, não dá pra ele reaprender a andar e a respirar agora. Peno pra girar a maçaneta, deixo só uma fresta para que a sra. Randall veja a gente e termine de abrir a porta.

"Ele não vai andar. Posso levar ele até o seu carro se você pegar a mochila na cama." Não olho nos olhos dela, só passo por ela com dificuldade na tentativa de chegar até as escadas. Dou um passo de cada vez, a sra. Randall me seguindo com a mochila do Trevor na mão. Assim que chegamos lá embaixo, ela toma a frente, mas aviso que temos que usar a porta dos fundos por causa dos repórteres, então a conduzo pra fora da área da piscina e aponto com a cabeça pro portão da saída. Ela abre pra gente e, em seguida, na rua, marcha na nossa frente até chegar num carro preto.

Ela tira uma chave do bolso e aperta um botão. O carro faz um bip e a sra. Randall segura a porta de trás. Trevor volta a tremer, minha camiseta fica toda encharcada com as lágrimas dele. Levanto-o pela última vez, deitando ele no banco traseiro. Os braços do Trevor estão em volta do meu pescoço e, antes que eu o solte, me agacho e dou um beijo em sua testa. "Te amo", cochicho. Por mais que eu queira sentar no banco do motorista e ir pra algum lugar onde sei que ele vai ficar bem, onde não vai ficar se tremendo, tenho consciência de que não temos esse luxo todo. A única opção é esta: ele devastado no banco de trás de um carro desconhecido; eu afastando ele do meu peito e fechando a porta pra ouvir só seus soluços.

A sra. Randall se vira pra mim antes de entrar no carro e diz: "Obrigada, srta. Johnson", mas eu já estou no meio da rua, andando na direção oposta, na direção dos ônibus, dos carros. Não há nada que ela possa dizer que deixe as coisas um pouco melhores, e eu não aguento ver ela indo embora, se afastando da calçada, enquanto ouço os gritos dele, a única coisa que indica que ainda tá vivo.

Disco o número da Marsha antes mesmo de me dar conta de que o decorei e, quando ela atende, a única coisa que digo é um "tô pronta". Ela diz que vai me buscar daqui a vinte minutos e eu peço pra ela para me encontrar nas quadras. Estou bem na frente delas, vazias agora, e subo o morrinho pra encontrar um banquinho que fica atrás de uma das cestas de basquete, de frente pra High Street. Tudo anda muito rápido e implacável, como se a cidade não soubesse que devia parar, ficar de joelhos, de luto pelo Trevor. Essas quadras são um memorial, o único lugar que faz um minuto de silêncio por ele. A única coisa que restou dele nessa confusão.

Faz uma semana que o Trevor foi embora e cinco dias que o grande júri começou oficialmente e hoje é minha vez de prestar depoimento. Quando saio pelo portão do Regal-Hi, um bando de repórteres corre atrás de mim, lançando uma enxurrada de perguntas que não consigo entender. Abro a porta do passageiro do carro da Marsha e entro. Na mesma hora ela coloca uma trouxa de roupas no meu colo e diz: "Veste isso". Pego. É o vestido preto mais básico e discreto que já vi na vida. "Tem um sapato lá atrás também, você pode se trocar ali."

Olho pro banco de trás pra ver os sapatos pretos, com um salto bem baixinho, quase uma rasteirinha. A Marsha usa pelo menos três números a menos que eu, então imagino que ela tenha comprado esses só pra mim. Ela liga o carro enquanto eu passo pro banco de trás e começo a trocar de roupa, puxando o vestido pela cabeça e substituindo os meus Vans pelos saltos pretos. Olho pra mim mesma, os joelhos cinza, as canelas com cicatrizes de cima a baixo.

Marsha tem me preparado todos os dias para o depoimento, me passando todas as informações que tem sobre o andamento do grande júri. Parece que os policiais já prestaram depoimento e hoje é o último dia no tribunal antes da deliberação. Estou tentando falar com a Alê, mas ela não atende. Toda vez que começo a gravar uma mensagem, minha garganta trava e eu acabo desligando. Ontem à noite, descobri como que se fala três palavras, "levaram o Trevor", antes de desligar e começar a me concentrar no roteiro que a Marsha me mandou decorar. Ela fala que não é pra eu repetir linha por linha, é só pra lembrar da história. Como se eu pudesse esquecer.

Coloco a cabeça entre os dois bancos da frente e encaro a Marsha: a ponta de seu queixo, o movimento quase imperceptível da mandíbula indo de um lado pro outro.

"Lembra do plano?", pergunta Marsha, e sinto que ela está ansiosa.

Uns dias atrás, Marsha me deu dinheiro pra fazer twists pro dia de hoje. Tiro um elástico do pulso e faço um rabo de cavalo só pra poder sentir o peso deles no meu pescoço.

"Calma. Confiança. Sou a criança de ouro que foi envolvida nessa confusão", repito. "Todos eles vão estar me assistindo?"

"O ponto é mais ou menos esse", diz Marsha.

Apoio o rosto na mão e olho pra cara petrificada da Marsha. "Você realmente acha que eu não fiz nada de errado?"

Ela tira os olhos da rua por um momento e olha pra mim. "Se o que você fez é errado, então a Harriet Tubman e a Gloria Steinem e todas as outras mulheres que fizeram o que tinham que fazer, mesmo quando não foram respeitadas, também erraram." Ela pigarreia. "Não estou dizendo que você não poderia ter feito outras escolhas, mas também acho que você não merecia nada disso."

Nessas horas, lembro que a Marsha é só mais uma mulher branca que nunca vai entender o que eu passei, que não consegue lembrar de mais ninguém além da Harriet Tubman e da Gloria Steinem pra me comparar. Mas tento pensar no rosto do papai estampado naquele pôster. Talvez as minhas coxas sejam como os punhos do meu pai: belas e macias até não serem mais, se afastando e se aproximando das outras partes do nosso corpo e que fazem eles nos chamarem de sagrados.

O resto da viagem é preenchido pelo barulho abafado do carro da Marsha e por seu dedo indicador batendo no volante, esperando o farol abrir. Marsha sabe o que aconteceu com o Trevor, mas nós duas estamos evitando o assunto. Ela tentou conversar comigo a respeito depois que descobriu — só Deus sabe como —, mas eu a interrompi com um olhar rápido. Ela não tem o direito de colocar o nome dele na boca. Estou fazendo isso agora porque não teria motivo pra não fazer. Porque se o Trevor se foi, tenho que fazer de tudo pra tentar trazer o Marcus de volta. Se eu não conseguir, vou ficar mais sozinha do que naquela noite no beco, mais sozinha do que nunca. Vou prestar o depoimento e espero que a Marsha esteja certa e que isso termine com o Marcus sendo solto e algum tipo de indenização, daí vamos ter a chance de recomeçar; se não der, vou ter que voltar pra algum corre errado, achar outro jeito de viver ou acabar na rua. Morta de frio.

A gente entra no estacionamento do tribunal e Marsha pisa no freio, olha pra trás e fala comigo.

"Tem repórteres atrás da gente desde que saímos. Vamos esperar uns dois minutos e, depois, eles ficarão posicionados nas portas da frente. Você vai passar direto, é só me seguir. Entendeu?" Ela arregala seus olhos de gelo.

Faço que sim com a cabeça.

Ela está prestes a abrir a porta do carro, mas se vira de novo pra mim. "Eles vão estar lá. Quero dizer, homens. Não exatamente os que... bem, *você sabe*, uns como eles. Eles devem ficar te encarando, tentando te intimidar. Não olhe pra eles."

"Como eu não vou olhar se eles vão ficar me encarando?"

"É só não olhar."

Marsha abre a porta e afunda os saltos no chão. Abro a porta traseira, coloco os pés no asfalto e fico de pé. Faz semanas que não uso outra coisa que não seja tênis e é como se meus pés tivessem esquecido como é que se pisa macio, com sapatos tão novos e escorregadios. De início, a única coisa que escuto é a barulheira ocasional dos carros atrás da gente. O sal do lago sobe os degraus do tribunal do condado conosco, onde agora tem gente formando filas, vestidas meio que formais, meio que casuais, segurando câmeras. Ouço meu nome como um coro de zumbido de abelhas, com só algumas palavras compreensíveis surgindo.

"Srta. Johnson, você pode falar com a gente?"

"Você tem esperanças no resultado do grande júri?"

As vozes são agudas e estridentes, sempre dizendo algo, mas nunca pra mim de verdade. Eles querem isso pras câmeras. Pras notícias de um minuto que nunca ultrapassam os limites da cidade. Concentro cada músculo do meu corpo em subir os degraus, logo atrás da Marsha, que está com um rabo de cavalo balançando. Ela abre a porta do tribunal e eu me arrepio toda, entro, e tudo se fecha atrás de mim. Marsha continua caminhando, mas eu paro. Acho que ela escuta meus sapatos pararem de bater no chão de mármore, porque se vira e volta até onde eu parei.

"O que foi?" Ela me olha, com o quadril bem marcado.

"Eles não vão vir atrás da gente aqui?"

"Eles sabem que terão consequências legais se tentarem entrar e transmitir alguma coisa. Você está segura aqui."

Reviro os olhos, como se existisse segurança o bastante para virar uma questão. O tribunal é grande demais pra gente. Madeira e mármore, painéis e entalhes nos tetos que nem uma escada bem alta alcançaria.

Marsha acompanha meu olhar e suspira. "Preciso que você esteja preparada. E aí?"

Esfrego as unhas tortas no meu antebraço, arranho. "Acho que sim."

Marsha não tem tempo pra me ouvir, começa a andar toda empinada em seu salto. Passa pelo corredor. Mármores e ecos nos acompanham, arrepios sobem pelas minhas pernas, minhas coxas roçam na modelagem lisa de um vestido que nunca poderia ser meu. Estamos a pelo menos um metro e meio uma da outra e ela não vai diminuir o passo nem tão cedo, pelo contrário, só tá acelerando.

Estamos na porta e tem um segurança parado na frente dela. Sei que devem ser essas, as paredes que escondem tudo o que disseram pra eu ter medo, porque a Marsha, feita de aço e brasa, faz uma pausa. Ela se vira pra me olhar e eu presto atenção em seus olhos por um momento, percebo as pupilas darem espaço aos mínimos resquícios de uma Marsha criança, ela fica tão pequena quanto eu.

"Queria poder entrar, mas você sabe que eu não posso. Se precisar de mim, pode pedir e eles vão liberar pra que você venha aqui fora ter um aconselhamento jurídico."

Não tava esperando por isso, mas meus olhos se enchem de lágrimas e eu não quero sair do lado dela.

"Você vai ficar bem."

Marsha esfrega a mão nas minhas costas e me empurra em direção à porta. Olho pra ela, mas ela não se mexe. Depois de tanto tempo treinando, não consigo me imaginar olhando pra sala sem ver o rosto dela. Observo os arcos de madeira e o guarda dá um passo pro lado para que eu possa abrir a maçaneta.

Acho que eu esperava algum tipo de falatório, uma barulheira caótica ou algo do tipo. Só que as portas dão lugar ao silêncio pontuado por uma única tossida. A sala está quase vazia, pelo menos ao que parece, já que as três fileiras de trás estão vagas. Enquanto ando pelo corredor, reconheço os rostos das duas primeiras fileiras, se não por seus donos, pelo menos por sua familiaridade. Homens lado a lado, rostos magros, narizes irregulares, uma mulher sentada como se fosse uma divisória entre eles, com as pernas cruzadas. Todos muito pálidos, desprovidos de sol. Certeza que nunca sentiram o calor como eu sinto.

No fim da primeira fila, duas garotas estão sentadas, encolhidas em moletons gigantes que as engolem por inteiro, só deixando as pernas nuas expostas. As meninas são que nem a Lexi, que, daquele jeito meio assustado, revela ser nova sem dizer uma palavra sequer. Fixo meus olhos neles por um momento, no jeito como se sentam do lado esquerdo do corredor com seus uniformes e ternos. Estamos sempre deslocadas. Não sei onde me sentar, mas aí avisto a Sandra de costas e fico mais aliviada. Sento do lado direito do corredor, que está praticamente vazio tirando ela e alguns homens com a cabeça baixa. Hoje ela não veio de terninho roxo, está toda colorida e iluminada em borgonha.

Ao lado dela, não sei se devo ou não cruzar minhas pernas. Fico balançando uma sobre a outra, mas não me parece certo, parece que tudo chama a atenção direto pros meus joelhos, subindo pelas minhas coxas onde o vestido dá lugar à pele. Descruzo as pernas. Não existe jeito certo de ficar aqui, sob luzes que são mais brancas do que o normal, como se tivessem compensado demais e agora estivessem cegando.

Sandra ainda não olhou pra mim, mas ela estende o braço e aperta a minha mão.

"Quem são elas?", cochicho para ela, sinalizando com a cabeça em direção às meninas do outro lado.

Ainda sem olhar pra mim, Sandra responde: "Suponho que sejam testemunhas, que nem você".

"Eles também fizeram isso com elas?"

"Não sei, mas pelo jeito que estão vestidas, provavelmente estão aqui pra descreditar a sua história, pra botar você numa caixinha com elas, dizer que você não sabe do que tá falando."

"Ou talvez elas não tenham nada melhor pra vestir."

"Os advogados que convocaram elas têm." Sandra olha pro seu bloco de notas. "Provavelmente contratados pela Talbot ou por alguém que trabalha com a Talbot pra preparar elas."

Meu joelho começa a tremer. "Eu nem conheço essa gente. Como que vão falar qualquer merda a meu respeito?"

"Essa cidade não é conhecida por ser a mais ética."

"Então pagaram pra elas falarem merda sobre mim?"

Sandra, que ainda tava olhando pra baixo, inclina a cabeça só até ver meus olhos. Em voz murmurada e controlada, diz: "Se preocupe com você mesma. Isso é por você e pelo seu irmão e pelas meninas que precisam dessa grana porque não sabem outro jeito de sobreviver. Tá me ouvindo?".

Ela endireita a cabeça e eu balanço a minha, concordando, embora ela provavelmente não consiga ver. Nessa hora, chego a pensar que ela é alguma encarnação da figura materna que eu tinha, alguma parte ressuscitada da mamãe.

Tem um grande relógio na parede bem acima de onde a juíza está sentada e, assim que dá nove horas, todo mundo fica em silêncio. Parece que entrei numa cena do reality da juíza Judy, ela batendo o martelo três vezes. Eu meio que esperava que ela pedisse *ordem no tribunal*, mas ela não faz isso, e só sei que ela começa a falar em juridiquês e um homem fica de pé, respondendo. A troca toda me parece esquisita e não entendo o que tá acontecendo até que a Sandra vira pra mim e sussurra.

"Uma das testemunhas não veio."

"Quem?"

"Um policial."

"Que bom, né?", tiro onda.

Sandra nega com a cabeça. "Não acho. Parece que ele foi o único que corroborou a sua história."

"Por que algum deles faria isso?"

"Decência, imagino." Sandra começa a esboçar um sorriso que não chega a aparecer em sua boca, vira só uma covinha na bochecha esquerda.

Não acho que seja isso. Não que nenhum deles seja decente, só acho que decência nunca foi o suficiente pra desbancar seus egos. Acho que é assim que o tempo funciona. Um homem sempre encontra uma nova fase. A maneira como vi a lua do Marcus minguar tanto que cheguei a pensar que estivesse escuro lá dentro. Do mesmo jeito que estou vendo crescer agora, devagarinho, mas sei que a lua vai ficar cheia de novo. Essa é a única razão pela qual qualquer um dos policiais teria tentado me salvar: a lua deles cresceu de novo.

Um homem careca sentado em uma das mesas em frente ao juiz se levanta, se vira e vem direto pra nossa fileira. Sandra se levanta e eles começam a cochichar. Depois de um tempo, Sandra olha pra trás, sorri pra mim e sai do tribunal, deixando o careca voltar pra mesa dele. A silenciosa sala do tribunal logo se enche de burburinhos e as conversinhas vão aumentando. A parte de trás dos meus joelhos coça, o suor fica acumulado nas dobras, e eu queria que o Trevor estivesse sentado do meu lado, segurando minha mão de um jeito que só um menininho faria.

Todos ficam em silêncio só com um rápido movimento de pescoço da juíza. Ela fala. "Devido a mudanças imprevistas no cronograma, vamos começar agora. Os jurados foram escolhidos e empossados, e começaremos com a srta. Kiara Johnson. Todos aqueles que não são o promotor, o relator, a srta. Johnson ou os membros do júri deverão sair do tribunal, inclusive eu."

Fico olhando pros meus pés, primeiro vejo os meus peitos espremidos no vestido preto; em seguida, a protuberância macia da minha barriga; depois os meus joelhos cinza e, finalmente, os meus pés, pisando um pé na frente do outro até a plataforma.

No meio do caminho, ouço o homem tossir atrás de mim. Lembro do que a Marsha diria, levanto a cabeça, levo os ombros pra trás e alinho a coluna, ergo os olhos e vejo o careca — o promotor — de pé do lado da mesa com as mãos cruzadas à sua frente. Dou um sorriso seco pra ele, mas nem com isso ele faz contato visual comigo, pelo contrário, fica olhando pros papéis na frente dele. Tá todo mundo tentando não olhar pra mim.

Subo até a plataforma e sento na cadeira de carvalho redonda. É muito diferente de quando prestei depoimento no julgamento da mamãe, lá eu me sentia a vítima, não a ré, embora eu saiba que não sou culpada de verdade, pelo menos não legalmente. A plataforma é que nem um pódio, tirando o fato de que eu não tenho nada pra ler e nunca subiria num palco por livre e espontânea vontade, não na frente dessas pessoas. Eu não sou o Marcus. Olho pro júri, mas não consigo focar nenhum dos rostos. Só o dele. O promotor assume a postura de quem já fez isso inúmeras vezes e eu sou só mais uma. Só mais uma menina deslocada, presa num vestido de outra pessoa, falando as palavras de outra pessoa.

Agora parece que sou a única coisa em que ele consegue se concentrar, com as sobrancelhas unidas e franzidas, como se estivesse me avaliando e avaliando o que está prestes a acontecer, como se a escolha não fosse toda dele. Fico mordendo o interior da bochecha só pra manter minha feição simpática o suficiente pra não parecer que estou encarando ele. Marsha me disse que preciso ficar calma, gentil, mas com um ar infantil. Solto os lábios, que estavam comprimidos, só pra forjar um sorriso, e espero enquanto ele recita uma lista de procedimentos que a Marsha já me explicou mais do que o suficiente.

E, com isso, o promotor começa, sem perder o ritmo. "Srta. Johnson, é verdade que a senhorita usa um codinome?"

"Não é um codinome, é um apelido. Algumas pessoas que cresceram comigo me chamam de Kia."

"E o sobrenome? Holt, certo?"

"Não queria dar meu nome verdadeiro pra estranhos."

"Por que não?" A testa dele é um mapa de linhas de expressão.

"Porque é perigoso, ué."

Ele balança a cabeça, dá alguns passos, fica com a cabeça baixa como se estivesse ponderando algo, sendo que a gente sabe que é só uma pausa dramática.

Cravo minhas unhas nos pulsos pra ver as marcas de luas crescentes, pra poder ver qualquer coisa, menos a cara dele.

"O que você faz pra viver, srta. Johnson?" Ele se aproxima de mim, olhando pra onde estou sentada. Sei que a Marsha me treinou pra isso, mas a cara dele, a forma como abre a boca com má vontade, faz com que tudo fuja da minha cabeça.

"Não tenho emprego."

"Mas você tem uma renda estável?"

Meu joelho começa a tremer involuntariamente. "Não. Eu ganhava um dinheirinho, mas não era salário."

"De onde vinha esse dinheiro?"

"Homens." Assim que digo isso, percebo que falei a coisa errada. Uma das regras da Marsha é que responder com uma só palavra só vale para "sim", "não" ou "talvez". O mesmo não vale quando essa palavra pode me transformar num alvo.

Ele parece surpreso com o fato de eu ter sido tão direta, dá uma tossida e fica um tempo em silêncio. O jeito dele muda, passa de uma carranca interrogativa pra um olhar íntimo demais para dois desconhecidos, ainda mais rodeados por essas paredes de madeira. Ele chega mais perto. "Você se importaria de me contar por que esses homens estavam te pagando?"

Na minha cabeça, estou respondendo, mas não sai nenhuma palavra. Então penso na minha mãe, em quando gritamos juntas, com o céu nos embalando. Nos tremores do corpo do

Trevor. No Marcus soluçando numa cela. Passar por essa merda toda pra vir parar aqui sem língua? Continuo marcando as unhas nos pulsos até encontrar as palavras.

"Eles estavam me pagando porque eu não tinha dinheiro e precisava dele pra sobreviver, daí fiz o que tinha de fazer."

"Se importa que eu pergunte o que seria isso?" Claro que não importa se eu me importo ou não, mas pelo menos ele tá tentando ser gentil, menos agressivo do que eu esperava.

"Fazia companhia."

"Por 'companhia', você quer dizer 'relações sexuais'?"

"Nem sempre." Penso no policial 190 e nas horas que ele passou falando sem parar, nas vezes em que ele se afogava nas próprias lágrimas. "Não era sempre assim."

"E com o policial Jeremy Carlisle? Como era com ele?"

Fico um minuto em silêncio, fecho os olhos pra ver se volta a imagem dele na minha cabeça, com as manchas nas bochechas e aquele casarão cinza.

"Não o conhecia por nome, só pelo número do distintivo. Eu vi ele algumas vezes, a maioria em grupo. Teve uma noite em que ele me pegou e me levou pra casa dele." Olho de soslaio pro júri. Nenhum deles esboça qualquer expressão, como se só tivessem esperando eu terminar para irem mijar. Eu espero, como Marsha me orientou a fazer. Ela diz que se eu passar bastante tempo em silêncio, o promotor pode esquecer algumas coisas que ele queria me perguntar.

"O que você fez na casa dele?"

Uma das pessoas do júri, uma mulher negra com as tranças presas num coque, faz contato visual comigo.

"Fizemos sexo."

"Quanto ele te pagou?"

"Nada."

O promotor para e olha bem pra mim, como se estivesse registrando minha personalidade pela primeira vez. Ele torce o nariz. "Você tá dizendo que o policial Carlisle nunca pagou pelo tempo que vocês passaram juntos?"

"Ele disse que pagaria, mas quando acordei, ele se recusou. Disse que já tinha pago."

"E ele tinha?"

"Ele disse que o fato de ter me contado sobre uma operação secreta já era uma forma de pagamento."

Ele balança a cabeça, pra cima e pra baixo, virando para se aproximar do júri, e depois me pede pra explicar o que eu queria dizer com "operação secreta". Ele me encara mais uma vez. Conto pra ele sobre a festa, que o Carlisle me pegou com aquele Prius e me levou pra casa dele, que eu não queria passar a noite lá e como tudo se desenrolou. Ele continua me fazendo perguntas sobre o Carlisle, que eu não tenho como responder, depois faz uma pausa.

"Durante seu depoimento para os detetives, você disse: 'Eu não deveria estar lá'. É isso mesmo?"

"Acho que sim."

"E você diria que entendeu, depois daquele depoimento, a seriedade dessas alegações?"

Não sei aonde ele quer chegar, então só repito: "Acho que sim".

"Mas, na semana seguinte, você foi a uma festa na qual fez sexo com vários membros do Departamento de Polícia de Oakland. Nesse caso você não achou que isso fosse moralmente questionável?"

"Eu nunca falei que…"

"Você não falou disso pra ninguém. Nem se recusou a ir à festa citada. É isso mesmo?"

Encaro ele, com seus olhos imóveis e intensos. Tento pensar, mas do jeito que ele fala, não sei de fato qual é a resposta, não sei como responder.

"Não, eu não recusei. Mas eles me ameaçaram, então não tive escolha." Subo meus dedos pelo braço, cravo as unhas ainda mais forte.

Ele acena. "Com quem você mora, srta. Johnson?"

"Não moro com ninguém."

"Vou reformular. No nome de quem o seu apartamento foi alugado?"

"Do meu irmão", digo, levantando os ombros.

Ele balança a cabeça como se soubesse que eu diria isso. "E onde está o seu irmão atualmente?"

Olho ao redor da sala, esperando que a Marsha apareça, mas as fileiras ainda estão vazias.

"Ele está na Santa Rita."

"A prisão?"

"Sim."

"E por que ele está lá?"

Fecho os olhos com força, como se isso pudesse me transportar lá pra fora, pra onde o céu é grande e ninguém fica me olhando.

"Drogas."

"Foi por isso que você se envolveu com prostituição?"

"Do que você tá falando?"

"Drogas." Ele faz um gesto no ar. "Você entrou na prostituição pra pagar pelas drogas?"

Quase dou um pulo da cadeira, mas repito o mantra pra mim mesma: *calma, calma*. "Não, eu não usei droga nenhuma."

Mas ele já tem uma ideia pronta e começa a me perguntar sobre o Marcus, a mamãe e o papai. Diz algo sobre histórias de famílias com comportamento disfuncional ou alguma merda do tipo, e é exatamente o que a Marsha me disse que poderia acontecer, mas ainda assim tenho vontade de sair da minha pele, jogar fora e voltar só com o esqueleto.

Ele vai até a própria mesa e toma um gole d'água. Olho pro júri de novo, esperando que os rostos me deem algum tipo de esperança, mas só enxergo uma massa de olhares vazios.

"Srta. Johnson." Volto pra sala, o barulho do teclado do relator do tribunal. "Você achava errado ter relações sexuais com membros da polícia?" A pergunta é bem inocente, nem vale a pena ser feita.

"Claro que não é certo." Ainda estou pensando no Marcus, pensando em tirar ele da cadeia assim que eu sair dessa armadilha de madeira.

"Então por que você fez?"

"Já disse, não tive escolha."

"Você não poderia ter se levantado e saído daquela festa? Você não poderia ter recusado a carona do policial Carlisle?"

Os tremores começam na ponta dos meus dedos, bem embaixo das unhas, e se espalham por dentro. Não é nem pra cabeça e nem pro pé, mas pra dentro do corpo. Vibrações na caixa torácica. Fico me perguntando se foi isso que Trevor sentiu quando levaram ele.

"Quer dizer, eu poderia, mas eles não me deram a opção…"

"Então eles te forçaram a ficar? O policial Carlisle te algemou, te colocou no banco de trás do carro e travou as portas?"

"Não." Começo a bater as mãos na plataforma, depois arranho, como se a madeira pudesse pegar pra ela todos os meus tremores e me deixar oca.

"Você ficou com raiva por nunca ter recebido o pagamento em dinheiro por esses atos?"

Encaro ele. Seus óculos estão escorregando pelo nariz por causa do suor.

308

"Acho que sim."

"Você acreditava que acusar esses homens de atos violentos resultaria em algum tipo de pagamento?"

"Quê?"

"Você acreditava que essas acusações lhe renderiam dinheiro?"

Todo mundo fica em silêncio, ninguém se atreve a bater o pé ou colocar uma mecha de cabelo atrás da orelha, achando que pode atrapalhar a fragilidade do momento: todos esperam que eu perca o controle.

"Não." Uma palavra. Uma palavra. Uma palavra.

Ele tira um minuto para se virar e avaliar o resto do tribunal antes de me olhar mais uma vez, um truque que a Marsha disse que todos eles usam. Penso se ela está incluída nesse "eles".

"Você era menor de idade na época dos eventos em questão, correto?"

"Eu tinha dezessete anos."

"Você entende que isso se configura como estupro estatutário, certo?"

Marsha já me falou bastante sobre isso. "Sim."

"Você informou esses homens sobre a sua idade antes da relação?"

Essa é a pergunta que eu e a Marsha esperávamos que ele não fizesse, que passasse despercebida.

"Eles sabiam."

"Então você contou a eles?"

"Não exatamente, mas eles sabiam. Estou dizendo que eles sabiam."

Ele dá um leve sorriso que me lembra dos depoimentos a que assisti com a Marsha enquanto nos preparávamos, em que ele fala de mulheres espancadas, de como se preocupa com a nossa segurança. Ele não olha pra mim como se eu fosse a mulher

309

espancada, mas como uma garotinha que está de pé, só assistindo. Como se eu estivesse confusa. "Como eles iam saber, srta. Johnson?"

Os tremores já tomaram conta do meu corpo inteiro. Minha cadeira está balançando, as pernas rangem na plataforma.

"Porque eles me viram. Eu ficava lá deitada e eles me olhavam nos olhos e sabiam. Eles sabiam e ficavam de olhos abertos o tempo todo, mantendo contato visual enquanto faziam sexo comigo, como se isso só deixasse as coisas melhores. Porque eles olhavam pra mim e viam como eu era pequena. Eu era uma criança."

Um barulho no chão, uma lasca na minha unha inquieta, tremor duro, olhos embaçados, o céu de Oakland tão brilhante dentro da minha garganta. Eu podia até não ser a Soraya, pequena demais pra dar pé na parte rasa da piscina, mas ainda assim eu era pequena. Eu me sentia minúscula.

"Mas você nunca contou pra eles a sua idade, é isso?" Ele sabe que é isso. A última pergunta.

Unhas bem fundas na minha pele, sangue pingando. "Eu era uma criança. Eu era uma criança."

E mesmo que o Trevor, o Marcus, a Alê e a minha mãe estejam por aí em algum lugar, mesmo que existam tantos motivos pra contar tudo isso, pra deixar isso sair dos meus pulmões, não estou pensando em nenhum deles. Só consigo pensar que as minhas unhas continuam pressionadas na minha pele mesmo quando quebram, mesmo quando começo a sangrar. Quando tudo vira caos, quando estou sentada numa sala cheia de rostos que não consigo distinguir, quando meu corpo não parece mais meu — ainda tenho essas unhas. Ainda tenho um lembrete de que posso existir mesmo estando ferrada, igual ao Trevor de bruços em seu próprio sangue incrustado, tentando achar um jeito de respirar. Essas unhas são um milagre. Não preciso de ninguém pra fazer minhas unhas, pra cortá-las ou afiá-las. Elas só precisam ser o que são: minhas.

"Obrigado, srta. Johnson."

Ele diz algo sobre eu poder me retirar, um dos jurados espirra em algum lugar fora do meu campo de visão. Tudo continua se mexendo, colidindo, uma sala de madeira onde me liberto como o céu naquela noite em que as estrelas apareceram na pista, antes de eu voltar pro apartamento que nunca mais seria meu.

Eu era uma criança.

As horas passam como água num ralo entupido, mal conseguem descer. Marsha me levou direto pra casa depois do tribunal, não disse uma única palavra sequer durante todo o trajeto; não que eu teria ouvido se ela tivesse falado algo.

De alguma forma, saí daquele tribunal com um corpo diferente do que eu tinha quando caminhei sob o teto de madeira ornamentada e sentei naqueles bancos em que tantos outros suaram antes de mim. Esse novo corpo tem uma sequência de buracos da garganta até o estômago, no qual tentei me enterrar em entalhes. Esse novo corpo chama suas cicatrizes de glória e elas são mais permanentes do que qualquer tatuagem. Esse novo corpo tem muitas memórias para guardar dentro de si.

Estou sentada no meio de um apartamento que não é de ninguém, gritando. Como se a Dee finalmente tivesse me contaminado, como se a mamãe estivesse dentro de mim, massageando a minha mandíbula tensa. O sol se pôs — me deixando no escuro só com um brilho da piscina entrando pela janela — e nasceu mais uma vez. Várias e várias vezes. Talvez três vezes antes de baterem na porta. As batidas chegam quando o céu está começando a ganhar cores fracas. Quando minha boca finalmente já se fechou.

Fico parada, mas ela não espera que eu me mexa. Alê abre a porta como se o apartamento fosse dela, entra com uma sacola enorme que ela joga no balcão e depois vem até onde eu estou, no chão, se ajoelha, cola em mim até virarmos um só corpo e eu possa sentir todos os cheiros que ela já teve. Cada tempero. Os cobertores de crochê da mãe dela. A pista de skate.

Ela afrouxa um pouco o abraço e consigo ver sua pele, dou uma olhada no que deve ser sua mais nova tatuagem, na nuca: um par de pantufinhas, cor de lavanda, com um K na sola de uma delas.

Quando ela me solta, consigo finalmente ver seus olhos, que estão transbordando. Não sei se já vi a Alê chorar desse jeito e não me contenho. Me aproximo e beijo sua bochecha, provo do sal, trilho o caminho até o canto do olho dela com a minha boca. Ela é o fundo do oceano, onde toda a magia fica escondida debaixo de muitas camadas de escuridão, água e sal. O calor toma conta do meu peito, diferente do que dizem do coração; quando ele não tá partido, você pode ter a sorte de sentir que ele tá vivo, pulsando sangue.

Suas mãos vão até a minha cintura e uma série de pensamentos passam pelo rosto dela, um debate interno que transparece com os tremores na boca. Quando a Alê me toca dessa vez, estamos no chão, sem barreiras. Minha boca já está muito perto.

"Kiara." Suas lágrimas pararam de rolar, mas eu continuo parada, e meu nome vira uma pergunta.

O nome dela é a resposta, e esta é a primeira vez que penso que tudo isso pode ter valido a pena, que pra voltar pra Alê eu tinha mesmo que ter atravessado a piscina de merda. Ela me beija. Eu beijo ela. A boca dela é mais macia do que eu imaginava, e eu nunca fiquei tão aliviada por ser tocada, por ter seus dedos entrelaçados no meu cabelo. Ela fica por cima de mim. Só se afasta pra ficar me olhando, como se as estrelas estivessem nas minhas pálpebras, e penso que esse deve ser o amor que faz a Terra parar, aquele que me desmonta e me mantém inteira, tudo de uma vez.

Alê volta pra mim devagarinho, percorre o dedo pela minha barriga como sempre faz, só que agora ela não se afasta. Dessa vez, me pede desculpas, conta que veio no instante em que recebeu a minha mensagem. E mesmo que ela esteja dizendo as coisas certas, é o olhar dela, o jeito como ela arregala os olhos, que me diz que ela me enxerga mais do que qualquer outra pessoa no mundo. Que ela me enxerga pra além da treta toda em que me meteram. Que ela me enxerga pra além desse novo corpo ou daquele corpo velho ou de qualquer corpo que eu tenha tido, porque ela não tá nem aí pra quantas vezes eu esfreguei manteiga de karité na minha pele. Alê só quer me abraçar. Alê só quer ser minha.

Estamos grudadas uma na outra no chão desse apartamento, essa relíquia viva de todas as vidas que eu já vivi. Foi essa garota que segurou minha barra durante esse tempo todo. Ficamos ofegantes, rindo e chorando, e não sei se alguma vez eu já disse *eu te amo* pra ela, mas agora não consigo parar de dizer. Porque agora faz muito mais sentido. Nunca enchi tanto a boca pra dizer algo. Como uma enxurrada de algo que eu sempre quis pôr pra fora. Ela diz que também me ama, muito, muito, muitão, e nunca existiu algo assim, tão verdadeiro.

Alê faz comida pra mim e eu fico contando sobre as mulheres que conheci. Todas as meninas daquela festa do Demond, a Camila, a Lexi, as duas sentadas do lado errado do corredor, corrompidas. Mamãe. Eu. Conto pra ela como a vida nas ruas abre a gente e tira o que temos de mais valioso em nós: nossa criança interior. A mandíbula aberta que nem consegue mais gritar porque até isso eles tiram da gente. Eles tiram tudo.

Alê balança a cabeça, não desvia o olhar, coloca a sopa na minha boca quando eu caio no choro. Ela beija o meu nariz. Conta como é olhar pro rosto da mãe dela, chapada; me conta dos hematomas distorcendo o corpo gelado da menina que poderia ter sido a Clara. Sobre o medo que ela sente, sobre como ela quer algo melhor pra mim, pra gente. Falo que quero algo melhor pra ela também, que quero que ela seja médica ou doula ou qualquer outra coisa que possa suprir as necessidades de alguém que precisa mais dela do que uma cozinha.

Ela me trouxe tudo que é tipo de comida, me curando do jeito que ela sabe bem, e ficamos sentadas no chão, pele com pele, escoradas na beirada do colchão. A sopa tá quente e dá pra sentir entrando no meu corpo, da língua ao estômago, cada gole sendo absorvido. Conto pra ela do Trevor, dos machucados no olho, de como eu tive que colocar os braços dele em volta do meu pescoço pra deixá-lo no banco de trás de um carro porque a mãe dele não sabe amar o filho do jeito que ele precisa ser amado e eu não consegui dar conta.

Alê me interrompe ali e diz: "Mesmo que você não seja mãe dele, deu a ele algo que ninguém pode tirar". E se isso não parecesse uma grande bobagem, eu acreditaria nela. A única coisa que tenho como prova é o rosto do Trevor inchado no banco de trás de um carro, ele se tremendo todo, e isso não prova nada de especial.

Não dá pra dizer quando foi que caí no sono ou quando foi que a Alê acordou e me tirou de cima de seus pulmões, mas sei o exato momento em que o júri tomou a decisão, como se tivesse sido dentro do apartamento, só que a quilômetros de distância. Foi o estrondo. O estilhaço de vidro que ressoou quando ainda não tava claro o suficiente pra ser considerado de manhã. Alê se agachando pra pegar os cacos de uma lâmpada que eu nunca usei. Depois veio o silêncio. Foi aí que todos devem ter abaixado a cabeça e assinado os papéis pra enviar à juíza. Talvez tenham feito isso solenemente, sem olhar nos olhos uns dos outros, como se pudessem desviar da culpa.

A ligação chega uma hora depois. Alê estava sentada, me segurando enquanto eu desmoronava e perguntava se estava tudo acabado. Ela não disse que não, só me abraçou bem forte até eu sentir que tinha voltado a ter um corpo, até o telefone tocar.

Eu atendo.

Marsha fala rápido do outro lado da linha, enrolando as palavras, mas não dizendo nada com nada, depois diminui o ritmo.

"Sinto muito, Kiara, mas não haverá acusação."

Sabia que isso ia acontecer, tava pressentindo, mas quando a Marsha fala as palavras, parece um soco, a mesma dor aguda que senti quando o homem de metal me empurrou contra aquela parede de tijolos.

"E o Marcus?" Não quero perguntar, nem sei se quero saber, mas eu preciso.

Marsha faz uma pausa. Silêncio. "Arranjei um advogado fantástico pra ele, mais adequado para o caso dele do que eu, mas não posso fazer muito mais que isso. Não sem a pressão da acusação." Ela faz silêncio de novo. "Desculpe."

Tenho certeza de que seus olhos de gelo estão marejados, porque ela começa a falar sobre ter esperança e eu deixo. É sempre melhor deixar que eles se resolvam, faz com que tudo pareça menos perdido. Pensei que ficaria com raiva dela, com vontade de sair quebrando tudo, mas nem fiquei. Quando ela desliga o telefone, quase duas horas depois de a lâmpada ter se estilhaçado pelo apartamento, olho pra Alê, que de novo me envolve em seus braços. Ela parou de se preocupar em juntar os cacos quando viu o sal escorrendo pelo meu rosto, as mãos dela estão respingadas de sangue e com brilhos de vidro. Nenhuma de nós diz nada.

Sinto uma calmaria que nunca esperei sentir e descanso a cabeça no colchão, olhando pro teto. O que eu tava esperando que acontecesse além disso? O céu tentou me avisar que tudo chega assim, com força, em estilhaços ofuscantes de merda dos quais não dá pra escapar. Subindo a rua até chegar nas nuvens. Oakland tem de tudo: desgraça e saudade. Recuperando nossa juventude. Levanto a cabeça e viro pra Alê, tiro cada caco de vidro da sua mão e ergo até minha bochecha pra que o sangue dela seja meu. O que o ferro é pra tinta. Ela mexe os lábios, sussurra algo, mas não dá pra entender nada.

Ela me puxa pra perto do peito, me abraça com tanta força que chego a me encasular nesse aperto. Nós duas sabemos que logo teremos que lidar com o que significa ter perdido tudo e ainda ter uma à outra. Ter perdido uma casa e ter encontrado um lar. Mas, por enquanto, Alê me abraça, eu lavo suas mãos, enrolo o vestido preto da Marsha nelas e ela começa a limpar os restos de luz.

Estou vestindo uma das camisetas largonas do Marcus quando ouço algo. A princípio, acho que estou alucinando, mas o som é tão estranho, tão visceral que creio que seria impossível que minha mente o tivesse inventado.

Vou caminhando em direção à porta, passando pela Alê. "Você ouviu isso?"

Ela dá de ombros, curvada, varrendo os cacos de vidro.

Abro a porta e saio pro pátio, me penduro na grade e lá está ele. Sei quem é assim que bato o olho, porque ele tem a mesma marca de nascença em formato de gota no topo da cabeça. Trevor tá sentado mexendo os pés dentro da piscina, jogando água pra todo lado.

O céu está azul-claro e eu começo a descer a escada caracol em direção ao centro de tudo: aquela piscina de merda que parece estar sempre afogando a gente. Penso nos primeiros passos da Soraya e uma parte de mim que ficou sufocada esse tempo todo sente falta dela; quer ver ela correndo, falando, dizendo o meu nome — todas as três sílabas — e aprendendo a jogar bola que nem o Trevor.

Desço as escadas como se tivesse indo pra uma outra dimensão, como se tivesse prestes a encontrar um fantasma. Quando meus pés descalços finalmente chegam lá embaixo e eu olho pra ele de costas, sei que não é um sonho. Ele está com a mochila azul e amarela, a mesma que entreguei pra sra. Randall. A mesma que dei pra ele de aniversário, muitos meses atrás. Chego perto, até ficar bem em cima dele e, então, vestindo só uma camiseta, grande demais no corpo, sento ao lado dele, mergulho as pernas na piscina até o meio da panturrilha.

Fico encarando ele, mas Trevor ainda está olhando pra piscina, como se nem tivesse percebido que estou ao seu lado. Ele já está com os olhos bem abertos, o rosto ainda descolorido na área das bochechas, mas as partes que fazem seu rosto ser do jeitinho que é estão curadas. Tudo redondinho. Os olhos grandes de novo. Fazendo biquinho.

"O que que cê tá fazendo aqui, Trev?" Toco-o de leve com meu ombro, daí mesmo que ele não olhe pra mim, vai sentir a minha presença.

Ele continua olhando pra piscina, pros seus pés que saem da superfície e mergulham de novo. Daí, como se algum cronômetro disparasse em sua cabeça, ele vira pra mim e abre um sorriso.

"Vim pegar a minha bola."

Não deixo de ficar feliz com isso tudo, o meu corpo inteiro sorri junto porque a gente sabe que é muito mais do que isso, mas talvez, de alguma forma, também seja assim mesmo, meio bobo. Tão bobo quanto o fato de termos crescido juntos, com a bola rolando. Tão bobo quanto o início do nosso colapso, que começou numa quadra de basquete e com uma surra. Como é bobo não podermos voltar pra essa vida, mas talvez possamos roubar esse momento. Talvez essa desculpa seja só o que a gente precisa pra jogar e rir, porque a gente pode, até que o sol se desintegre e a noite ameace nos libertar, só pra pegar a gente de novo e levar de volta às coisas das quais não dá pra fugir. Tipo quando eu tiver que levar ele pro ponto do ônibus que o deixou aqui. Mas isso nem importa, porque eu vou levar ele de volta com um beijo na testa e com aquela bola na mão, aquele momento que ninguém pode tirar da gente.

Parece óbvio e ridículo quando Trevor se levanta, tira a mochila das costas e a camiseta pela cabeça, depois os shorts. Ele está um centímetro mais alto, mas com a mesma cueca largona da vez que os sapatos apareceram na borda da piscina.

Nem percebo que tô fazendo isso: me despindo, tirando a camisetona; não até que eu fique com a pele exposta, cheia de marcas acentuadas em crostas das feridas que fiz com as minhas unhas e que ainda estão cicatrizando. É desse jeito, sob o brilho de uma manhã enganosamente calma, que nós dois ficamos só de roupa de baixo e Trevor agarra minha mão com força. Nem precisamos fazer contagem regressiva, porque, de alguma forma, sentimos qual é a hora certa de pular. A gente mergulha. A piscina de merda se transforma em um oceano bem fundo. Debaixo d'água, abro os olhos, que fica irritado com o cloro, e me viro pro Trevor. Ele tá olhando pra mim. Com a boca escancarada. Também abro a boca e nós dois começamos a rir, unidos pelos dedos, com bolhas saindo de nossas bocas até se encontrarem na superfície. Eu e Trevor ficamos rindo igual à Dee em algum lugar no além, gritando por esse momento delirante de alegria, deixando a água nos engolir.

319

Nota da autora

Em 2015, quando eu era uma jovem adolescente em Oakland, surgiu uma história sobre membros do Departamento de Polícia de Oakland e vários outros departamentos de polícia na região portuária que exploraram sexualmente uma jovem e tentaram encobrir o ocorrido. Esse caso foi evoluindo ao longo de meses e anos e, mesmo com o ciclo de notícias avançando, continuei me perguntando sobre esse evento, sobre essa menina e outras que não tiveram manchetes, mas mesmo assim experimentaram a crueldade do que a força policial pode fazer com o corpo, a mente e o espírito de uma pessoa.

Pra que esse caso alcançasse a mídia, houve e há dezenas de outros casos de trabalhadoras sexuais e jovens que sofrem violência nas mãos da polícia e não têm suas histórias contadas, não vão ao tribunal e não escapam dessas situações. Até os casos que conhecemos são bem poucos.

Quando comecei a escrever *Criaturas noturnas*, eu tinha dezessete anos e refletia sobre o que significava ser vulnerável, desprotegida e invisível. Como acontece com várias meninas negras, muitas vezes já me disseram pra cuidar do meu irmão e o proteger, além do meu pai, e dos homens negros ao meu redor: cuidar da segurança deles, de seus corpos e seus sonhos. Nisso, aprendi que a minha própria segurança, meu corpo e meus sonhos eram secundários, que não havia nada e nem ninguém para me proteger. Kiara é uma personagem totalmente fictícia, mas o que acontece com ela é um reflexo dos tipos de violência que mulheres pretas e pardas enfrentam todos os dias: um estudo de 2010 descobriu que a violência sexual policial é a segunda instância mais relatada de má conduta policial e afeta desproporcionalmente mulheres racializadas.

Enquanto pesquisava e escrevia este livro, me inspirei no caso de Oakland e em outros semelhantes, pois queria escrever uma história da minha cidade, mas também queria investigar o que significaria isso acontecer com uma jovem negra, queria que esse caso fosse colocado no controle narrativo de uma sobrevivente, que existisse um mundo pra além das manchetes e que os leitores tivessem acesso a esse mundo. As histórias de mulheres negras e pessoas *queer* e trans não são representadas com frequência nas narrativas de violência que vemos ser expostas, escritas e difundidas na maioria dos movimentos, mas isso não apaga a sua existência. Eu queria escrever uma história que refletisse o medo e o perigo que acompanham a mulheridade negra e a adultização de meninas negras, mas ao mesmo tempo reconhecendo que a Kiara — como tantas de nós, encontradas em circunstâncias que parecem impossíveis de sobreviver — ainda é capaz de ter alegria e receber amor.

Agradecimentos

Primeiramente, sou muito grata à Lucy Carson, Molly Friedrich e ao restante da Agência Friedrich por serem meus melhores defensores e me encorajarem a cada passo da minha caminhada. Agradeço à Ruth Ozeki por sua sabedoria incomparável e por me apresentar às queridas Molly e Lucy. Agradeço à minha editora, Diana Miller, por sua visão constante e notas ponderadas em circunstâncias imprevistas. Agradeço a toda a equipe da Knopf por apoiar a história de Kiara. Agradeço à Niesha por me dar uma visão para fundamentar *Criaturas noturnas* em uma autêntica experiência de trabalho sexual.

Agradeço à Samantha Rajaram por ter sido minha mentora no Pitch Wars e também minha amiga. O Pitch Wars foi uma oportunidade incrível que me deu o que eu precisava para revisar este romance e, mais importante do que isso, me deu sua amizade e apoio. Um agradecimento especial à Maria Dong pela generosa e brilhante ajuda na edição.

Obrigada, Jordan Karnes, por ser ume leitore quando eu precisava desesperadamente que alguém lesse, e pelos anos de oficinas de escrita que me prepararam para escrever isto. Obrigada, Oakland School for the Arts, por me proporcionar o primeiro espaço onde eu pude existir enquanto escritora; e programa Oakland Youth Poet Laureate, por nutrir a poeta que há em mim. Todas as crianças que amei e cuidei, obrigada por encherem meus dias de alegria pra que eu pudesse passar minhas noites com estas palavras.

Pai, obrigada por me dar seu amor pela escrita e por todo o jazz. Mãe, obrigada por me dar uma casa cheia de livros e por me ensinar o valor da leitura. Logan, obrigada por ser a primeira pessoa que eu chamo quando estou com a escrita travada e por ser o melhor ouvinte e irmão que eu poderia sonhar. Magda, obrigada por ser minha melhor amiga e a primeira leitora de quase tudo que eu escrevo. Zach Wyner, obrigada por sua orientação inicial, pelas sessões de escrita e por sua constância em minha vida. A todos os meus amigos e familiares, vocês me deram um mundo rico sobre o qual vale a pena escrever, e uma comunidade pela qual sou infinitamente grata.

À cidade de Oakland, obrigada por me criar e me dar lanchonetes, bibliotecas, apartamentos e céus para escrever este livro. Você sempre será meu lar.

E, por último, à Mo, meu amor, obrigada por estar ao meu lado desde a primeira leitura e as horas de edição até os toques finais. Você é meu maior apoio, minha âncora, meu consolo depois de um dia de trabalho. Sem você, eu não teria conseguido fazer deste livro o que ele é. Você é a Alê da minha Kiara e eu não consigo expressar o quão sortuda me sinto por voltar pra casa e ter sua companhia, sua comida e suas palavras. Você é tudo pra mim.